中公文庫

波のかたみ

清盛の妻

永井路子

中央公論新社

目次

波のかたみ

清盛の妻

出陣

紺の水干《すいかん》をさしだすとき、さすがに指先が震えた。が、夫はそれにも気づかなかったのではないか。ものも言わずに摑みとって身にまといながら、眼は庭先をみつめている。晴れの出陣にしては、いまひとつ浮かない顔色なのである。

それでも水干の袖口を括り、紫革威《むらさきがわおどし》の鎧を一気に肩に投げかけて、高紐《たかひも》をきりきりと結びおえると、清盛《きよもり》は、

「では、行く」

言葉短く言った。

時子《ときこ》はその瞬間、ひどくうろたえた表情になった。

「あの……」

が、この期に及んで何が言えるだろう。もっと前にそれは尋ねておかなければならないはずだった。

――合戦ですって？　都の中でほんとに合戦が始まるんですか。

――法皇さまが亡くなられて、初七日の御法要が終ったばかりですのに……

一代の権力者、鳥羽《とば》法皇が世を去ったのが今年、保元《ほうげん》元（一一五六）年の七月二日、まさに初七日の法要が終ったとたんにこの騒ぎなのである。くわしい事情を尋ねるひまもなく、今宵十日、夫は出陣するのだという。

十年来生活をともにしてきた夫は、さすがに時子の気配に気づいたらしい。

――そうだよ。

身づくろいしながら、眼でそう応《こた》えている。

――ま、そうなんだろうな。俺も、これが合戦というものらしい、と、いま覚悟をきめたところだ。

――ま、そうでしたの、あなたも。それで……

言葉に出して言いかけたとき、郎等貞能《ろうどうさだよし》が庭先に姿を見せた。黒糸威の鎧に身を固めて、ものものしく簀《す》の子《こ》（縁《えん》）近くにひざまずくと、野太い声で言った。

「殿、総勢三百、出陣の用意、ととのいましてございます」

「よし、すぐ行く」

「御兜を」

時子のさしだした兜を貞能がうけとる。簀の子から降りた清盛はもう後をふりむかなかった。中門《ちゅうもん》のあたりの人々のざわめきがかすかに伝わってくる。ひそかな出陣とあって、ここ六波羅《ろくはら》の泉殿《いずみどの》には法螺《ほら》の音《ね》ひとつ響かない。三百の兵士の集りにしてはざわめきが少ないのは、人々が声を押し殺しているからだ。

それだけに、大勢の人影を含んだ闇の底の揺れは不気味でさえある。その闇に夫と貞能の姿が吸いこまれてしまったとき、

「ああ」

時子は思わず頬を押えた。同じ邸内にありながら、夫がひどく遠くに、まるで別世界に行ってしまったように思えたからだ。

——何と慌《あわただ》しい……

わけもわからず、大きな渦に巻きこまれて行くような感じである。そのときになって、夫に言い残した言葉が頭の中を駆けめぐった。

——あなた、大丈夫ですか、ほんとうに。一度も合戦の経験がおありにならないのに。

平家の総大将とはいえ、清盛は三十九歳のこの年まで、実戦の経験はないのである。その夫が都で合戦をする——。いったいどういうことになるのか。第一、平安の都に遷《うつ》って以来三百数十年、都の中ではこうした合戦などはなかったのに。

それにもうひとつ——

夫の胸の内をぜひとも聞いておきたい、と思ったことがあったのだ。

――でも、とうとうそれは言いだせずじまいだった……

それでよかったのか、と悔いに胸を嚙まれたとき、背後に小さな衣ずれの音がした。

「ははちゃま」

廻らない舌で呼びかける、あどけない瞳がそこにあった。

「まあ、姫……」

数え年二歳の姫はまだ足許も定まらない。

「あ、あぶない」

手を伸ばしたはずみに、ぐらりと傾《かし》いだ体をあわてて抱きあげながら時子はぎょっとする。

――まあ、私って……

合戦におびえながらも、夫がこの合戦に敗れたときのことを、ちっとも相談していなかったことに気づいたのだ。

――いつも、こんなふうに、うっかりやなんだから、私は。

この姫の上に、まだ元服を迎えていない十歳と五歳の男の子がいる。この子らを抱えてどうしたらいいのか。その母のうろたえぶりにも気づかないのか、姫はあどけない声をあげた。

「ははちゃま」

「え？」

「あっち」

小さな指先のさししめすあたりに人影が見えた。

「まあ、時忠《ときただ》」

一つ違いの弟が、父違いの弟の小法師《こぼうし》を連れてきたのである。

「賢い姫ですなあ」

時忠は笑いながら言った。

「我々が参上したのをお知らせにいらしたのですよ」

それから少しばかり形を改めた。

「お見舞に伺いました。義兄《あに》上はすでに御出陣になられたようですな」

気がつけば、邸内は静寂に戻っている。集められた兵士とともに、清盛は都大路に馬を走らせているのであろう。

「いいところへ来てくれました」

時子はすでに三十一歳、三人の子の母親になっても、弟と顔をあわせれば、子供のころの姉弟のあけすけな口調になる。

「とんだことをしてしまったのに、いま気がついたところなの」

「おや、それは？」

「もし、合戦に負けたときどうするかってこと、殿に御相談しませんでした」

「あははは」

聞くなり時忠は笑いだした。

「姉上らしいな」

「ええ、そうでしょうよ。いつものとおり、うっかりやだっていうんでしょう。ほんとに、私、いつもこうなんだから」

「いや、そうじゃない」

「じゃ、何ていいたいの」

「それを正直におっしゃるところが姉上らしいと……」

「からかうのね、私を」

「いやいや」

少しまじめな口調になった。

「気がつかなくってあたりまえ、ということですよ。何しろこの都はじまって以来の合戦が起ろうというんですからね。誰だって先の先まで考えてはいられない」

そういえば、夫の清盛も、首を傾げながら、無理やり自分を納得させて出陣していったではないか。

「みんなが、これまでにないことをしなければならないというわけね」

「そういうことです」

「そう言われると少し落ちつきます」

「いや、初めから落ちついておいでです」

「またからかう」

「いや、本気です。なかなかのものです。本当に度胸がなければ、殿にしがみついたり、都から逃げるの何のと、今ごろは大騒ぎしてますよ」

そういうことは頭から考えていなかった、と時子は初めて気がつく。

後に平相国《へいしょうこく》と呼ばれる平清盛の妻、時子というのはそんな女性だった。

もっとも後に「保元の乱」と呼ばれるこの合戦が、やがて抱えきれないほどの幸と不幸をもたらすものとなることに、彼女はまだ気づいていない。それどころか、この合戦じたいが、どういうものか、かいもくわからず、しきりに気を揉んでいる。黒い瞳をぱっちり見開いて、正体を見定めようとするのだが、何とも手に余るらしく、浅黒いが、しかしつややかな頰を傾けて、彼女は吐息をつく。

「ほんとうに、何でこんなことになったのかしらねえ。わからない世の中だこと」

時忠はやや慰め顔にうなずく。

「前代未聞のことです。わからないのもあたりまえですよ。何しろ帝と上皇が、それぞれ兵を集めて合戦なさろうというのですからな」

　とほうに暮れている時子を、しかし嗤《わら》うことはできないだろう。当時の人々はみな未曽有の事態に立ちすくんでいた。そして、状況が客観的に捉えられるようになった八百数十年後の現在ですら、このときの事情を手短に解きあかすのは至難のことである。

　まずひと言でいえば、天皇家や代々摂政・関白となった藤原氏それぞれに、すさまじい対立があった。まさに、

「はじめに憎しみありき」

　といってもいい。図式的に並べてみれば、それは、

　鳥羽法皇・美福門院《びふくもんいん》・後白河天皇・関白藤原忠通《ただみち》グループ

　崇徳《すとく》上皇・その子重仁《しげひと》親王・左大臣頼長《よりなが》グループ

に分れ、それぞれに利害がからみあい、複雑な人脈がからんでいるのだ。

　中でも天皇家の相剋には、三十数年の怨念がこもっていた。鳥羽は最初から第一皇子である崇徳を実の子と思っていなかったのだ。母親はまぎれもなく、きさきの待賢《たいけん》門院《もんいん》璋子《しょうし》だが、出産の当初から、

　——あのお子は鳥羽の祖父、白河の胤《たね》だ。

と言われていた。

璋子は白河の猶子《ゆうし》（養女分）である。幼時、白河の懐《ふところ》に抱かれ、その愛を一身にあつめて成長した。鳥羽のきさきとなったのも、もちろん白河の計らいである。が、入内《じゅだい》するより先、璋子は養父白河とすでに道ならぬ仲となっていて、結婚後もその関係は続いていたという。

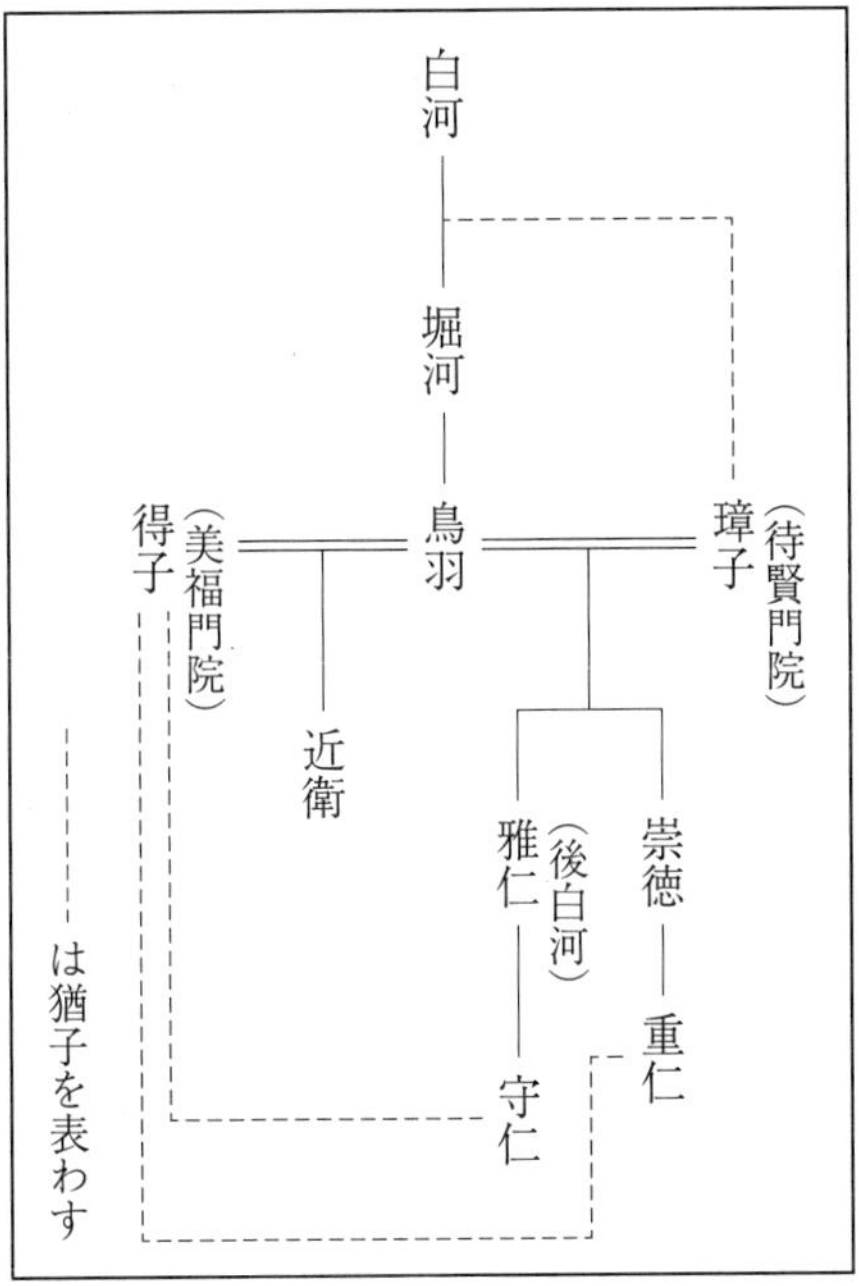

鳥羽はその噂にじっと耐え、白河のいうなりに崇徳に位を譲りもしたが、白河の死とともに、じわじわと復讐をはじめた。まず崇徳に譲位を迫り、もう一人のきさき美福門院得子《とくし》の産んだ皇子を即位させた。これが近衛《このえ》天皇である。

　それからは崇徳の隠忍の日々が続く。この仕打ちに耐えたのは、鳥羽が崇徳の子重仁を寵姫美福門院の猶子とし、いずれ即位をと、ほのめかしたからである。が、近衛の死後、鳥羽はあざやかな肩すかしをくわせる。崇徳の弟、雅《まさ》仁《ひと》（後白河）を即位させ、その後継者には、雅仁の子、守仁《もりひと》を指名する。この年若な皇子もまた、美福門院の猶子になっていたのである！　重仁即位の望みを断たれた崇徳は激怒した。彼が怨念の炎に身を焼かれながら、鳥羽の死を待ち、反撃の機会を狙っていたことは想像にかたくない。

一方、摂関家にも深刻な争いがあった。前関白忠実《ただざね》は、長男の忠通よりも次男の頼長を愛し、これを権力の座につかせようとした。結局、忠通から関白をとりあげることはできなかったが、頼長を氏《うじ》の長者《ちょうじゃ》とし、忠通を事実上の失脚に追いこんだ。忠通は宇治に逼塞《ひっそく》し、頼長は内覧《ないらん》の宣旨《せんじ》というのを得て、関白同様の権力を握る。

こうして幸運を摑んだ頼長は大秀才で政治に対しても意欲的だったが、世間知らずの面があり、鳥羽の寵姫美福門院の御機嫌を損じてしまい、しぜんその立場は浮きあがったものになる。すると、そこにつけこむように忠通が美福門院に身をすりよせてゆく。頼長は行きがかり上、崇徳側に走らざるを得ない……。

しかし、天皇家や摂関家の権力争いは毎度のことで、そう珍しいことではない。ただ、今度のそれが恐ろしいのは、双方ともそれぞれ、武士の力を利用し、暴力対決にのめりこんでしまっていることだ。

必然的に武士も双方のどちらかへつかねばならなくなる。

そのことは時子も知っている。そして清盛が浮かない顔で出陣した原因もそこにあることを感づいている。

——それが困るのよ、俺は。

いかにもそう言いたげだった。だからこそ、時子は、何も言えなくなってしまったのだ。どうやら時忠は、そのあたりのことを感づいているらしい。

「もう高松殿に着かれたころでしょうな」

軒先に出て、十日の月の在所《ありか》をたしかめるようにして言った。

高松殿は現在の後白河天皇の御所である。清盛ははじめから後白河・美福門院側につくつもりで出かけている。長年鳥羽法皇の近臣として愛顧をうけていたし、死の一《ひと》月ほど前、法皇から遺言のように、

「万一のときは味方せよ」

と念を押されていたのだ。

「高松殿は手狭ですからな。北隣の東三条殿に帝も移られましたよ」

と、義兄の清盛に従って鳥羽法皇に近侍していた時忠は、かなり事情にくわしい。

東三条殿はもともと摂関家の本拠なのだが、力ずくで押し入ってこれを接収してしまったのは下野守《しもつけのかみ》　源《みなもとの》　義朝《よしとも》であるという。

「乱暴な男ですからね。手荒くやったらしい」

「と、いうと、下野守は、帝のお味方？」

　時子の問いに彼はうなずく。

「そうです。あの男にも法皇さまは御生前にお言葉を賜わっていましたから。もっとも親父の為義《ためよし》や弟の為朝《ためとも》は上皇側へついたようですがね」

「まあ」

「そりゃそうでしょう。あの連中は、忠実公、頼長公に恩義があります。もっとも為義は年もとっているからと、ためらったとか」

「そうでしょうねえ、親子で戦うのは嫌でしょうからねえ」

「なあに」

　時忠はけろりとして言う。

「東国武者ってのはそんなものらしいですよ」

「おお、いやなこと」

「その代りなるべく鉢合わせしないように、うまくやる。そうしておいて勝った方が負けた方の命乞いをするんです。奴らもなかなかしたたかですよ。それで恩賞だけはせしめようというんだから」

　言いかけて、急に声を低めた。

「そこへゆくと、当家はなかなか微妙ですな」

「そ、そうなのよ」

思わず時子は口走ってしまった。

「私が心配しているのも、それなの」

「あそこの……」

時忠はそっと庭先を指さした。

「池のおばばどのでしょう？」

「しいっ」

「いや、それもあって伺ったのですよ」

単なる出陣見舞でないことを、はじめてあかした。

池のおばば――

この人物については多少説明が必要であろう。彼女は清盛の父、忠盛《ただもり》の妻宗子《むねこ》。夫の死後すでに出家している。ただし、清盛の実母ではない。継母である。

ちなみに――

清盛の父は白河、母はその寵姫祇園女御《ぎおんのにょうご》、忠盛はそれを承知でみごもった女御を妻にした、という説があるが、それは伝説にすぎない。

祇園女御は、むしろ、平家一門にとっては白河法皇と並ぶ大事な女あるじなのだ。げんに祖父正盛《まさもり》などは財力を投じて彼女への奉仕にあけくれたものだった。

平家は正盛時代からどんどん富を蓄積し、その子忠盛時代には大富豪になっている。その富の蓄積方法は、受領《ずりょう》つまり地方長官になることだった。当時の受領は徴税官である。それも一種の請負制度で合法、非合法の手段を駆使して貢納物を絞りとり、私腹をこやす。そしてこの財力で上皇やその寵姫に奉仕して、また次の機会に受領に任命してもらう。正盛も忠盛もこの手をふんだんに使った。

しぜん上皇の御所に出入りするから、その周辺にいる女房と親しくなる。忠盛の妻もそうした女性だったが、清盛を産んで二、三年のうちに急死してしまった。それを憐んだ白河が、祇園女御の養子扱いにして出世の緒《いとぐち》を与えてくれたのである。

その後忠盛は何人かの女性と交渉を持つが、中での大ものは藤原宗子だった。なぜなら彼女は院の近臣団の中枢に連なる有力者の一族だったからである。

当時の院の近臣というのは、摂関家のように官位こそ高くはなかったが、院政期の権力者である院（上皇・法皇）の側近として近侍し、摂関をも凌ぐ実力を持っていた。中でも主流派中の主流派が、六条流といわれる藤原顕季《あきすえ》—家保《いえやす》—家成《いえなり》だが、宗子の家は彼らに密着していた。してみれば、忠盛にとって、宗子は下へもおけない大事な北の方（正室）だったのである。彼は宗子を六波羅の本邸の中で一番豪奢な池に臨んだ殿舎に住まわせた。宗子は忠盛との間に家盛《いえもり》、頼盛《よりもり》の二児を儲《もう》けている（家盛はやがて早世した）。忠盛の死後、出家した彼女が池の禅尼、頼盛が住居の名をそのまま池どのと呼ばれるのはこのためである。

嫁いできたときから、時子はこの姑には頭があがらない。まぶしすぎる存在なのだ。頭がよい。気が廻る。実子でない清盛を邪魔にするどころか、例の実力派顕季流の家成——自分のいとこでもある目下の最有力者にひきあわせたりしている。

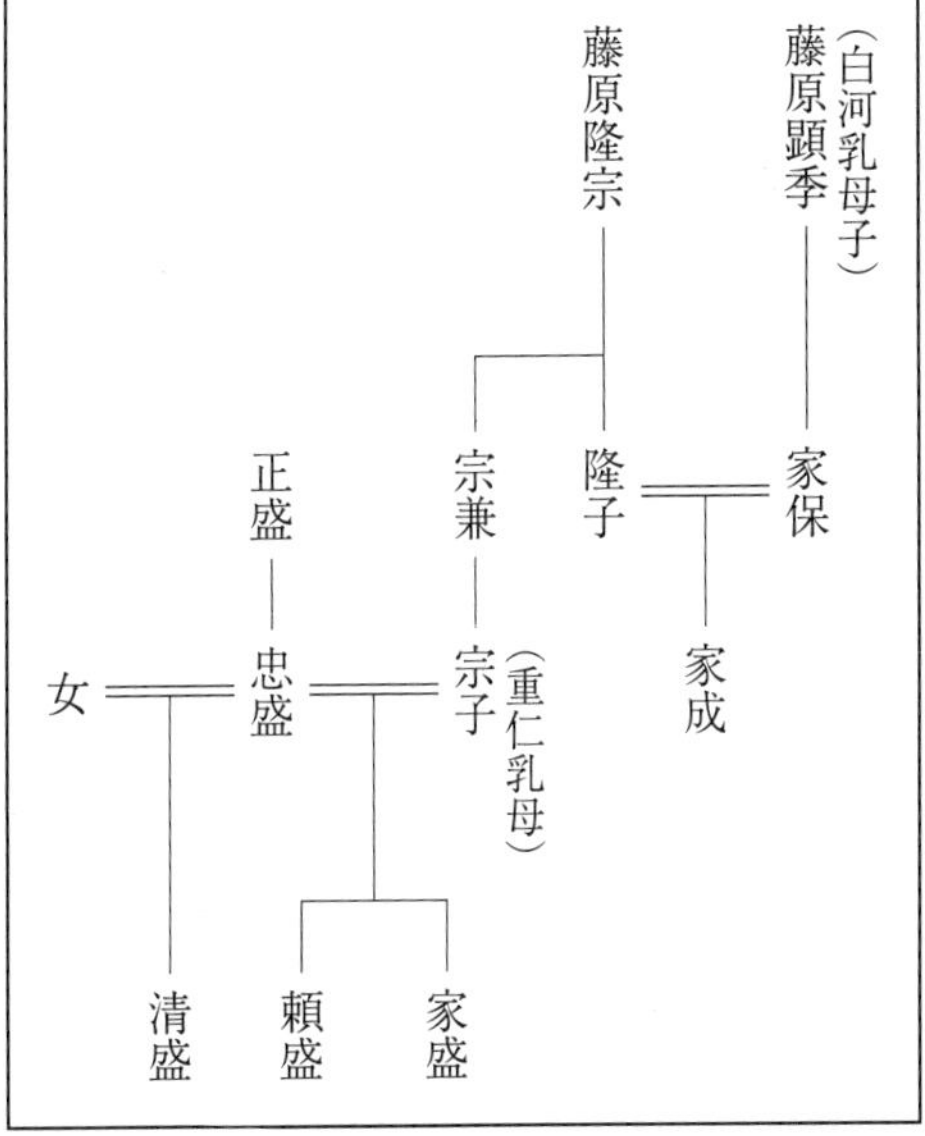

「だから俺は、若いころはずいぶん家成卿の邸へ入りびたっていたものさ」

夫がこう言ったこともある。が、大ものはとかくつきあいにくい。幸い六波羅邸は広大で、姑どのとは離れた泉殿に住んでいる清盛や時子は顔をあわせることはめったにない。いや、もともと、禅尼どのは御不在のことが多いのだ。

なぜなら——

彼女は崇徳天皇の皇子、重

仁の乳母《めのと》だったからだ。

乳母という存在は、院の近臣以上に、その重要性が忘れられているが、当時は権力のポイントを握る実力者だった。

そのころ、天皇家や貴族の家では、生母は子供を直接養育しない。専《もっぱ》らそれに当るのが乳母である。もちろん乳を呑ませるだけの役ではなく、生活全般の養育責任者だった。たとえば天皇家の場合、乳母が腕によりをかけてみごとに育てあげた皇子が皇位につく。

それには彼女自身教育者であるだけでなく、政治的手腕が必要だ。いかに競争相手を蹴落してわが養君《やしないぎみ》を皇位につけるか、乳母たちはしのぎを削る。その代り、幸いその養君が皇位につけば、蔭の実力者として、人事や政治にほしいままの介入ができる。

これほどの地位だから、乳母に選ばれるのは院の近臣の家の女たち——というより、乳母の近親がすなわち院の近臣になるのだ。とりわけ乳母の夫は、乳母夫《めのと》、子供たちは乳母子《めのとご》と呼ばれ、養君の親衛隊である。

天皇の方でも、皇子の乳母は最も頼りになりそうな家から選ぶ。いわば持ちつ持たれつで、宗子はまさにその接点にあった。当時すでに忠盛は天下の大富豪で、鳥羽の信任も篤い。崇徳にとっては、この上もなく頼もしい味方に見えたことだろうし、忠盛にしても、重仁の乳母夫になるのは望むところだった。当時重仁は美福門院の猶子として、即位の可能性は十分あったのだから。

が、重仁の即位を見ないまま、忠盛は仁平三（一一五三）年、五十八歳でこの世を去る。政治状況が急変するのはその二年後のことだ。近衛天皇が十七歳で世を去り、その後継者として、にわかに後白河が登場するのだ。この決定によって、重仁即位の望みは全く断たれるのである。

　その経緯を見れば、忠盛はまさに死に上手だったことにもなる。生きていたら、平家一門はジレンマに陥ったであろうから……

　いま彼ら一門に残されている課題は、宗子と重仁のかかわりあいだ。そのことが清盛の気を重くしていることを、時子は察している。

——清盛どのは、帝の方へつかれたけれど、姑どのや頼盛どのはどうなされるのか？

　できればそのことを話しあいたかった。そして、

——もし、頼盛どのが、上皇側につかれたら、あなたはどうお戦いになるの？

　それこそ、ぜひとも時子が聞いておきたいことだったのだ。しかし、それは口にするにはあまりに恐ろしすぎることでもあった。とかくためらい、口ごもっているうちに、清盛は出陣してしまったのである。

その複雑な思いを打ちあけたわけでもないのに、察しのいい時忠は早くも座を起った。

「池殿をちょっと覗いてまいりましょう」

時忠が戻ってくるまでの時間が、どんなに長く感じられたことか。膝の上で軽い寝息をたてはじめた姫を抱いたまま、時忠にとりのこされてぽつねんとしている小法師に時子は語りかけた。

「お経はうまく読めるようになりましたか」

「はい、どうにか」

小法師は眼をくるくるさせて答える。時子とは父を異にする弟である。時子たちの母は、平時信《ときのぶ》という中級官吏と結婚して、時子、時忠を産み、その後別れて、皇后《こうごう》宮亮《ぐうのすけ》藤原顕憲《あきのり》との間にこの少年を産んだ。が、顕憲が数年前にこの世を去ったので、少年が官途につく困難さを思って、母は彼を僧籍に入れた。時子や時忠に相談してのことである。なお時子たちの父時信も、別の妻を迎えて何人かの娘や息子を儲けているが、小法師の父より先に死んでいる。

こうした離別、再婚、三婚はそのころの常だが、こんなとき、母を同じくする異父兄弟姉妹《きょうだい》は案外親しい往き来をするものなのだ。

修行は辛くないか、作法はやかましいことだろう、ひもじくはないか——なかなかの美少年の小法師にやさしく語りかけながらも、今夜の時子はどこか上《うわ》の空《そら》だった。

そのうち、やっと時忠が戻ってきた。妙に拍子抜けした面持である。

「池殿はもぬけの殻でしたよ」

「まあ」

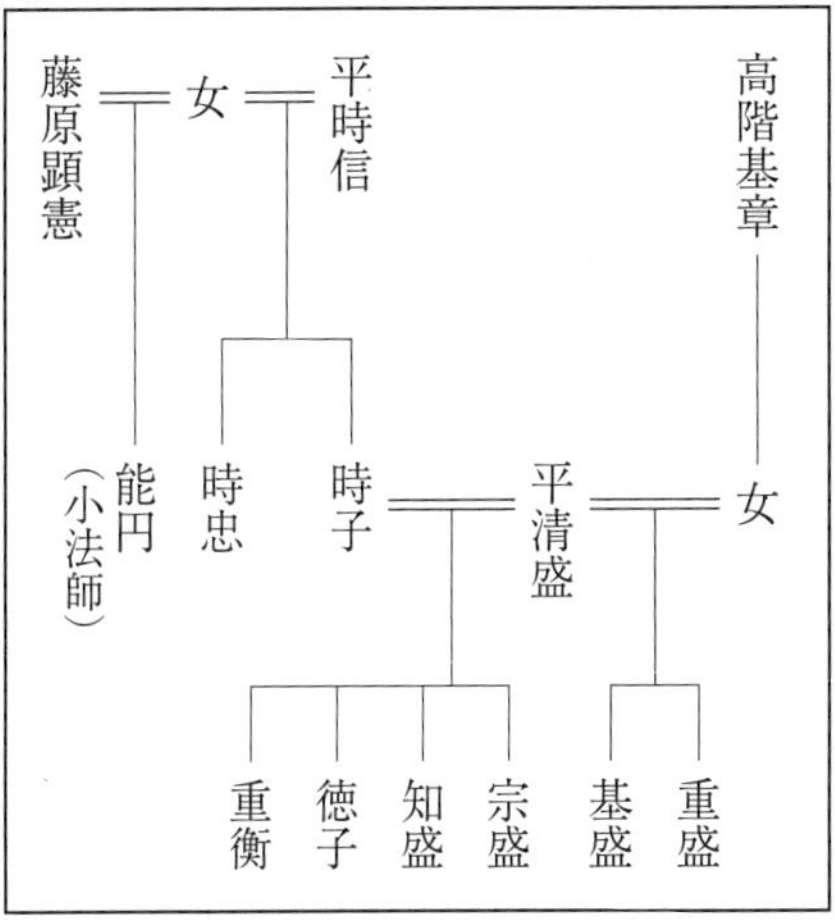

「禅尼は、もとより皇子のお側《そば》でしょうがね」

「で、頼盛どのは」

「御出陣なさいました、と女房が申すのです」

「では、やっぱり母君の許へ？」

「いいや、それが……」

清盛の出陣にひと足おくれて、慌しくその後を追ったのだという。

「まあ、母君に背いて？」

「いや、それがまた」

時忠は時子に近づくと耳許でささやい

た。

「おばばどのの入れ智恵で」

「何ですって」

禅尼はひそかに使を頼盛の許に飛ばせたのだった。

「今度は上皇さまの負けです。そなたは、ひしと兄者にとりついていなされ――おばばの密書にはそうあったんだそうです」

「……」

「さりとはしたたかなおばばですな。ひしと兄者にとりつけ、とは言いも言ったりだ」

はじめて時忠はにやりとした。

「いや、みごとみごと。当家の女房がたは、みんなみごと」

もう時子をからかう眼付になっている。

「姉上は義兄《あに》上のお負けになる場合を考えてもいなかったというし、おばばにいたっては、大事な皇子の勝利を祈るどころか、今度は負けだ、と見通しておられる」

「まあ……私はそれとは違うのよ」

「そうだ。少し違うな。おばばの方が一枚も二枚も上手《うわて》だ。姉上もせいぜい見習うことですな」

「何てことを、そなたは……」

と、慌しい足音とともに侍女が転がりこんできた。

「た、大変でございますっ」

「えっ」

「火が、火が――」

北の方を指さして切れ切れに言うのも待たず、時忠は庭に飛びおりていた。

「やったぞおっ、やった、やった」

跳ねあがるようにして大声で叫んだ。

「夜襲です。帝側の夜襲の成功ですぞ、姉上」

眠っている姫を侍女にあずけると、時子も庭に走りおりた。

北の方の空はまさしく真紅である。その方角はまごうかたなく白河北殿《しらかわきたどの》。二日前、崇徳は鳥羽離宮の田中殿から、ひそかにそこへ移ったはずだ。そこが焼けているということは、後白河側のなぐりこみの成功にほかならない。

紅《あか》い炎は不気味に夜空の下で、身をくねらせている。その炎の下に夫はいるのだろうか、と思ったとたん、

「あっ！」

時子は我にもあらぬ大声で叫んでいた。

「私、大事なこと忘れていた」

「えっ？」

「殿の御出陣のとき、御武運を、って申しあげなかったわ。ああ、どうしよう」

声の大きさにぎょっとした時忠の表情がたちまち崩れた。

「やれやれ、驚かされるなあ。そんなこと姉上に言えないのもあたりまえですよ。我々は武門の生れじゃないんだから」

たしかに、彼らは公家《くげ》平家である。父時信は中級官吏で終ったが、その数代前には閣僚級である参議にまで昇進した人物もある。この一族が武門の平家と縁ができたのは、時子が清盛と結ばれて以来のことだ。

「それに——」

近づくと時忠は肩で軽く姉をこづいた。

「そんなことおっしゃったら、義兄上の方が恥ずかしがられますよ」

暁闇の中でも、時忠の表情は読みとれた。

——義兄上だって初めての戦さだ。お手柄なんて樹《た》てられるわけがない。

合戦が一日のうちに終った後、時子は弟の見通しの的確さを思い知らされることになる。白河北殿に押しよせた清盛は、名うての勇者為朝に有力な部下をひと矢で射殺されて震えあがってしまっていたのだ。

「何もここを攻めなきゃならんというわけじゃなし」

ぶつぶつ呟《つぶや》いて逃げ出してしまったのだという。

——あら、まあ……

意気地のなさに呆れるよりも、そこが清盛らしい、と笑いだしたくなったのは、勝利のゆとりのなせるわざか。とも知らず、清盛は六波羅邸の勝利の宴で上機嫌だった。

「下野守（義朝）はな、俺に東三条に残って帝を守護しまいらせよ、としきりに言うのだ。ぴんときたのさ、俺は。手柄をひとりじめにしようっていう魂胆だ、とな。そうはさせじと駆けだした、というわけさ」

一座を見廻し上機嫌なのには、もう一つわけがある、と時子は感じている。夫と並んで静かに盃を含んでいる頼盛がそれだ。

——頼盛どのと合戦しないですんだことに、ほっとしていらっしゃるのだわ。

とすれば姑どののはからいに感謝しなくてはなるまい。酒のまわった清盛はいよいよ陽気になっている。

「いや、それにしても、こいつの不敵さには肝を冷したわ」

と、傍らにいる長男の重盛《しげもり》をかえりみた。

「あの為朝冠者に手合わせせねば気がすまぬ、と飛びだしおって」

弱腰の父に憤慨した十九歳の重盛が鴾毛《つきげ》の馬を飛ばしかけるのを見て、清盛は慌てふためいた。

「ならんならん。考えなしの若造めが。あっ、危ない。馬をとめろ。者ども、馬の前に立ちふさがれえっ」

大将の貫禄もどこへやら、わめきにわめいた醜態も忘れて夫は息子の剛胆を褒めそやしている。が、重盛はあまり嬉しそうな顔もしていない。

重盛は時子の子ではない。清盛が若いころ迎えた高階基章《たかしなもとあき》の娘の所生である。二つちがいの基盛《もともり》を産んでその妻が他界した後、時子は清盛と結ばれた。時子にとっての長男は十歳の三郎丸。童形の彼は、特に許されて、いま彼女の傍らに坐り、兄の武勇伝に眼を丸くしている。

「強いんですねえ、兄上は」

母を見上げて、おっとりとそういうのが、時子には少し心細い。重盛の年になったとき、はたしてこの子にそれだけの働きができるだろうか……

ともあれ合戦は終った。崇徳上皇は白河北殿を脱出し、洛東の山中をさまよったあげく、仁和寺《にんなじ》に入ったところを捕えられて讃岐《さぬき》に流された。もう一人の中心人物、左大臣頼長は逃走の途中、頸《くび》にうけた矢傷が悪化して絶命した。このほか崇徳側の公家はそれぞれ処罰されている。為義も捕えられ、義朝の部下の手で処刑された。義朝の助命懇請はいれられなかった。恩賞とひきかえに縁者を助ける東国方式は通用しなかったのである。剛勇の為朝は伊豆に配流、その他の弟たちのほとんどが斬殺された。平家の中にも崇徳側に奔《はし》った者もいる。忠盛の弟の忠正《ただまさ》一家がそれだが、日頃不仲の間柄だったから、処刑を命じられた清盛も、そのことにさほどためらいはなかった。

　それにしても上皇の配流、敗者の死刑という平安朝はじまって以来の厳罰が行われたことに世間は衝撃をうけたが、この采配を振ったのは、信西入道《しんぜいにゅうどう》という男である。もと藤原通憲《みちのり》といい、官途は少納言どまりで出家したが、じつは彼こそは、後白河の乳母夫《めのと》だった。そもそも鳥羽を動かし、後白河を即位させたことじたいが、彼の権謀によるものといってもいい。

　抜群の才智と政治力を持つこの男についてはいずれ触れる機会もあろうが、ともあれ、乳母と養君という隠された歴史の流れから捉えなおしてみれば、この合戦は崇徳側を圧倒した後白河側の乳母の勝利といえるだろう。

　崇徳の皇子重仁はこのとき出家して、俗世への望みを断った。かつてわが父と義母が奉仕し、一門に繁栄をもたらすはずだったこの皇子を完全に政権から遮断したのが、ほかならぬ清盛そのひとであったとは、歴史は皮肉なものである。

夫の浮気を咎《とが》めるというのではない。いや、男の所行の一つ一つに目くじらを立てていては、生きていけない世の中だ。そしてまた、夫の清盛の周辺に、どんな女の影がまつわりつこうとも、妻の座にいる時子には全く関係がない、といってもいいのだから……

――でも、そのことが、かえって私の気を重くしているのだわ。

六波羅の泉殿《いずみどの》――

その名のごとく、ここには滾々《こんこん》と湧きでる泉がある。庭を廻り、対《たい》の屋《や》を結ぶ打橋《うちはし》の下をくぐるせせらぎの音が、ひどく気になるのは、そのせいかもしれない。

――でも、これはやきもちではないわ。ええ、そうですとも、断じて！

時子の言葉に、まず四分ほどの真実はあった。その中の三分は、夫の浮気にかかわりなく安定している妻の座に対する困惑であろう。この六波羅の泉殿に嫁いできて十年あまり、たとえ清盛が浮気しても、ここを出てゆかなければならない気遣いは全くない。

——それなのに、私の気が重いのは……

口の中で呟いてみる。

——母君はそうではなかったもの。

時子たちの母の許へ、父時信は足繁く通ってきた。が、時子や時忠がもの心つくころ、いつか父の足は遠のき、別の女と結ばれていた。時子の知るかぎりでも、滋子《しげこ》や親宗《ちかむね》という、それぞれ母を異にする子供が生れているはずである。

といっても、時子たちの母が棄てられたわけではない。いや、藤原顕憲《あきのり》という男が通ってくるようになって、例の小法師が生れたのは、父が別の女性との間に滋子を儲けるよりも先だったと思う。

では母が父を棄てたのか？

そうでもない。棄てたの、棄てられたのという言葉がふさわしくないくらい、そのころの男女の仲は軽やかなものだった。もちろん母は父に養われていたわけではないし、資産の多くが娘に受けつがれるそのころ、子育てに男をあてにする必要はなかったのだ。

だから別れるについても、すさまじいいがみあいはむしろ稀だった。男にとって、訪れが間遠になるのが別れの挨拶だったし、また女は、それとなく別の男のいることをほのめかす技巧を身につけていた。つまり二人が一緒にいる間だけ、断続的に「夫婦」なのであり、それ以外の時間は、別々の男と女であった。現代の感覚では不安定きわまりない「夫婦」だが、持続を期待しないさわやかさもあって、げんに母は、「そなたたちの父、時信どのは、そりゃ心やさしいお方でしたよ」

今は亡き夫をなつかしむ言い方をよくしたものだ。

その当時は時子の母たちのような形とは別の婿入り婚があって、むしろ大勢をしめていたのだが、この場合、浮気した後、よりばつの悪い思いをするのは夫の方ではあるまいか。何しろ本拠は妻の家だし、妻の父や母が、彼の一挙手一投足に眼を光らせているのだから。

――そこへゆくと私のようなのは……

時子は溜息をつきたくなる。

――もしも、私が婿取りだったら、これほど気が重くないし、いっそ父や母のような、軽やかな別れ方ができるのだったら……

そっとどこかで、別の声がささやく。

——そうしたら時子、そなたも今ごろは母君のように別の男を通わせて……

あわてて、時子は首を振る。

——そういうことじゃないわ。断じて！

清盛が別の女との間に女の子を儲けたのは保元元（一一五六）年ごろだったらしい。

——そうすると、うちの姫より一つ下。あの戦さのころ、お産だったのかしら。

合戦の騒ぎに続いて翌年男児を産み、雑事にかまけていたとはいえ、今年——保元三年のこの年まで気づかなかったとは、何たるうかつさ！

——私っていつもそうなんだから。あちらのその子も、もう三つだというのに……

今でも相手の女のことはよく知らない。せいぜいわかっているのは宮仕えをしていた小女房らしいということぐらいである。

——私もうっかりやだけれど、清盛どのも隠すのがお上手になられた。

前はそんなではなかった。じつは数年前、時子は同じような経験をしているのだ。

——そのときの清盛どのの不器用さといったら……

思いだしてもおかしくなる。

「あ、うう、あ……その、娘が……娘が一人いてもいい……というようなことを、考えているのだが」

顔を赧《あか》くし、しきりに顔をこすり、さんざんのていたらくだった。そのおかしさが、時子の怒りや嫉妬を圧倒したともいえる。なるほど、先妻の子は重盛、基盛、そして、当時は自分の子も、男だけだった。が、やっとひねりだした口実がいかにもぎごちなくて、時子は危うく、

「いいんですの、そんなこと言ってくださらなくても。私、母のこと見聞きしてますから」

と言ってしまうところだった。

時信には、異母弟妹《きょうだい》を産んだ女性のほかにも恋の相手がいたらしい。時子たちの母の許に通いながらも、そうした恋人の所へも出入りしていたようだが、母は知らぬふりで押し通してしまった。もちろん時信もそれを口にすることは一度もなかったのであるが。

会っているときだけ、完全な恋人、完全な夫婦——というルールが貫かれている間柄ならそれでいいのだが、しかし、時子のように夫の家に住みついているとそうはいかない。お互いがきれいごとではすまされなくなってしまうのだ。

それに、今度は清盛も図々しくなっている。女のことも子供のことも、知るのは時

子の勝手だと思っているのではないか。そう思うと、屈託なげなその顔付が憎たらしくなってくる。この際、できることといえば、女のこともその子のことも前から知っていて、清盛が言いだすのを待ちかまえているのだ、というふりをするぐらいのことだろう。

　こんなとき、母親は全く頼りにならない。たまに訪ねてきても、

「そなたもまあ、わが家よりずっとりっぱな泉殿の北の方におなりなのだからねえ」

　自分と違う形の結婚をした娘の幸福を信じて疑わないのだ。

「それに清盛どのも大宰大弐《だざいのだいに》におなりだし」

　大宰大弐は九州全体を統轄する大宰府の次官だが、実質的には長官の権限を持つ。国の守《かみ》より一段とスケールも大きく、みいりもいい。その上、大宰府は対宋貿易の窓口だったから、いわば貿易公社総裁のようなものでもあった。貿易にあたっては、合法、非合法を問わず、舶載品を操って巨利を手に入れることもできるのだ。しかも自分はほとんど都住いで手だれの部下に万事を任せるという結構な身分なのである。

　こうして、清盛の代になって、平家の富は飛躍的に増大している。清盛だけでなく、息子の重盛が遠江守《とおとうみのかみ》、弟の頼盛が常陸介《ひたちのすけ》から三河守《みかわのかみ》へと、うまみのあるポストへ次々と進出した。もっとも、その代りに、財政的奉仕も、莫大なものとなり、保元の合戦の後に始められた内裏《だいり》の再建にあたっても、清盛一門は、その殿舎や宮門のかな

りの部分を受けもっている。それはたしかに将来への有効な布石ではあるが、しかし、
時子の心のわだかまりは、そうしたこととは別なのである。
　そして、もう一つの気懸りは、その新しい女の産んだ娘というのが、どうやらわが
娘より才はじけているらしいことだ。人づての噂では、一つ年上のわが娘より体格も
いいし、もの覚えもいいらしい。無口でおっとりしているわが娘に比べて口も達者で、
もう筆を持って書くまねをするとか……
　——そこへゆくと姫は……
　まるで絵巻物からぬけでてきたように美しい、と周囲は褒めそやすが、動作も緩慢
だし、気働きにも欠けている。
「まわりがあまりちやほやし、世話しすぎるのではありませんか」
　それが自発性を失わせているのではないかと、養育にあたる乳母《めのと》に言うこともある
のだが、
「いいえ、姫宮さまとか、上《うえ》つ方《かた》の姫《ひい》さまは、みなこのように雅《みや》びやかでいらっしゃ
います」
　自分たちに手落ちはない、それどころか、姫には天性の高貴さが備わっているのだ、
と乳母たちは言う。お世辞まじりだ、とわかっていても、ついその先は言えなくなっ
てしまう。時子の気懸りの残りの一分というのは、じつはそのことなのである。

ずばぬけたところがなくてもいいから、せめて向うの娘に負けない子であってほしい。

母はそう願わざるを得ない。そんなある日、清盛が思いがけない話を持って帰ってきた。保元三（一一五八）年、十月のことである。

「いやあ、寒いの何のって」

紺の狩衣《かりぎぬ》を脱ぎすて、直垂《ひたたれ》に手を通しながら、清盛は、

「火桶、火桶」

とわめいた。

「宇治の川風は骨までしみたぞ」

この八月譲位したばかりの後白河を、これも関白を辞したばかりの藤原忠通《ただみち》が、宇治の別業《べつぎょう》、平等院《びょうどういん》に招いての宴遊に随行した彼であったが、

「紅葉はいかがでしたか？」

という時子の問いに、

「紅葉？　そんなものは眼に入らなかった。とにかく、寒くてな」

火桶にかじりつきながら、

「それでも上皇さまは御満足よ。船遊びのお側近くへ、きれいな遊女を乗せた船が三艘もやってきた」

とにやりとした。

「御執心の今様《いまよう》を歌わせ、御自身も歌われてな。ま、こういうことがなさりたくてうずうずしておられたんだから」

天皇ともなれば、行事の連続で、気ままな遊びはできない。わが子守仁《もりひと》（二条）に譲位して身軽になった後白河は、この日を楽しみにしていたのだ。迎える側の忠通も、後白河の譲位にあわせて、十六歳の少年にすぎないわが子基実《もとざね》に関白を譲った。一方の二条も十六、だから後白河と忠通が、それぞれ天皇家と摂関家の実力者であることに変りはない。

いわば、今度の催しは、堅苦しい衣裳をかなぐりすてての実力者の顔合わせであり、これに従ったのは、長年後白河の側近に侍した人々。彼らも、狩衣という略装であったが、やはり今後の政局への思惑を秘めての随行——と思われた。しかし、清盛の口にしたのは、それとは全く別のことだった。

「じつは娘のことなんだが……」

虚をつかれたというべきか、その言葉に、時子が、例の三つになる隠し子のことだ、と思ってしまったのも無理はない。大体わが家の娘のことは姫と呼び、決して娘とは言わない清盛なのである。

——ほうら、おいでなさったわ、いよいよ。

時子はわざと無表情を装う。そのことを打ちあけられたら、

——まあ、そのことでしたら、私、とっくに知っていましたわ。

と唇許《くちもと》をすぼめ、ちらりと流し眼を送ってやろうと用意していたのである。が、清盛が口にした言葉は短かった。

「縁談がきまった」

「えっ、縁談？」

話題は全く別の方向へ転がりはじめている。絶句したまま、惑乱のとりこになった時子は、やっと、うめいた。

「あなたは、まあ……」

ぬけぬけとみつめている夫が腹立たしい。

「そ、そんな年頃の娘が、ほかにいたんですか」

知らなかった、よくもだました——と夫の手を摑みかけたとき、

「慌てるな」

清盛はけろりとして言った。

「例の、あの娘のことだよ」

「え？　だって……」

「前に話したあの娘だ。七つかな、いや、八つになったかもしれん」

「まあ……」

へなへなと力がぬけてゆくのを感じながら、時子は辛うじて言った。

「ええ、まだそのくらいですわ。いくらなんでも、縁談は早すぎはしません？」

「うむ、でも約束だけはしたいというんだ」

「そのお相手というのは？」

「信西《しんぜい》入道の息男、藤原成憲《しげのり》どのだ」

やや誇らしげにいう清盛の前で、時子はまだ腑に落ちない面持である。

「成憲どのは、でも、二十二か三でしょう」

「そうだ。左近衛中将《さこんえのちゅうじょう》で、播磨守《はりまのかみ》も兼ねている」

清盛は大宰大弐になる直前まで播磨守だったから、その後任者ともいえる。当時、播磨は最上国とされ、そこの国の守は、もっともみいりのいい役職だった。それに左近衛中将というのは、若手官僚の憧れのポストだ。儀仗兵化していた近衛府の次官で、その華やかな服装が、宮廷の女房たちの注目の的になっていた。そういうきらびやかな若手官僚と八歳の童女の組合わせは、これはもう滑稽に近い。

「年の開きがありすぎますわねえ」

が、清盛は平然としている。

「なあに、いまはそうだが、七、八年経てばおかしくも何ともなくなるさ。それに今度の話は、父御《ててご》の信西入道からなんだ。宇治の船遊びの折に、こっそり耳打ちされたのさ」

その意味はよくわかる。

信西入道――

その名が、いまどんな重みを持つか、知らない時子ではない。

「信西入道どの御自身がねえ……」

目から鼻にぬける勘のよさ。博識の鬼才。智謀と権力欲の権化――

讃辞よりむしろ悪評をまつわりつかせながら、音もなく後白河の背後に控える彼は五十三歳。いま、彼を軸にして時代は廻っているといっていい。

出家以前は藤原通憲《みちのり》と呼ばれていた彼は、まるで悪魔から智恵袋を授けられて生れてきたような男だった。古今の書物に通じ、その博識は呆れるばかりで、あるときは宋からやってきた人間と通訳ぬきで語りあい、眼をみはる周囲に、

「いや、俺もいつか彼の地に渡ることもあるかもしれんと思って勉強しておいたのさ」

とうそぶいたという。

が、悪魔は智恵袋と同時に、とんでもない通行手形も彼におしつけていった。それは「家柄」である。藤原氏とはいえ、末流の末流、家柄がものをいう当時としては、

とうてい出世の見込みのない血筋だった。ぬけめのない彼は、一時、高階《たかしな》氏に養子にいったりして、ひと掻きでも前へ出ようと悪あがきしたが、家柄の重圧をはねかえすことだけはできなかった。

　ありあまる学才を身につけながら、だから通憲の官途は少納言どまり。つまり事務官僚クラスで、閣僚入りはとうてい不可能だった。ついにこれに見切りをつけて出家するが、しかし、世をすねての遁世ではない。表側の官僚コースを降りたまでのことで、彼はより融通のきく道を選ぶのである。

　すでにこの頃、彼は鳥羽天皇の皇子雅仁《まさひと》の乳母夫《めのと》になっていた。以後、彼はこの地位をフルに利用して鳥羽と雅仁の身近に接近するのだ。じつは雅仁の乳母夫になったのも、彼らしい計算の上に立ってのことで、前から雅仁の乳母になっていた紀伊局《きいのつぼね》朝子《あさこ》の夫になりすましてしまったのだ。乳母がいかに政治的に重要な存在であるかはすでに触れたとおりだが、それを知っている彼は、それまで交渉のあった女を振りきって、朝子の側に割りこんだのである。

　が、当時、雅仁に即位の可能性はほとんどなかった。そこに狙いをつけたのが、彼の策士たるところで、父の鳥羽にさえ、

「あれには天皇になる器量はない」

　といわれていた雅仁と結びつくや、あの手この手を使って当の鳥羽をくどき落し、

ついに彼を皇位に押しあげてしまった。これが後白河天皇である。盲点をつくこの作戦が成功したとき、多分、信西はわが腕の冴えに惚れぼれとしたことだろう。

　そして保元の合戦で崇徳《すとく》上皇が失脚してしまった現在、後白河の背後で、信西は次々と新政策を打ちだす。荘園の整理、寺社の暴力行為の禁止、内裏の造営——。権謀の人であるばかりでなく、彼は日本史上指折りの政策マンでもあった。

　が、その光り輝くばかりに新築された内裏を、彼はやがて惜しげもなく後白河に棄てさせてしまう。奇妙な感じもするが、じつはこれも彼の魂胆によるもので、十分腕を振うためには、やはり後白河を上皇にし、院政を開く方がいい、と判断したからだ。天皇であれば、どうしても摂政、関白、大臣などの官僚体制がものをいう。せいぜい正五位下、少納言どまりの前歴では、この機構を左右するだけの神通力はない。もちろん後白河もそれは望むところだった。堅苦しい行事ずくめのポストからは解放され、自由に遊び歩ける上に、天皇の父、つまり当時でいう「治天《ちてん》の君」として権力は保有しているのだから……

　こうした政治状況の演出家である信西が、向うから手をさしのべてきたのだから、悪い話ではない。

「成憲どのは、入道と紀伊局の間に生れた最初の息子だものな」

　呟きながら、清盛は時子の眼の中を覗きこむ。

「憶えているか、いつか俺は言ったはずだぞ。女の子がいるのはいいもんだ、と」

「そうでしたかしらねえ」

時子の返事は上の空だ。てっきり今度の娘のことだ、と意気ごんでいたのが、みごとにはずれてしまったのだから。

「そうですか、あの娘御のことじゃなかったんですね」

気がつくと、言葉が口から洩れていた。

「私はまた、てっきり……。そう、いくら何でも、三つではねえ、嫁入りなんて無理」

「何だって？」

聞きとがめられて、あわてて口を押えた。

「あ、いいえ、何でもありませんわ」

無念にも、唇許をすぼめ、じろりと流し眼をくれる機会を失ったらしい。清盛の眼は、無言で問いかけている。

——ほう、知っていたのかね、時子。

——知らない、知らないったら！

なだめるつもりで、夫は別のことを話しだした。

「入道の話ではな、左《さ》馬頭《まのかみ》義朝《よしとも》も、入道のところへ縁談を持ちかけてきたそうだ」

「まあ」

「わが娘の婿に御息男をぜひって」

それも朝子との間の子ではない是憲《これのり》を、と言ったのは、東国育ちの源義朝の気おくれか。

「が、信西どのは、こう言って断られたそうだ。わが家は学問の家、是憲も自分に似て学問が好きなので、いずれその道で立つことになりましょう。武門の婿にはふさわしくありませんので――とな」

信西の言葉に、時子は少しこだわっている。

――義朝の家が武門なら、わが家だって武門なのに。それに成憲どのも歌をたしなまれる優雅な公達《きんだち》だと聞いている。それなのになぜ、入道どのは、わが家との縁組みを望まれるのか？……

信西の言葉の謎をあざやかに解いてみせたのは、弟の時忠である。泉殿を訪れた彼に、こっそり打ちあけると、

「ははあ、つまり」

にやりとして顎を撫でた。

「わが一門は武門にして武門にあらず、ということですな。姉上も公家の生れだし。義兄《あに》上もいずれ公卿の座に列せられるというほのめかしか」

内裏の造営やその他に、多額の財政負担をしている清盛だが、まだ閣僚級の参議の座には手が届きそうもない現在だ。その鼻先に甘い蜜をふりまくささやきとれそうだが、しかし、時忠は声をひそめた。

「ただし、おだてには乗れませんね」

「えっ？」

「入道も、多少焦ってるんじゃないか」

「それはどういうこと？」

「上皇さまをがっちり抱えこんでいるつもりが、そうもいかなくなった」

「まあ、詳しいのね、そなたは」

時子の思いおよばないところまで、時忠は探りを入れているらしい。

「入道も思い上がりが過ぎてますよ。上皇さまが今日《こんにち》あるは、すべて自分の働きだ、という様子が見えます。それもかなり露骨にね」

「……」

「ところが、かんじんの上皇さまは、そう思っておられないのじゃないか。大体お遊びの好きな方ですからね。信西入道みたいな学問好き、政治好きはお肌にあわない。だから今じゃ、側近は別の男でしょう」

「まあ、それは誰？」

「御存じないんですか。権中納言《ごんちゅうなごん》、藤原信頼《のぶより》卿のこと。なあに、二十六、七の色の生《なま》っ白《ちろ》いつまらん男ですがね。それが権中納言になれたのは、どなたのお蔭だと思います？」

「……」

「もちろん上皇さまのお許らいですよ。何しろあの男を、弟のように御寵愛で……」

にやりとした奇妙な笑いの意味するところは時子も察しがつく。後白河三十二歳。男どうしの相愛の世界は、当時さほどタブーとはされていなかった。

「なかなかの美男ですがね、でも図体《ずうたい》がでかすぎる。あんな男のどこがよくて――」

「しいっ」

「平気、平気。信西入道だって、もっとすごいこと言ってるんですから」

「どんなこと？」

「院（後白河）は和漢に比類なき暗主だ。逆心のある臣が、側にいても、気がつこうともなさらない、って」

「まあ」

「焦《じ》れてるんですよ。上皇さまが信頼の言うことばかりお聴きになるので。また信頼が底なしのおろか者で、そのくせ野望だけは一人前以上ときている。今度は大臣、大将になりたいっておねだりしているらしい。が、上皇さまも、さすがにそれは、と思っていらっしゃる。だが、信頼はそれを信西のさしがねだと思いこんでいる」

とすれば、対抗上、信西も味方をふやしたくなる。彼がわざわざ清盛に手をさしのべた理由も、そのあたりにあるのではないか、と時忠は言った。

「何でも信頼はしきりに義朝を味方につけようとしているらしい」

「まあ、困ったことね」

時子は信西が清盛にささやいた義朝の一件を思いだした。恐いのはこの雰囲気が拡大することである。合戦は保元元（一一五六）年一度でたくさんなのに……

が、時忠の思惑は別のところにあるらしい。

「見ていてごらんなさい。世の中、もっとおもしろくなるかもしれない」

「変なこと言わないで」

「信西が嫌いという奴はほかにもいますからね」

後白河の譲位を待ちうけていたのは、信西だけではなかった。別の意味で、

――そのときこそ、権力はわがもの。

と思う連中がいる。すなわち二条天皇とその側近たちだ。二条はなかなか聡明で、父をはるかに凌ぐ政治的力量を持っていた。意欲も十分で、信西のことなど近づけようともしなかった。側近にいるのは二条の生母の兄、藤原経宗《つねむね》と、乳母子《めのとご》の藤原惟方《これかた》である。彼らはひそかに院政のなかった平安中期の政治世界の復活を夢みている。

「彼らにとって入道は邪魔ものですよ。わが家もうかつに入道に肩入れはできない。まあ、縁談が口約束だけというのは何よりでした」

時忠の話を聞くうち、時子は夫の眼が宇治の紅葉を捉えていなかった理由に気づきはじめていた。

洛中の紅葉も、その年は慌しく散った。そして年が替り、梅も盛りを過ぎたころ、清盛の身辺はいよいよ忙しくなっていた。保元の合戦で焼失した白河殿の辺に彼の手で建立されていた千体《せんたい》阿弥陀堂《あみだどう》がいよいよ完成に近づきつつあったからである。

鳥羽上皇が発願《ほつがん》して造りはじめた阿弥陀像は、遺志を受けついだ美福門院やその他の人々の寄進によって、すでに千体を超えている。これを安置するのだから、阿弥陀堂も、しぜん大きく豪奢なものにならざるを得ない。合戦の折の功によって、安芸守《あきのかみ》から播磨守に移り、すでに大宰大弐になっている彼にとってもかなりの大仕事であった。

その堂宇もほぼ完成し、大がかりな法要が二月十七日に行われるときまって、清盛のわめき声はいよいよ大きくなった。

「手落ちはないな。さあ、もう一度総点検だ」

十三日は習礼《しゅうらい》といって、本番そっくりの予行演習がある。仏前での法要やら、奉納の舞楽の練習などもあって、いいかげんくたくたになったが、ああ、何たること、かんじんの十七日は雨で、二十二日に延期されてしまった。

清盛も時子もかなりがっかりしたが、しかし休んではいられない。その間を縫って、十九日には、後白河の実姉、上西門院《じょうさいもんいん》の三条室町殿《むろまちどの》での殿上始《てんじょうはじめ》（顔合わせ）がある。上西門院は名は統子《とうし》内親王、後白河の准母《じゅんぼ》（母代り）として、それまで皇后宮の地位にあった（当時は、皇后は必ずしも天皇の妻を意味しない）。が、今度二条の女御姝子《しゅし》を立后《りつごう》させるので、統子には門院号が贈られ、女院《にょいん》として、上皇に似た格式が与えられることになったのである。

女院になると、上皇と同様に別当《べっとう》、判官代《ほうがんだい》などの役人がつき、莫大な荘園が付与される。院の近臣にとって、富と権力の根城となり得るところだから、ここにポストを獲得することには大きな意味がある。例の後白河お気に入りの藤原信頼も、ぬかりなく別当《べっとう》の一人として顔を並べているし、清盛も知らぬ顔をきめこむわけにはいかない。

十九日の夕刻、泉殿に戻ってきた清盛は、さすがに疲れた様子だ。

「いかがでしたか？」

時子の問いにも、

「まずまずというところだ」

不機嫌にそう言いかけたが、ふっと思いだしたらしく、

「うん、そうそう、そなたの異母妹《いもうと》に会ったぞ。なかなかの美人だな」

と、にやりとした。　異母妹——つまり時信が母と別れてから、他の女性との間に儲けた娘、滋子である。

宮仕えを勧めたのは時忠だった。　彼はそれまでも、こまめに異母妹や異母弟の家に出入りしているのだが、

「当節は、しかるべき家の娘で、宮仕えに出ない者はないくらいだから」

と言い、清盛にも働きかけ、上西門院への出仕を実現させた。　時忠が右少弁《うしょうべん》であるところから、少弁局《しょうべんのつぼね》と名乗るようになった、といういきさつは時子も知っている。

清盛は、何かを思い出すかのように、顎を撫でた。

「いや、ちょっと目立つ美女——」

と言いかけ、あわてててつけ加える。

「うん、そなたそっくりだよ」

「お世辞は御無用ですわ」

時子は軽く夫を睨む。

「あれじゃ男が放っておくまいよ」

「……」

「男を誘う何かがあるな、うん」

「あなた！」

「あ、なに、俺がどうこうというわけじゃない」

急に話題を変えた。

「酒宴になって、女院の蔵人《くろうど》になった若いやつが出てきて、酒を注いで廻ったが、これがなかなかの美少年でね。どこの公達《きんだち》かと思ったら、何と左馬頭（義朝）の倅なんだそうだ」

「まあ」

「頼朝《よりとも》とかいう名でな。母親が前から女院に仕えていた縁で、蔵人になったのさ」

頼朝の生母、つまり義朝の妻は、藤原季範《すえのり》の娘である。季範もいわゆる受領層の一人で、その娘である彼女は、統子内親王が皇后だったときから仕えていて、義朝と結ばれた。

「十三とかいったが、東《あずま》育ちの義朝に似ない品のよさは母譲りなんだろうな。かんじんの母親の方は見損ねたがね」

それから、はた、と膝を叩いた。

「ふむ、すると頼朝の姉のことかな、義朝が信西入道の息男を婿にしたいといったのは。それなら多分器量よしだろう。入道も武門の娘はだめだなどといわずに縁組みしてやってもよかったのにな」

時子はもちろん、清盛も、何も気づいてはいない、上西門院邸で見かけた少年、頼朝と、将来どのようなかかわりあいを持つようになるかを。が、この年四月改元されて、年号は「平治《へいじ》」になる。運命の日は、もう足早に近づいていたのである。

平治の雪

この寒いのに、もの好きな——

口まで出かかっている言葉を、時子はやっと呑みこんでいる。

夫の清盛は、冬のさなか、熊野詣でに出かけるというのである。

「もっと早く出かけたかったのだが、さまざまな用事が重なって、ついに果たせなかった。このままでは年を越してしまう。どうしても十二月の初めごろには発《た》ちたい」

延引のおわびも兼ねて、参籠したまま年を越すのだ、と彼は言い、寄進の品々の準備を急がせた。

「ずいぶん長い御滞在なのですね」

あてつけがましい時子の言い方にも気づかないのか、清盛はけろりとしてうなずく。

「ああ、大変な道のりだからな。まず難波《なにわ》に出て、第一が窪津王子《くぼつのおうじ》、次が境《さかい》王子、信太《しのだ》王子……」

王子というのは、熊野権現の分身を祀《まつ》る社である。白河法皇が熊野詣でをして以来、熊野三山――本宮、新宮、那智の三社に参詣することが、貴族たちの間の流行になっている。それとともに、途中の「王子」がにわかに脚光を浴びてきた。

「次が近木《こんぎ》、次が日根《ひね》」

清盛が誦《そら》んじているのは、父の忠盛に従って熊野街道を何度か往復しているからである。いや、それだけではない。安芸守《あきのかみ》だったころ、海路はるばる熊野に詣でたこともある。そうした縁の深い社だからこそ、ぜひとも今年のうちに参詣したい、と清盛は言う。その前年の保元三（一一五八）年、大宰大弐《だざいのだいに》に任じられていた彼としては、その昇進を神前に奉告したかったのだ。もっともこれは、いわば表面上の理由であって、目的は熊野別当《べっとう》との会談にある。

熊野別当は、三山検校《けんぎょう》（最長老の僧）に属し、実務の統轄者である。僧形ではあるが妻帯し、じつは熊野水軍の総師なのだ。当時の熊野は単なる神社ではなく、強力な水軍を持つ恐るべき海の猛者であり、その制海権は西国一円に及んでいた。清盛の祖父正盛《まさもり》、父の忠盛が瀬戸内海沿いの国々の守として巨富を貯えることができたのも、熊野水軍に手をさしのべ、その協力を得て弱小海賊を押えつけ、瀬戸内海の自由航行権を獲得したからである。

つまり海の平家の背後には、海の荒法師軍団がいたのだ。清盛の大宰大弐昇進が、いわば貿易公社総裁就任であってみれば、いよいよ彼らとの提携を深める必要があるわけだ。

　そのへんの事情は時子も知っている。いずれ詣でなければならない熊野であることはわかっているのだが、気になるのは、寒空に長旅をする夫が、億劫《おっくう》がるどころか、妙に浮き浮きした顔付をしていることだ。

「何年ぶりかなあ、熊野詣では」

　言葉の端々《はしばし》にちらりと本心が読みとれることがある。

「忠度《ただのり》も十五か六か、大きくなったことだろうな」

　忠度というのは、父の忠盛が、熊野別当家の娘との間に儲けた男の子で、そのまま現在の別当の湛快《たんかい》の手許で育てられている。熊野別当家と平家はこんな結びつきもあったのだ。在地の豪族が中央の勢力と手を握るとき、婚姻という形がとられることは珍しくない。たとえば、以前、源頼義《よりよし》が、関東に下ったとき、地元の豪族、平直方《なおかた》の娘と結ばれて男の子を儲けた。これが後の八幡太郎義家《よしいえ》である。

　そして、じつは源氏も為義《ためよし》時代に当時の熊野別当行範《ぎょうはん》と娘を結婚させているのだ。というより、別当家じたい、こんなふうに源氏と平家を巧みに操りながら、したたかに生きぬいたというべきだろう。行範と為義の娘の間には行快《ぎょうかい》という子が生れた。現在の別当湛快も、もちろん行範の一族で、娘をこの行快と結婚させている。

「今度は忠度を連れて帰るつもりだ」

と清盛は言う。中央でしかるべき官職をもらってやれば熊野育ちの忠度にもはくがつく。為義の没後も、なおも源氏の勢力が根強く残っている熊野で、いくらかでも忠度の立場をよくしておかねばならない。

「ほかにも熊野には亡き為義どのの忘れ形見がいるんだ。義盛《よしもり》とかいってな、別当家の何とかいう娘に産ませた子だがね」

十郎義盛は保元の合戦にも加わらずに生きのびているから油断はならない。そのためにも熊野に行く必要がある、という夫の言葉は、時子にもよくわかる。

が、その言葉の裏には、何かがちらついていはしないか。

——俺も、だから、別当家の娘の誰かと……ということもあり得るわけだ。いや、そうしなくてはならんというわけよ。

何やら浮き浮きしている夫の顔を見るのがしゃくなのは、そのせいなのである。

——あら、やきもちではないのよ、これは。ええ、断じて！

時子は毅然として、自分にこう言いきかせている。いや言いきかせているつもりだった、というべきか。

——ええ、そうですとも、昔から私はそんなこと気にかけてはいなかったわ。

ところが、それを見越したように、清盛がにやりとするのが気にいらない。

——そうだとも。そなたはそういうことをちっとも問題にしない心の広い女だ。だから俺はおどおどと密事《みそかごと》などしないですむのさ。

みごとに逆手をとられたような感じなのである。

——ちっとはおどおどとしてくれてもいいのに……

たしかに熊野詣では信仰の問題であり、それ以上に重大な政治問題でもある。が、そうした大義名分の上にあぐらをかいている図々しさは肚にすえかねる。しかも夫は長逗留をし、熊野で新年を迎えるのだという。

「重盛や基盛もだが、今度は宗盛《むねもり》も連れていく。ゆっくり三山を拝ませてやるんだ」

時子の長男は二年前元服し、宗盛と名乗って従五位下に叙せられている。まだ十三の少年だが、将来のために熊野別当家に顔つなぎをするよい機会である。が、時子には、夫がそれを長逗留の口実にしているように感じられてならない。

——まあ、どうぞ、ごゆっくり。

平治元（一一五九）年十二月四日、一行が六波羅を発ったとき、しぜん時子の見送りは形ばかりのものとなった。よもや、それから十日も経たないうちに、身を投げだしてそれらのすべてを悔いなければならない事態が起るとは思いもかけずに……

十二月九日の夜半。

なぜ目覚めたのか、自分でもわからない。

地籟《ちらい》というのか、地の底をゆすりあげるような響きが、体の芯に伝わってきて、床の上に跳ねおきた。が、耳をすませても、あたりは静まりかえっている。

——夢だったのか。悪夢に魘《うな》されでもしたのだろうか。

いつかどこかで、これと似た経験をしているはずなのだが、どうしても思いだせない。

闇を手さぐりするような気持でいたのはどのくらいの間だったろうか。

と、かすかな気配がし、まもなく慌しげな衣ずれの音に重なって侍女の声がした。

「北の方さまっ、お目覚めくださいましっ」

瞬間、居ずまいを正し、呼吸をととのえた。

——来た！

どこかでもう一人の自分がそう言っている。同時に、残っていた夢心地が払いのけられ、意識が明瞭になった。

——そうだわ。これに似た経験をしたのじゃなかった。あれは予感だったのだわ。

何かわからないが、異常事態が起きたのだ。それを一瞬早く自分の体がうけとめていたことが、そのときの時子の動揺をわずかに押えた。

「北の方さまっ、あっ、もうお目覚めで」

燭をかかげて入ってきた侍女は、一瞬いぶかしそうに足をとめ、

「火事にお気づきでございましたか」

と言った。

「いいえ、そうではないけれど、ちょっと目が覚めていたものだから」

むしろ冷静に時子は問いかけた。

「で、火事はどのあたり」

「はい、それが……」

気がかりなふうで、侍女は西北を指ししめした。

「ここからは遠うございますが、どうやら三条殿のあたりでは……」

「上皇さまの御所の方角ですね」

瞬間、胸をよぎるものがあった。単なる火事ではない、容易ならぬ事態が起ったに違いない。

「すぐ物見を。邸に残っている者に周囲を固めさせなさい」

六波羅の邸からは紅い夜空しか見えないが、火の色から察してかなりの猛火と思われた。もし三条烏丸とすれば、後白河の御所、単なる失火とは考えにくい。

と、それからさらに西の方に火の手があがった。飛火《とびひ》というには少し距離がありすぎる。

——三条殿の西とすれば？

瞬間、胸にひらめくものがあった。

——信西《しんぜい》入道の邸だ！

「誰か、誰か、早く使を……」

思わず声高に叫んでいた。

「大弐どのの後を追うのです。夜討ちがかけられました、院の御所と信西入道どのの邸が焼けています、と一刻も早く！」

紅い夜空を見ただけで、後に平治の乱と呼ばれるその兵乱の序幕を、なぜかくも明確に言いあてたか、時子自身もわからない。

藤原信頼と信西入道の不仲を聞かされていたからか、それとも保元の合戦の経験から勘が働いたのか。ともあれ、そのときの判断の正しさは、第一報の使者が旅の清盛を追って飛びだしてから四半刻《しはんとき》も経たないうちに証明された。

「お助けください。なにとぞ！」

暁闇にまぎれて転がりこんできたのは信西の息子の成憲《しげのり》だった。日頃、左近衛中《さこんえのちゅう》将《じょう》としてきらびやかないでたちの彼も、よほど慌てているのか、狩衣の衣紋《えもん》も歪んでいる。しわくちゃな袴《はかま》をひきずるようにして入ってくるや、

「夜討ちです。やられました」

息をきらせてこう言った。信頼が源義朝《よしとも》を語らって、後白河の御所、三条殿に押し

かけ、後白河と姉の上西門院《じょうさいもんいん》を無理やり車に乗せて連れだした。彼らは、上皇と女院をそのまま一本御書所《いっぽんごしょどころ》に閉じこめると同時に三条殿の捜索をはじめたという。

「父を……父を探しだして首を刎《は》ねようとしたのです」

成憲は震えながら言う。しかし信西はそこにはいなかった。腹立ちまぎれに寄手は三条殿に火をかけると、今度は三条殿の西の方にある信西の宿所に押しかけ、ここにも放火した。

「で、入道どのは？」

時子の問いに、成憲はかすれた声で答えた。

「わかりません。とにかく都を逃れでたようですが、生死のほどは……とにかく信頼卿はわれわれ子供たちまで皆殺しにするつもりらしい」

彼の口から、信頼は二条天皇の側近、藤原経宗《つねむね》、惟方《これかた》とも気脈を通じているらしいことがわかった。ともかくも成憲を奥の一間に隠し、時子は二度めの使を飛ばす。事のあらましを摑んでの連絡である。

と、そこへ時忠が馬を飛ばせて駆けつけた。

「えらいことになりましたぞ、姉上」

言いながら、時忠は姉の顔をみつめ、おや、という表情になった。

「御存じなのですか、もう」

時忠は刑部大輔《ぎょうぶたいふ》といういわば中級官僚だが、義兄の清盛の後について、後白河や上西門院の側近としてこまめに働いている。

「急を聞いて女院の御所に駆けつけましたが、もうおいでになりませんでした」

それから一流のすばやさで情報を集めて六波羅へ駆けつけたのだが、

「もう熊野に使は出しました」

という時子の答えに、

「こりゃ驚いた」

まじまじと姉の顔をみつめた。

「いつのまに、そういう方になられたのですか、姉上は」

「いえ、別に……」

あのふしぎな予感のことはなぜか口にする気になれない時子だった。時忠は彼が集めてきた情報と、時子の判断がぴたりと一致したことに眼を丸くしている。

「驚いたなあ。姉上はここに坐っておられただけで、どうしてこれがおわかりになったんですか」

「じつを言うとね」

時子は声を低めて成憲のことを告げかけた。が、その言葉が終らないうちに、時忠の表情は変っていた。

「そりゃいかん。成憲どのが来たのですか、ここへ」

「ええ、ひどく蒼い顔で……」

「そりゃまずい。まずいことになったぞ」

「あら、どうして？」

「信頼という男は、おろかなくせに執念深い奴ですからね。必ず探しにやってきますよ」

「まあ……」

「当家と成憲どのは婚姻の約束をしている。これは誰も知っている。当然狙われますよ。だから私が申し上げたでしょう。信西入道に肩入れはできない、って……」

言いかけた瞬間、時忠は声を呑む。姉の顔色が変っていたのである。

「まあ、どうしよう。私、とんでもないことをしてしまったわ」

信西の消息は摑めてはいないが、ともかく信頼や義朝の勝利はまちがいない。とすれば、成憲を庇ってやることが取りもなおさず彼らへの敵対意志の表明になってしまう……

――どうしてその智恵が廻らなかったんだろう。うっかりやの私。

半ば譫言《うわごと》のように彼女は呟く。

「でも、あのときの成憲どのの様子を見たら、お断りする気になれなかった。ええ、ええ、だから、私はどうなってもいいのよ」

「姉上、姉上」

　ぎょっとして時忠は時子の肩を摑む。

「しっかりしてください、姉上」

「ええ、ええ、私はいいの、殺されたって……。でも、私の思慮のなさから、平家一門がとんでもないことになるんだとしたら……」

　うつろな眼差は時忠を見てはいない。神詣での旅だから夫の供は五十騎ほど。武備は申しわけの程度である。

　——ああ、せめて弓矢をちゃんとお持ちになっていたら……

　それより身を嚙まれるのは、旅立ちの日のことだ。

　——私はひどくそっけなかった。ああ……もう取り返しがつかない。

　彼女は時忠にすがりつくように言った。

「信頼卿や源氏の手勢は、かなりの数なんでしょうねえ」

「そうらしいですよ。何でも三千騎、阿倍野《あべの》へ向ったという話もある」

「何のために？」

「義兄上を迎え討とうというのです」

　——ああ、もう駄目。

時子は眼をつぶった。頭の血がすうっとひいてゆくような気がした。

――お許しください、あなた。成憲どのを庇ったばかりに、とんだことになりそうです。ああ、こんなことになるのだったら、もっとかいがいしく熊野詣でのお世話をするのだった。

気がつくと、時忠が側にすりよっていた。

「しっかりしてくださいよ、姉上」

「でも、もう駄目ね。平家もおしまいです」

「そうときめこむのは早い。とにかく第一報はすばやく義兄上に届いている。それは姉上の大手柄だ」

「いいのよ、慰めてくれなくても」

「仕様がないなあ、いまはとにかく、できることからやることにしましょう」

「できること、って」

「成憲どのにこの邸を出ていただく」

ひどく冷たく時忠は言った。

「まあ、そんなことできないわ」

「できなければ、いまにも敵が押しかけてきますよ」

「私は死ぬつもりよ」

「そう興奮しちゃ困る。お任せください。私がうまくやってみます。で、どこにおいでですか、成憲どのは」

立ちあがりかけた時忠をぼんやりみつめながら、時子の口が、かすかに動いている。

「くぼつ、さかい、しのだ、こんぎ」

ぎょっとしたように時忠は姉をみつめる。

「何です、それは」

「熊野王子の名前よ。殿はどのあたりまでいらしたかしら」

「びっくりさせるなあ。何か呪文を唱えているのかと思った。いや、信太、近木あたりじゃない。義兄上はもっと先だ。藤白峠《ふじしろとうげ》を越えて、久米崎《くめさき》か、塩屋《しおや》か……」

急使はどのあたりで夫に追いつくだろうか。いや、それよりもいま時子の眼に浮かぶのは、急使に追いすがりざま斬ってのけ、一気に夫の一門に襲いかかる源氏の荒くれ武者の姿であった。

事件はしかし、時子の想像とは全く違った方向に動いた。その経緯を手短に語ると

——

まず成憲は渋々ながら六波羅の清盛邸を出た。時忠が二条の側近である経宗や惟方と巧みな取引をしたのだ。

「大丈夫です。殺されはしない。帝はそれをお許しにならないはずです」

この交渉の間に時忠は大業《おおわざ》をやってのけた。

一つは成憲を出すことで、信頼に対して敵意のないことをしめしたのだ。成憲を利用して危機を切りぬけた、という意味では、時子が成憲をかくまったことは、無駄ではなかったことになる。

さらに大きいのは、彼独得の嗅覚で、信頼と経宗、惟方の不仲を嗅ぎあてたことだ。経宗たちの目的は信西追いおとしにある。ところが信頼は、いま、はてしなく野心をふくらませている。

「信頼は本気で大臣、大将になるつもりだ、って経宗どのは顔をしかめていましたよ」

時忠は六波羅にやってきてにやりとした。義平《よしひら》が阿倍野へ出陣するというのも風説とわかった。

「まあ、よかった」

時子は胸を撫でおろす。

「じゃ、早く帰っていらっしゃればいいのに」

「まあ、お待ちなさい。ここが切所《せっしょ》です」

清盛からも密使が着いた。彼は切部王子《きりべのおうじ》でその報を聞いたという。熊野別当湛快の

本拠田辺《たなべ》に近いところだったことも幸運だった。湛快は武具と二十騎ほどの武者をつけて、

「一刻も早く御帰京を」

と言ってくれた。熊野までは程遠いので参詣を諦め、代参を立てて引返すと、途中で紀伊の豪族、湯浅宗重《ゆあさむねしげ》が三十騎提供してくれた。が、それでも清盛は慎重に入洛の機を窺《うかが》った。

「大弐は九州へ逃げるらしい」

などという噂をばら撒いて、信頼や義朝の注目を逸《そ》らせた。こうしておいて、闇にまぎれて六波羅の邸に戻ったのは十二月十七日、都を脱出した信西を探しあてた武士たちが、その首をあげて戻ったその日である。

信西はすでに自害していた。いったんは別荘のある田原へ逃げこんで様子を窺っていたが、とうてい助かる途《みち》はないと知ったのだろう。死骸は信楽山《しがらきやま》の麓に埋められていたが、捜索にあたった武士たちは、信西の従者の口から場所を聞きだし、死骸を掘りだして首を刎ねて持ち帰った。

首実検を終えた信頼はいよいよ上機嫌である。信西の息子たちはそれぞれ配流ときまった。その戦勝気分の隙を窺って、清盛はすばやく邸の中へすべりこんだ、というわけなのである。

「ようこそ、ようこそ御無事で――」

黒々とした一団の中に夫の姿を認めると、時子は床にくずおれた。

「心配をかけたな」

夫の言葉は短かった。

「いち早く知らせが届いて有難かった」

その言葉に万感の思いがこめられていた。後ろを見ると、宗盛が見なれない紫革《むらさきがわ》の小腹巻《こはらまき》を着ている。

「おや、それは？」

宗盛はうなずきながら、

「湯浅宗重が、お召しくださいって。宗重の子は同い年なんです」

少したどたどしく言うのを清盛は微笑してふりかえる。

「どうだ、なかなかの武者ぶりじゃないか」

それから急に顔をひきしめた。

「さ、これからだぞ、時子」

すでに清盛は途々《みちみち》、時忠と連絡をとりつつ、経宗、惟方に心をあわせ、信頼打倒の計画を練りあげていたのである。まず彼は信頼を油断させるために、名簿《みょうぶ》を提出した。服従を誓うしるしである。信頼はこのところいよいよ上機嫌だ。二条帝を内御書所《うちのごしょどころ》というところに閉じこめ、天皇の常の居処である清涼殿《せいりょうでん》のあるじ顔して、政務をとりしきっている。

まず同調者である義朝は播磨守《はりまのかみ》に任じられた。播磨は諸国の中の第一国。平忠盛、清盛、ついでは藤原成憲がその地位についている。成憲を罷免した後、義朝を任じたのは、それが義朝の宿願だったからだ。保元の合戦にかなりの働きを見せながら、彼は国の守にもなれなかった。一方の清盛が播磨守に任じられたことに深い恨みを懐《いだ》いていたのだ。その子頼朝も従五位下、右《う》兵衛佐《ひょうえのすけ》に——。兵衛府の次官だから、めざましい出世である。

そこへ清盛が臣従を申し出てきたのだから、信頼はまるで源平両氏を足の下に踏まえたような気がしたことだろう。

「成憲を婿にする約束をしていたそうだが、わが子息の一人を婿につかわしてもいいぞ」

ふんぞりかえって、使者の郎等《ろうどう》にこう言ったらしい。

その間、時子は眼の廻るような忙しさを体験している。六波羅の泉殿の大掃除が始まったのだ。使い馴れた調度類を全部別棟に運ぶ。床から、柱、縁先まで、きれいに拭きこむ。侍女の先頭に立って、寝る間もないくらいに働いた。やがて磨きこまれた邸内に、新しい畳が運びこまれ、

「用意はいいな」

清盛がたしかめたとき、

「はい、万事手落ちはないつもりです」

時子は静かに答えた。これから始まろうとする一大ドラマを待ちうけるだけの覚悟はすでにととのっているようだった。

二十五日の夜——。闇に風花が舞いはじめた。庭土に焚かれた篝《かがり》火《び》が、時折その影を捉えるのをみつめながら、時子は浅黒い頬をひきしめる。いつか風花は雪に変り、静寂がいよいよ深まったそのとき……

その底に響きにならない響きが、伝わってきた。思わずぞくりと背筋が震えたとき、邸の外で、にわかにどよめきが起った。

「御渡《おんわた》りでございます」

側にいた清盛がつっと立つ。中門になにげない女車が引きいれられた。

「御つつがなく——」

車脇に平伏する夫の声を聞いたように思う。あとは夢中だった。瞬間、邸内に歓呼の声がみちあふれた。

このさりげない女車の中に乗っているのは女房の衣裳をひき被《かぶ》った二条天皇——。惟方たちの計らいによって内裏脱出に成功したのである。

この計画は綿密に樹《た》てられた。惟方たちとしめしあわせて、その直前、清盛はおよそ方向違いの二条あたりに小火《ぼや》騒ぎをおこさせている。内裏の警固にあたった武士が駆けつけるやら、人の注意がそれに向けられている間に、女車はたくみに内裏をしのび出てしまったのだ。途中に隠れひそんでいた清盛の弟頼盛、長男重盛の手勢が加わり、三百騎余りの武者に護られて車は六波羅に到着したのであった。

　こうなると、六波羅邸は、皇居の扱いになる。じつは数日後、二条は別のところへ移るのだが、数日でも天皇の御所ともなれば、その邸宅はすっかり明け渡される。時子が邸内の整備に追われたのはこのためだったのである。

　一方、後白河も、一本御書所から仁和寺に脱出した。信頼たちが気づいたときは内裏はもぬけの殼、義朝が地団駄踏んで信頼を罵っても間にあわなかった。

　平家方は、天皇不在となった内裏を襲い、心おきなく矢を射かける。『平治物語』ではこれからが華やかな合戦の場面になるわけだが、ある意味では天皇を奪いとった時点で両軍の勝敗はきまっていた。

　もちろん、一対一の対決では源氏方に分があったようだ。悪源太とよばれた義朝の長男義平は十九歳、関東の荒野での実戦に鍛えぬかれている。清盛の長男、二十二歳の重盛と内裏を舞台に追いつ追われつの戦いをくりひろげるが、終始重盛は押され気味だった。

が、大勢は如何《いかん》ともなしがたかった。大将格の信頼は、ろくな戦さもせずに仁和寺に逃げこみ、後白河に助命を歎願するが、その願いも届かぬうち、追いすがってきた武者に首を斬られてしまった。一方の義朝はさすがに荒武者である。形勢非と見てとると、捨身で六波羅へ攻勢をかけてきた。

　ちょうど六波羅は手薄だった。主力は内裏攻勢に出撃してしまったからだ。

「はて、表が騒がしい」

　ゆらりと総帥清盛は立ちあがった。この日、彼は黒ずくめのいでたちである。褐《かちん》の直垂《ひたたれ》――というのは褐色ではない。黒に近い濃紺だ。黒革威《くろかわおどし》の鎧を着け、大鍬形《おおくわがた》を打った兜の緒をしめ直し、黒漆《こくしつ》（黒塗り）の太刀に黒羽の矢を負い、黒馬にまたがって門を出た。

　いかめしいいでたちは、天皇付きの公家たちにはひどく頼もしげに見えたが、清盛は内心かなりひやひやしていたのではないか。それでも駆け戻ってきた味方が義朝勢を蹴散らしたので、事無きを得たのであったが……

　義朝は斬り死を覚悟していたらしい。が、従者になだめられて、やっと東国へと落ちのびる決心をつけたが、その前途には悲惨な運命が待ちうけていた。尾張《おわり》の内海《うつみ》にいる年来の家人、長田忠致《おさだただむね》の許に身を寄せたのが運の尽きで、忠致に裏切られて主従ともども、むざんな死を遂げてしまう。内海から船に乗れば、海路、根拠地の相模《さがみ》に渡ることは容易なことだったのに。

雪はこの合戦のさなか降りつづけた。内裏でも六波羅でも、武士たちは眉にかかる雪をふり払いながら戦った。おめき叫べば、雪は容赦なく口の中へ飛びこんできた。

——黒い雪が降る。

誰しもそう思った。空を蔽って、薄墨色の羽毛に似た雪片が翻《ひるがえ》りながら落ちてくる。まるで人間たちを埋めつくさずにはおかないぞとでもいうように。弓を持つものは視界を遮られ、矢頃《やごろ》を計りかねた。屈強の武者すら、乱戦の中で太刀を振うより、まず足をすべらせまいとするのがやっとだった。

まして義朝たちのこのときの逃避行は悲惨だった。十三歳の頼朝はさすがに疲れはてて、馬上で居眠りして一門からはぐれてしまった。それでも一度は従者に探しだされたが、ついに山中に落伍する。

もっとも彼はそのため命が助かった、ともいえる。もし父義朝と行をともにしていたら、彼も父と同じ運命を辿ったろう。父と別れて北国へ向った悪源太義平も結局は捕えられて殺されている。すぐ上の兄、朝長《ともなが》は、途中で傷が悪化し、義朝に頼んで、首を刎ねてもらった。形を変えた自害である。

頼朝も何度か恐ろしい目に遭いながらも、どうにか切りぬけて、義朝にゆかりの深い美濃《みの》の青墓《あおはか》に着いた。が、年が明け、非業の死を遂げた義朝の首が獄門に晒《さら》されるころ、頼朝の身辺にも探索の手がのび、ついに囚われ人となった。

そのころ「平治」の年号は「永暦《えいりゃく》」に替っている。平らかに治まるどころか、大乱が起ったので、縁起直しをしようというのであろうが、現実に乱の処理はまだ終っていない。頼朝の問題もその一つである。

捕えられ、都に召しあげられた頼朝を待ちうけていたのは死罪の宣告であった。その執行が二月十三日ときまったことは、時子も知っている。が、その日が近づくにつれて、清盛が何となく浮かぬ顔になってきた。そしてとうとう、その数日前になって、

「池の禅尼どのがな」

継母の名を、吐きすてるように口にした。

「頼朝の命を助けてやれ、と言いだした」

晴れやらぬ表情はそのためだったのか、と時子は心の中でうなずく。

禅尼――池のおばばどのは父忠盛の後添いだが、今でも六波羅の邸で隠然たる力を持っている。何しろ崇徳《すとく》上皇の皇子重仁《しげひと》の乳母《めのと》をつとめたやり手の女性である上に、白河法皇以来、院の近臣中最も有力な六条顕季《あきすえ》流とも深い関わりがある。忠盛が歴代の上皇に接近し、勢力を伸ばしたのも、彼らとの結びつきを深めたからだ。

そのおばばどのの口入れとあっては、清盛もむげに斥《しりぞ》けることはできない。

「おばばどのは言われるんだ。その頼朝とやらは亡き家盛にそっくりだそうですねっ

てな。誰がその智恵を吹きこんだか知らぬが」

「重盛どのじゃありませんか」

即座に時子は言った。ちょっと扱いにくいところのあるこの義理の息子は、顕季流の娘の一人と結婚し、近頃とみにおばばや六条一族と親しいのだ。じつは今度の乱にも、彼の妻の兄、右近衛中将成親《うこんえのちゅうじょうなりちか》は例の信頼と組んで最後まで行動をともにしている。当然、死罪か流罪になるべきところを、重盛のとりなしで罪を免れた。

「ふむ。なるほど」

清盛はうなずく。信頼に同心した成親さえ許されたのだから、幼い頼朝ぐらいは大目に見てやれ、ということなのだろう。

「それにな、おばばは言われるのよ。信西入道をごらんなさい、とな。保元の合戦の折に、王朝三百年来行われなかった死刑を復活させて、ばたばたと人を殺《あや》めた。その報いで惨めな最期を遂げたじゃありませんか――と」

平家のために――とおばばどのは本気でそう思いこんでいる。悪因縁を作るとたちまち報いがくるから罪作りはすべきではない、というのだ。が、人を困らせるのは、えてしてこういう善意からの提言なのである。

しかし清盛は、保元の合戦の折に、おばばどのには借りがある。おばばどののひと声で弟の頼盛は清盛方につき、辛うじて一門の分裂を免れた。その私の功をお忘れではあるまい、とおばばどのは言いたげなのである。

「つまらん慈悲よ」

　苦々しげに言いきる夫を、ふと時子は見あげた。

「去年の今ごろでしたわね、あなたが上西門院さまの御所で頼朝を見た、とおっしゃったのは」

「うん、そうだったかな」

「母御が女院さまにお仕えしているとか」

「ああ、その女房には会えなかったな。そのはずよ、あれからまもなく世を去った」

「まあ……すると頼朝という子は全くの親なしになってしまったのですね。十三か四で……ちょうど宗盛ぐらいの年頃ですのに」

　清盛の眼にかすかな動揺のあるのを見てとりながら、時子は合戦のあった雪の日のことを思いだしている。

八十島《やそしま》への道

源義朝《よしとも》の三男頼朝が、死罪を免れて配流の地、伊豆に向って旅立ったのは、永暦元（一一六〇）年の三月のことだ。

思えばこの日、十四歳のこの少年が、東路への足を踏みだしていなかったら？……父の後を追う形で死刑に処せられていたら？……以後の歴史は大いに変ったものとなっていたに違いない。

もっとも、当の頼朝は全くそのことに気がついていない。折角貰ったばかりの従五位下、右兵衛佐《うひょうえのすけ》の肩書も取りあげられて、半ば放心したような眼差で、検非違使庁《けびいしのちょう》の下僚に周囲を厳しく固められて東国へと下っていった。そして呆れたことに、物見高い都人《みやこびと》も、歴史の転回点を過ぎようとしているこのひそやかな行列に全く注意を払わなかった。

じつは、その日、都人の関心は別のところにあった。もっと面白い見ものに心を奪われていたのである。

「来い、来い、早く来い」

「何だ、何だ」

「流人だ。流され人が通るぞ」

頼朝がめざす東路とは全く逆の方向に人々の渦は流れて行く。わけもわからず人の流れに巻きこまれた男が、きょとんとして、

「いったい誰なんだ、流され人は」

聞こうものなら、周囲の連中は、

「知らないのか、呆れた奴だな」

さも軽蔑したように、小鼻に皺《しわ》をよせて嗤《わら》いあったことだろう。きょとんとしていたその男も、流され人の名を聞いたとたん、

「げっ。権大納言《ごんだいなごん》経宗《つねむね》さまと別当《べっとう》惟方《これかた》さまが？」

烏帽子《えぼし》を抑えて、その場に棒立ちになってしまったのではないか。権大納言藤原経宗。彼は現在の二条天皇の実の伯父だ。つまり彼の妹が二条の生母なのである。一方の藤原惟方は、二条の乳母《めのと》の子、ともに二条政権の中枢にある人物だ。とりわけ、惟方は、検非違使庁という警察権を掌握する役所の別当（長官）だから、庶民にも名を知られている。

立ちどまったものの、後から押し寄せる人波に危うくつんのめりそうになった男は、慌てて走りだしながら、隣の男に、

「惟方さまてえと、つまり小別当《こべっとう》どのか」

と、念を押す。惟方は小男だったので、小別当の名がある。

「知れたことよ」

「へええ、罪人を引っくくる役の小別当どのが、何でまた罪人になっちまったのかね」

もう周囲の連中は、この鈍い男の相手にはならなかったろう。とにかく別当転じて流人になるなどは一世一代の見ものではないか。これに比べれば、従五位下を剝奪された十四歳の小倅の都落ちなどは、ものの数ではなかった。そして、清盛の妻、時子も、経宗たちの一件に心を奪われている一人だったのである。

では、時子も、ひしめきあう人々にまじって、背のびしながら、一行の姿を見ようとやっきになっていたろうか。

そんなことはしない。かりにも大宰大弐《だざいのだいに》、平清盛朝臣《あそん》の北の方である。はしたないまねができるわけがないではないか。

しかし――

この事件について、都で一番心を痛めていたのは、彼女だったかもしれない。

　何しろ、権大納言といえば閣僚級、検非違使別当といえば警察畑の最高長官なのだが、この二人の失脚、配流という政治的な大事件に深くかかわっているのが、ほかならぬ夫清盛だったのだ。ともあれ、格別な騒ぎも起らず、二人が、それぞれ配流の地、阿波《あわ》と長門《ながと》に向けて旅立ったと聞いたその夜も、

「大丈夫なのでしょうね、あなた」

　邸に帰った夫に言ったのは、そのひと言であった。

「ま、案じるな」

　袿《うちき》の肩に手をおいて、そう言ってくれた夫も、決して心おだやかでいるわけではないらしい。瞳の底に何かもの思いに捉われた翳《かげ》があることを、時子は見ぬいている。勾欄《こうらん》に眼を落しながら、今日一日じゅう心にかかっていた言葉を思わず小さく呟いてしまった。

「……帝が」

　帝がどんなお気持でいらっしゃることか。そう言いかけて、あまりの気重さに、その先が続かなかった……

　表面から見れば、経宗、惟方の配流は、二条帝の決定というかたちをとっている。が、この二人は二条の無二の側近——。惟方にいたっては、二条を手塩にかけて育てあげた乳母の子、つまり二条の乳兄弟である。当時の天皇の乳母が、成人後の天皇に

いかに絶大な影響力を持つかを思えば、惟方の政界での地位も察しがつく。十八歳の天皇二条にとって、十数歳年上の彼は、まさに頼りがいのある相談相手だった。

　こうした無二の腹心を流罪に処してしまえば、二条は手足をもがれたも同然である。ではなぜ二条は不可解な決定を下したのか。それを知らないほど世事にうとい時子ではない。事件の真相を摑み得る位置にあったからこそ、いっそう心が痛むのである。

　いってみれば――

　これは平治の乱のしっぺがえしなのだ。後世はこの合戦を後白河の側近、入道信西《しんぜい》と藤原信頼《のぶより》の対立、そして源義朝と平清盛との対決と見ているが、当時の人は、少なくともそうは見ていなかった。たしかにここにはもう一つ大きな蔭の力が働いている。そしてその中心にあったのが経宗、惟方なのである。

　図式的にいえば、事件の原因は後白河と二条の対立、双方の近臣団の相剋にあった。経宗、惟方は、後白河方の信西の存在がうるさい。そこでおろかで権勢欲ばかり強い信頼をそそのかして信西を打倒してしまったのだ。もちろん、彼らはその後を信頼に独占させるつもりはなく、今度は清盛を味方にして、返す刀で信頼を殺した、というわけなのである。全体の経過をみれば、これはまさしく、経宗、惟方側のみごとな勝利というほかはない。

　その間、後白河はわけもわからずに一本御書所《いっぽんごしょどころ》から仁和寺へと盥《たらい》まわしにされ、気がついてみたら、権力の圏外にはじきとばされていた。もともと政治家の器《うつわ》でない後白河は、はじめは事の真相が摑めなかったらしい。日頃煙たい存在だった信西の没落には、さほど心を傷めもしなかったが、相愛関係にある信頼の死には、それでも声をあげて泣いたという。そのうち、後白河も、事は愛臣の不慮の死ではないことに気づいてくる。が、そのときはすでに近臣藤原顕長《あきなが》の家に移され、外との交渉もできない状態になっていた。

そうなったときも気丈な乳母、紀伊局《きいのつぼね》はぴったり後白河の側近にあって、

「上皇さま、しっかりなさいませ」

呆然としている養君《やしないぎみ》、後白河をせっついた。紀伊局の夫は殺された信西だ。息子たちも信頼の手によって流罪に処せられている。

「このままで泣き寝入りはできませんわ」

乳母には乳母の意地がある。二条の乳母子《めのとご》、惟方などにのさばらせてはおくものか、というわけである。これに気づいた経宗、惟方側は警戒を強めはじめた。後白河のいる顕長の邸には外を眺められる桟敷があったのだが、それにも板を打ちつけてしまった。

「やや、この身に外も覗かせぬというのか」

後白河は激怒して、経宗、惟方の逮捕を命じた。平治の乱の翌年の二月の半ばすぎ、

おくればせの反撃だったが、二人が内裏に拘禁されると、後白河はみずから乗りこんでいって、さんざんに責めたてた。即日両者の流罪がきまり、同時に信西の息子たちの赦免が発表された。このとき、手足をもがれた状態にあった後白河方の人間として、二条側と交渉し、ともかく両名の拘禁、配流へと事を運んだのは、時子の夫、清盛だったのである。

彼が事件に足をつっこみかけたときから、

「あなた、およしになったら？」

何度この言葉を時子は口にしたことだろう。現在権力を握る二条側に楯つくことの不利は明らかではないか。夫も、さすがに、

「うん」

浮かない表情をしている。

「何も好きこのんでやろうというわけじゃないんだ。しかしなあ」

吐息をつくほど気が進まないなら、お断りすればいいのに、と言えば夫は首を振る。

「それが、そうも行かぬのよ」

何しろ後白河即位のはじめから、清盛は近臣の一人である。後白河の実姉上西門《じょうさいもん》院《いん》にも側近として頼りにされている。それだけに後白河は今度の兵乱での彼の行動が不満なのだ。

「いとしい信頼をなぜ攻めた。なぜ殺した」

いや、それにはいろいろとわけがございまして、などという複雑な説明などは、政治に向かない後白河の耳には入らない。

「罪の償いだ。経宗、惟方を引っくくれ」

言いだしたら後へは退《ひ》かないのである。たしかに片や信西、信頼、片や経宗、惟方が身辺から消えれば、政治算術は奇妙に計算は合うことになろう。こうして経宗、惟方が配所へ向けて出発したその夜、さすがに清盛は勾欄に身をもたせかけて、疲れた表情を見せている。やがて眼をあげると、庭の奥の闇をみつめて、

「あれは何だ」

ぼんやり、時子に聞いた。

「どれ？　どれのことですの」

「闇の向うが、へんに白い」

「何ですって」

眼をこらした時子は、たちまち、

「あら、何をおっしゃるの」

清盛の膝をこづいた。

「桜じゃありませんか。いま、満開ですわ」

「桜？　あんなところに桜があったか」

「お忘れですの、へんな方」

「ふむ、桜か。そうか満開か」

　夫はこの春、わが家の桜の咲いたのにも気づかなかったのだ、と時子は覚《さと》った。そういえば四十の坂を越えた夫の髪には、急に白いものが目立ちはじめたようである。

　ゆるやかに風が渡り、闇の奥の白い梢が音もなく揺れた。

　なぜだろう、このとき、ふっと時子が頼朝のことを思い浮かべたのは……

「今日でしたわね、あなた。義朝どのの御子息の、ほら、何といいましたかしら……」

「頼朝か」

　清盛はさすがに名前をはっきり憶えている。

「そうです、その頼朝が伊豆へ流されるのは」

「そうだ」

　彼が死罪を免れたことに、どこかほっとする思いが、時子にはある。清盛ははじめは死罪を当然としていた。これに反対したのは、義母の池の禅尼である。これには時子も、かなり閉口させられた。

　何しろ夫と姑の対立だ。うっかりしたことは言えない。しかも姑の禅尼――つまり池のおばばどのは、気の強いしっかりものだ。いまだに六波羅邸の女あるじは自分だと思っている。もっとも母親の発言力の強かったそのころ、そう考えるのが当りまえでもあるのだが。そのおばばどのが、

「頼朝を殺すのは無益の殺生だ。後で祟《たた》りがある」

と言い張った。

私は平家の前途を思うからこそそう言うのだ、私の言うことはまちがっていない、とおばばどのはわめき、はては、

「ああ、忠盛どのは、何でも私の言うことを聴いてくださった。それが、今じゃあ、私のことなど、ふりむきもしない」

義理の子は冷たいといわぬばかりにあてつけがましいことを口走る。

おばばどのの気持の裏は、時子にはよくわかる。清盛よりも実の子の頼盛がかわいいのだ。ここで言い分を通し、清盛をへこまして、頼盛の後楯になろうというのだ。それが手にとるようにわかるのは、時子にも身に覚えがあるからだ。重盛という義理の息子——すでに成人して六波羅の一画、小松《こまつ》の邸に妻とともに住む重盛は、時子に対して礼義正しいが、心の底からはなついてくれない。

——もし、将来、私がおばばどのの立場に立ったら？

一も二もなく、わが子宗盛に肩入れするだろう。それだけに、おばばどのの気持も

透けて見えるというものだが、嫁の身では何も言わぬが無難というものである。ただ、時子は、おばばどのとは全く違った理由で、頼朝というその息子を、ちょっとふびんに思いはじめていた。わが子宗盛と全く同い年と知ってしまったからだ。

　捕われてきたその息子は、平家の武士に、

「命は惜しいか」

　と問われたとき、無邪気に眼をあげて、

「それは惜しい」

　とあっさり、答えた。

「だって……」

　彼はすずやかに続けたという。

「俺は父も討たれた。一門兄弟みな死んだ。後世《ごせ》を弔《とむら》うのは俺だけじゃないか」

　その話を聞くなり、時子は涙をこぼした。とっさに思い浮かべたのは宗盛のことだ。

――もしも、私たち一門が滅ぼされ、あの子一人残っていたら？……やはりそう言うだろうか？　それでも人々はあの子を殺してしまうだろうか。

　刑が確定しなかったその間じゅう、頼朝には監視がつけられていたが、あるとき、

「小刀と木片《きぎれ》を持ってきてくれないか」

　彼は監視の武士にそう頼んだ。

「小刀と木片？」

男は顔をしかめた。

「それはいかん。念仏に専心なされ。父御《ててご》も兄弟もみな失《う》せられたではないか。供養の経文を覚えもせずに、退屈しのぎの手すさびなどはとんでもない」

すると、頼朝は、

「いや、そうじゃないのさ」

静かに答えた。

「木片を貰って、卒都婆《そとば》を作るんだ」

「卒都婆？」

「うん、今日は父君の五七日《ごしちにち》だから……」

言われてみればその日は二月七日、正月三日に討たれた父義朝の三十五日に当っていた。彼はさらに自分の着ていた小袖を脱ぎ、

「今はこれしか布施《ふせ》もないけれど」

と、僧に供養を頼んだという。

——たった十四の子が、まあ……

話を聞き終えるより前に、時子は胸をつまらせたものだった。

——父御の亡くなった日から指折り数えて忌日のことを考えていたなんて……

自分よりほかに父の菩提を弔う人もないと思い定めている姿がいじらしかった。いっぱし大人のように、供養の施物《せもつ》にまで気を配るけなげさを、宗盛は持っているだろうか。たちまち思い及ぶのはそのことだった。

だから頼朝が死罪を免れて配流ときまったと聞いたとき、時子はひそかにほっとしたのである。

——ほれ、ごらん。私の力は大したもの。

と、おばばどのが得意顔をするのは閉口だが、宗盛と同い年の子の命が助けられたことには、心を軽くするものがあった。その子も、今日伊豆に旅立つとか聞いていた。経宗、惟方には失意の旅だが、頼朝にとっては命拾いの旅でもある。

傍らで清盛が大きな吐息をした。

——おや、清盛どのも同じ思いで？

ふと見あげたとき、次に夫の口から洩れたのは、

「今だから言うが、な、時子」

予想もしない言葉だった。

「たしかに今度は俺もえらい苦労をした」

「え、何のこと？」

「権大納言と小別当の配流よ」

知れたことというふうに大胡座《あぐら》を組みなおした。さっきまでのもの思いの翳《かげ》は消えて、眼に輝きが加わったようだ。

「俺だって帝に憎まれたくないさ。それに権大納言とも小別当とも仲が悪いわけじゃなし。でもな、ここで院のお為にも働いておこう、と思案した」

「どうして？」

「わかるか」

声が低くなるにつれて、清盛の眼の光はむしろ強くなってきた。そしてついに、ささやきに似た言葉が、時子の耳を刺した。

「少弁局《しょうべんのつぼね》よ」

「えっ、何ですって？」

「しいっ、静かに……」

はじめて清盛は胸の底を明かしたのである。

後白河はいま、少弁局を愛しはじめている、と……

「まあ……」

思いがけなく登場した異母妹《いもうと》の名に重なって記憶がよみがえってきた。あれは上西門院の殿上始《てんじょうはじめ》のことだった。夫はその席で、女院の側に女房として出仕しはじめた滋子に会ったと言っていたっけ……

なかなかの美女だ、とも言った。あれじゃ男が放っておくまい、とも言った。時子の耳に、一語一語を刻みこむように、清盛はいまささやき続けている。

「そなたの弟の計画は、みごとに図に当ったというわけよ」

「えっ、時忠の？」

「ふむ、あいつは俺より策士だ」

そうだったのか。時忠が滋子に出仕をすすめたのは、そんな権謀の構図を胸に描いてのことだったのか。してみれば、こまめに母の違う妹や弟のところに出入りしていたのも、単なる気まぐれではなかったのである。

時子は滋子の顔を知らない。母の許に通ってきていた父の足が遠のき、その後に別の女との間に儲けた異母妹《いもうと》ならそれが当りまえのことなのだが、会ったこともないその異母妹の白い裸形が、いま、時子には、はっきり見えるような気がする。

——その滋子が、上皇さまと……

うっと胸に突きあげてくるこの生あたたかい感覚は、嫉妬なのか、それとも……

その白い裸形が、ふんわり宙に浮く。あっ、あんなに恥じらいもなく、放恣《ほうし》な姿をさらして。恍惚から醒めないというの？　だから躰を揺らせ続けているの？

「おい、おい、時子」

清盛の声で時子は我にかえる。

幻だった。闇の奥で揺れているのは、桜だった……

――まあ、私、どうしてこんなことを。

頬に手をやったのは、夫に表情を覚《さと》られまいためであった。

「でも、ええ、そうですねえ」

慌てて声づくろいして言った。

「上皇さまにはたくさん女の方がいらっしゃるし」

「そうだ、少弁局もらくじゃあるまい」

軽く応えてから、ぽつりと清盛は言った。

「賭だな」

え？　と問いかえそうとして時子は声を呑む。時忠の思い描いている不敵な構図が、はっきりと眼の前に浮かびあがってきた。

――弟は、滋子が上皇さまの子を、それも皇子を産むことに賭けている。

いつの間にか闇の桜は遠ざかっていた。まぶしいほどの裸形の滋子が消えたとき、時子もまた、光る眼で清盛をみつめ、

「賭ですね」

硬い声で答えていた。

もう頼朝のことなど忘れてしまっている。が、そんな時子を責めることはできない

だろう。まして頼朝のけなげさに涙した彼女をおろかと笑いすてることはできないはずだ。それにしても、誰もが経宗、惟方に心を奪われているうち、頼朝がそっと舞台をすりぬけてしまったとは何という皮肉さか。歴史という巨人は時折こうした皮肉をもてあそぶ。してやったりと、「歴史」が白い歯をむきだして嗤《わら》っているのに、時子は全く気づいていない。

　平治の争乱が落着した後、廟堂では大幅な昇任や人事異動が行われた。清盛もその中で正三位に任じられた。父の忠盛も祖父の正盛《まさもり》も昇ったことのない高位である。が、奇妙なことに、平治の合戦の際の戦功は全く問題にされていない。後白河と二条の間に一応の和平は保たれているものの、乱そのものに対する評価は全く対立しているからだ。

　後白河は乱の経過の中で自分が放り出されたことを憤り、経宗、惟方を兵乱の責任者として処罰した。二条はもちろんその処置を肯定はしていない。後白河は争乱に与《くみ》した清盛にこだわりがあるが、経宗たちを処分するために活躍したことは認めないわけにはいかない。一方、二条側は反対に経宗、惟方配流を推進した清盛にはいまいましい思いを懐いているものの、彼がいなければ信頼の監視の目をくぐって内裏を脱出することはできなかったのだから、功績は評価しなければならない。

その結果、結論は全く奇妙なことになった。宮中を脱出した二条が、六波羅の清盛邸に迎えられた真の理由からは顔をそむけて、単に、

「六波羅行幸の賞」

として叙位が行われたのである。その二条の行幸というのは、内裏を脱出してからたった数日間のことなのに……。が、数日でも天皇が臣下の家に行けば、これは行賞の対象になり得る。平安朝の間、度々行われたこのしきたりを口実に、清盛の正三位昇進は行われたのである。


ついで八月、新しい大臣の任命があり、それに伴う異動で清盛は参議の座を与えられた。いよいよ正式の閣僚入りである。が、このとき彼は都にはいなかった。任命の数日前の八月五日、安芸《あき》の厳島《いつくしま》詣でに出かけてしまったのだ。もちろん任命の内示はうけていたが、

「年来の宿願でございますので」

と、押して出発した。それが単なる口実ではないことは時子も知っている。清盛はかつて安芸守だったことがあり、そのとき以来、厳島とのつながりは深い。かの地は瀬戸内海の西の入口に近く、海上交通の要地である。単なる信仰というよりも、船載品や九州の物産の輸送や、海賊の掌握といった現実的な拠点としてゆるがせにはできない所だった。この地はだから清盛にとって、熊野と同等の、いやそれ以上の意味を

持つ。大宰大弐に就任以来、すぐさま挨拶のための参詣を思いたったのだが、兵乱に遮られて、果たせないままに年月を過してしまった。

「だから今度はどうしても行きたい」

施入の品も旅の支度もすでにととのっているのだからと、清盛は口癖のように言う。

「またお留守に騒動が起らなければいいけれど」

冗談めかして言いながらも、時子も夫の厳島詣でに賛成なのだ。もちろん厳島には巫女《みこ》もたくさんいるし、その先に待ちうけているものは想像できる。巫女たちにしてみれば、遠来の賓客に身を捧げることはむしろ神事の延長である。神秘めかしていえば、神との媾合《こうごう》の象徴であり、現実的な意味では、権力者への最大の贈物なのだ。

——それに、清盛どのだって、そういう贈物は大好きな方なんだから……

が、ふしぎと熊野詣でのときのような動揺は起らない。時子自身は気づいていないのだが、平治の乱をくぐりぬけたことが、少しずつ彼女を変えてきている。厳島詣でをすすめるのもその現われだ。

合戦後の後白河と二条の微妙な対立を考えれば、新任の大臣以下が並ぶ晴れの儀式から身をひいていたほうが賢明かもしれない。後白河も二条も清盛の握る武力には一目おいているし、なにかにつけ彼を頼りにする気配はあるのだが、双方に信頼されるということは、裏を返せば双方ともに半ば不信の念を懐いているということではないか。

しかも公家社会は冷酷だ。他人の出世はあからさまに妬《そね》む。手のこんだ意地悪もする。参議任命の晴れの場で恥をかかされるよりは、この際、身をかわしておく方がいい。時子はそんなことを考えていた。

——

ところで清盛が参議に任命され、厳島詣でも無事にすませてから数か月後のある夜内裏から帰ってきた清盛は、正式の装束をつけたなり、時子の前にむずと坐ると、

「驚くな」

怒鳴るように言った。

「まあ、大きな声。それだけでびっくりしてしまいますわ」

「まず声で驚かして度胸をつけさせようってわけだ。さもなくば腰をぬかす」

「いやな方、冗談でしょう、また」

「冗談なものか」

急に居ずまいを正し、重々しく言った。

「平時子、今日からそなたは帝の乳母だ」

「何ですって」

一瞬ぽかんとして、それからはじけるように時子は笑いころげた。

「まあ、何をおっしゃるの。帝の乳母だなんて……」

乳母というのは産み落とされた嬰児を、その場から生母に代って育てる役だ。哺乳や襁褓《むつき》の世話だけではない。養君の養育責任者であり、生涯の相談相手だ。とりわけ天皇の乳母は蔭の権力者として政治にも発言力を持つ。しかしこれは嬰児時代からの長い養育期間の中でおのずと芽生えるものだ。

すでに二条は十八歳。今まで側近に侍したこともない時子が急に乳母になれとは、何と奇妙な話か。時子の笑うにまかせていた清盛だったが、やがてみずからも、奇妙な笑いを片頰に浮かべて言った。

「そりゃおかしな話さ。笑うのも、もっともだ。だが聞いてくれ」

惟方の失脚によって、彼の母である二条の乳母も、いま謹慎を余儀なくされている。ところが、ここに差し迫った問題が起った。当時、天皇が即位すると必ず行わねばならない儀式の一つに八十《やそ》島祭《しままつり》というのがある。難波《なにわ》の海辺に出て、住吉の神以下の海神を祭る儀式なのだが、この主役は乳母である典侍《てんじ》がつとめるのである。乳母はこの日、天皇の衣服を納めた筥《はこ》を捧げて揺り動かし……

皆まで聞かないうちに、時子はすべてを了解した。

「わかりました。その役をつとめるのですね」

「ほう」

清盛は眼をみはる。

「いつのまに、そなた、ものわかりがよくなったんだ」

短い沈黙があった。じっとみつめあったまま、二人は言葉にならない会話を交している。これは単なる乳母代行の任命ではない。八十島祭には莫大な費用がかかる。乳母である典侍をはじめ随行の人々の衣裳、奉納品の数々……それを二条は要求したのだ。

——先に経宗、惟方を配流し、父上皇の顔を立てたのは、そなたの立場を考えてのことだ。今度はこちらの役に立ってもらうぞ。

つまり二条は清盛の忠誠を試しているのである。八十島祭をつとめることは大変な光栄だが、栄光授与という形で、天皇側は清盛の財力奉仕を強《し》いたのである。祖父も父も昇り得なかった参議の座を与えられた以上、そのくらいは当然だ、と目引き袖引きする公家たちの顔も並んでいる……

——そういうことなのですね、あなた。

——わかってくれるか。

——はい、それじゃお受けしないわけにはいかないじゃありませんか。

時子が正式に八十島祭の使として出発したのは十二月十五日。じつはこの日の詳細な記録が『山槐記《さんかいき》』という公家の日記にある。その一部を紹介すると、次のようなことになる。

神宝をいれた韓櫃《からびつ》二個。勅使とその随行。次に平家一門の殿上人《てんじょうびと》、地下人《じげびと》十三人。清盛の弟である尾張守《おわりのかみ》頼盛、常陸介《ひたちのすけ》教盛《のりもり》、伊賀守《いがのかみ》経盛《つねもり》のほかに、時子の弟の右少弁時忠、異母弟蔵人大夫《くろうどのたゆう》親宗《ちかむね》にまじって十四歳のわが子、淡路兵衛佐《あわじひょうえのすけ》宗盛の顔も見える。

この日、時子は八人の車副《くるまぞい》に守られて唐車《からぐるま》に乗り、簾の裾から季節にふさわしい款冬襲《やまぶきがさね》の衣裳を覗かせた。車の外に衣裳の裾を覗かせるのは、身分のある女性のしきたりである。車のすぐ脇には、義子伊予守《いよのかみ》重盛が従う。さらに数両の女房車が続き、護衛のために衛府の武者が九十余名……人々の度肝をぬく豪奢な行列であった。

時子はもうもの怖じもしない。儀式の順序もすっかり覚えてしまったし、いざとなるとふしぎと平静でいられることに、自分ながら驚いている。

一行は淀から船に乗った。車は別の船に乗せて運ぶのである。ところが、どうしたことだろう。船に乗ってまもなく、時子はひどく気分が悪くなってしまったのだ。生唾を呑みこみ、強いて首をあげていたが、頭から血の気がひいてゆくのが自分でもわかった。

――神さま、お助けください。

ここで神事が奉仕できなくなったら、平家一門の不名誉になる。公家は大喜びで嗤いあうことだろう。柄にもない成りあがりが、乳母などの真似をするからこのざまだ、と……

目をつぶり、冷汗を流しながら、時子は一人で耐えた。これは弟にも言えない。神事の前の不吉はあってはならないことだからだ。

――ああ、あなた、助けてください。

清盛に向って時子は叫んでいた。もういよいよ気を失う、というときにやっと船が難波に着いた。

すると、どうだろう。息も絶え絶えだった時子の症状はぴたりと収まった。つまり船酔いだったのである。

――私って船は駄目なんだわ。

ひそかに苦笑しながら、元気を取り戻した時子は滞りなく神事をすます。

そしてその月の二十四日、八十島祭奉仕の賞として、時子は従三位を与えられたのであった。

帥三位《そちのさんみ》——

聞いたこともない名前ではないか。

——へえ、それが私ですって？　私が帥三位だというの？

鏡の中の自分に時子は問いかけてみる。まず顔立ちは可もなし不可もなし、とりたてた美人でないことは自分が誰よりもよく知っている。人なつこい眼付が幾つになってもかわいい、と夫の清盛は言ってくれるが、それとて、帝の乳母《めのと》、帥三位どのの品格を保証してくれるものではない。

——そりゃそうだわ、名前が変ったといったって、この私が体の芯から変ったわけでもなし……

鏡の中の自分にうなずいてやる。が、それにしても、この御大層な呼び名と、三位という位を背負ってゆくのは、ちょっと気の重いことである。

考えてみれば奇妙な名前ではないか。帥というのは大宰帥《だざいのそち》、つまり大宰府の最高長官のことだ。時子にその名が与えられたのは清盛の官歴にちなむもの（当時は夫や父の肩書を女房名にするのが常識だった）とはいえ、清盛は大宰大弐《だいに》（次官）であって帥ではない。

「妙なことですこと」

首を傾げて尋ねても、夫は、

「いいんだ、いいんだ」

と言う。たしかに大弐清盛は、実質的には長官同然だったし、大弐三位より帥三位の方が格のいい呼び名にはなるだろう。しかし、その大宰大弐を、清盛は時子が従三位になった数日後に辞してしまっている。つまり、時子は夫の官歴のぬけがらを頂戴している形なのだが、宮廷社会というのは、どうやら実態よりも形式がまかり通るところらしい。

――そういえば、私が帝の御乳母ということじたい、形式的なものなんだから……襁褓《むつき》の世話をしたわけでもなし、今まで顔もろくろく知らずにいた二条――。さまざまの政治情勢のからみの中でにわかにその乳母に仕立てあげられれば、表面はさりげなく、それはそれなりに通用してしまう。それが宮廷というもののおかしさ、薄気味悪さなのだ、と時子も気づきはじめてはいる。

形の上の乳母でも、こうなれば二条の側近に出仕しなければならない。儀式、しきたりにやかましいこの社会は時子には苦手だが、幸いなことにうまい指南役が身近にいた。池のおばば、清盛の義母、宗子《むねこ》である。彼女は先帝崇徳《すとく》の実子、重仁《しげひと》の乳母だった。いや、それだけではない。代々彼女の家の女たちは乳母として出仕し、天皇家の懐《ふところ》深く入りこんで一門の繁栄をもたらした。時子が二条の乳母になったと聞くと、おばばどのの眼の輝きが変ってきた。これまではとかく扱いにくい姑どのだった彼女も、どうやら時子に対する評価を変えたらしい。

「乳母のことなら私が……」

帝に対する心づかい、女房たちとのつきあい方、近臣たちへのあしらい——まことに具体的で、機微にふれた伝授をしてくれた。

——なあるほど、姑どのはこういう世界で人々と渡りあってきたのか。

時子もおばばを見直す思いだったし、おばばも時子に親近感を持ちはじめた。結婚後十数年経て「他人」だった二人の女には一種の共感が生れたのである。そのおばばどのがふた言めに口にするのは、

「男どもに気をつけなされ」

という言葉だった。時子に言い寄るからというのではない。意地が悪くて失敗するのを待ちうけているような連中が多いし、ときには自分の方から罠をしかけるような

奴もいる、というのである。

しかし、時子には、二条の側近にそれほど悪辣《あくらつ》な男がいるようには思えなかった。二条自身が二十歳《はたち》そこそこの若さだったし、近臣たちの間にも清新の気がみなぎっている。陰湿な権謀を弄ぶよりも、まず、本格的な政治問題に取りくもうとする姿勢が窺えるのだ。

時子に対しても、彼らは、冷たい眼をむけるどころか折り目正しく、好意的であった。それはさきごろの八十島祭《やそしままつり》のために、清盛が莫大な財力奉仕をしたことを意識してのことであろう。しかし、時子が宮廷のそんな空気を伝えて、

「お蔭さまで只今のところ、無事につとめさせて頂いております」

と報告しても、おばばどのは首を振った。

「いやいや、油断は禁物。あの連中は何を企んでいるか、肚の底はめったに見せぬもの」

もっとも、こんなとき時子は強いてあらがいはしない。何しろおばばどのの活躍した時代と宮廷の雰囲気が違うのだ。しかし、そんなことを持ちだして説明しても、年寄りには理解できないにきまっている。

二条は近来稀な聡明な王者だという定評がある。その側近で活躍しているのは、これも三十を少しすぎたばかりの権中納言《ごんちゅうなごん》藤原実長《さねなが》――。なかなかのきれものだが、

彼も時子と顔をあわせるごとに、

「右衛門督《うえもんのかみ》によしなに」

笑みを含んでそう言うのを忘れない。夫の清盛はいま、参議で右衛門督を兼ねているのだ。年からいえば、清盛は実長より十歳あまり年上だが、参議だから席次は実長の下にいる。それでも実長が清盛に対して一目おいた様子をみせる理由に時子も気づかないではない。

乳母として二条の周辺に出入りしてはっきり知ったのだが、二条とその父、後白河上皇の間はかなり険悪なのだ。平治の乱の問題が尾をひいている。お互いが側近を配流に処して以来、しこりはますますひどくなってしまった。聡明なだけに自分で政治をやりたがる二条と、ここ数十年のしきたりに従って院政を行おうとする後白河と……

――あれでは二所《ふたところ》に朝廷があるようなものだ。

と陰口をきくものさえいるくらいだ。

清盛は以前から後白河の側近だが、八十島祭の折の財力奉仕で見せたように、二条寄りの姿勢も忘れていない。実長としては、清盛を二条の側へ引きよせておきたいからこそ、時子にも微笑を見せるのであろう。六波羅の邸に帰った時子がそのことを語ると、清盛は、こそばゆいような笑い方をした。

「八十島祭のことを、あちらでは、ずいぶん心にとめておいでのようですわ」

という彼女の言葉に、しかし清盛はうなずきはしなかった。

「財物の奉仕なら、俺に劣らぬ男がいる」

右京大夫《うきょうのだいぶ》、藤原邦綱《くにつな》――という名は、時子もよく知っている。夫の許にもしばしば出入りしているこの男は、藤原氏といっても名門の出ではない。現在も伊予守《いよのかみ》を兼任しているが、国の守を歴任して巨富を貯え、財力の点では清盛にひけをとらない。

「帝は多分、邦綱を都で一番気前のよい男だと思っていらっしゃるだろうよ」

と清盛は言った。邦綱は前関白で政界の実力者、藤原忠通《ただみち》にも密着し、財力奉仕を怠らない。とにかく財力の世の中なのである。官職はさほど高くなくとも、邦綱のような男は、天皇にも摂政・関白にもあてにされるのだ。もっとも上流貴族たちの方は邦綱や清盛を利用するつもりでいるのだろうが……

宮仕えに出てみて、時子もそのへんの事情がぼんやりわかってきた。表面はあくまで礼儀正しく、後白河と二条は優雅な親子関係を装いながら憎しみの炎を燃やしあっている。それでも実力対決を避けているのは、さきの保元・平治の乱に懲《こ》りているからだ。側近たちも命が惜しい。左大臣頼長のように非業の最期を遂げたくはないのである。

――それならむしろ、平安朝始まって以来お手のものの、権謀の舞台で。

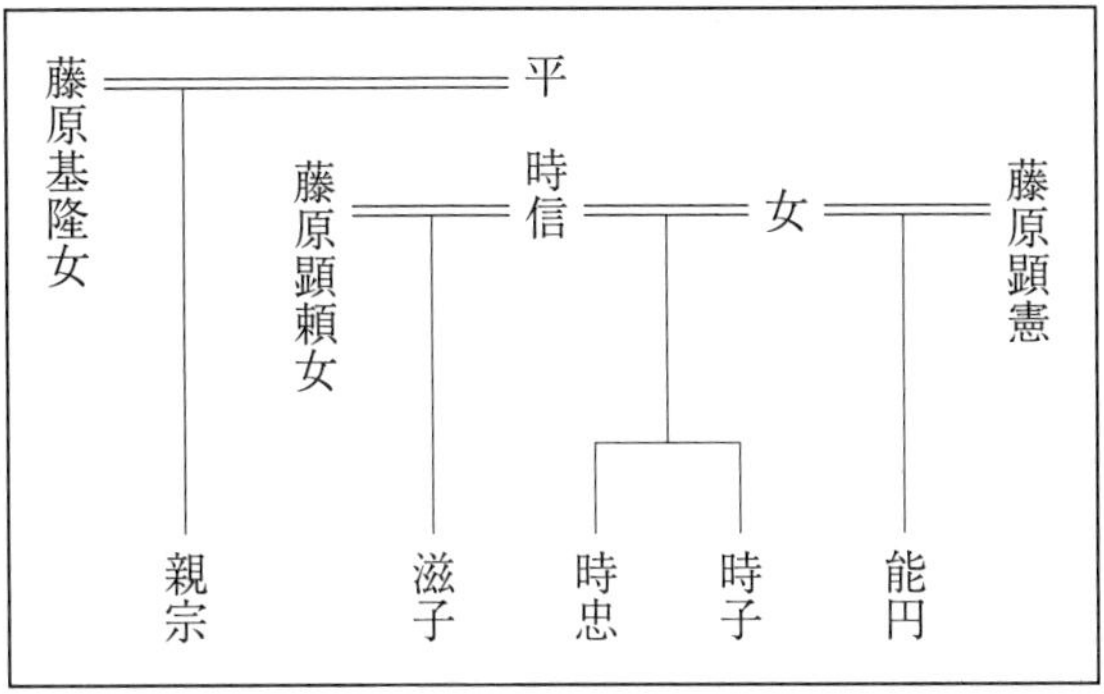

にこやかな微笑を湛えながら、敵側の脚をひっぱる機会を狙っている、という状態なのだ。が、それぞれがあてにしている清盛や邦綱はといえば、これは敵味方どころか心を許しあった仲なのだ。そして邦綱は清盛を介して、後白河への接近を計っているし、清盛は時子を二条の乳母として出仕させながら、時子の妹の滋子と後白河の仲に期待をかけている、というわけなのである。

　少弁局《しょうべんのつぼね》、滋子が後白河の愛をうけてどうやらみごもったらしい、とわかったのはちょうどそのころ——永暦二（一一六二）年の早春だった。例によって、そのことをいちはやく伝えたのは、時子の弟、時忠である。

「まだはっきりはしないのですがね」

　六波羅の邸にやってきた彼は、清盛と時子を前に、声をしのばせてそう言った。

「何でも、このところ月のものが……」

「まあ、それじゃまちがいはないわ」

時子は思わず叫びそうになった。

「しいっ、静かに、姉上」

時忠が鋭い眼差で制した。

「まだ外には洩らせない。こちらの邸でも女房たちには内緒ですよ。あの連中はとかく口が軽いから」

清盛は口を結んだまま、深くうなずいている。

「まあ、帯をするまでは伏せておきましょう。よろしいですな、義兄《あに》上。それから姉上」

時忠は背筋をのばし、声を改めた。

「このことは帝の側近には、絶対覚《さと》られぬよう」

「もちろんですとも」

即座に時子は答えていた。

「それとなく探りを入れてくる連中も多いかもしれない。罠にかけられないように御注意が肝要です」

釘をさされるまでもないことだ、と時子は言いたかった。日は浅いけれども、これでも宮仕えの味は知っていますもの、と言おうとして、ふと夫の方を見た。

清盛は、遠くに眼差を送っている。あたかも時子たち姉弟《きょうだい》のやりとりなど聞く耳は持たない、とでもいうふうに……。何か遠いところのものを見定めようとして、まだ見定めかねているような瞳のまま、やがて清盛の唇が、静かに動いた。

「お祈りは……」

「え？」

聞きかえしたとき、時子たちの方をふりむかずに、呟くように清盛は言った。

「お祈りはもう始めた方がよかろう」

さらに小さく彼は呟く。

「変成男子《へんじょうなんし》の法を――」

時子の背筋を走りぬけるものがあった。

もし、滋子の産む子が男児だったら？　このときまで二条はまだ子供に恵まれてはいない。

――とすれば？

後白河にはこのほかにも皇子はいるが、母方があまりぱっとしない。そこへゆくと、平家一門という後楯を持つその男児は有力な皇位継承者である。そのことを考えない時子ではなかったが、今はそれが漠然たる期待の段階ではなくなった。

変成男子――

当時はこの秘法を修すれば、胎内の子が女児であっても、男児に変ると信じられていた。

いま、清盛はきわめて率直に野望を口にした。が、その眼はあくまでも静かに、遠い所をみつめている。ぎらぎらした眼差ひとつ覗かせることなく……。そして時忠も、かすかにうなずいただけで、沈黙を守りつづけているだけだ。その静かさが、むしろ彼らの野望のはてしなさをきわだたせている。

賭だな。

かつて後白河が滋子に関心を持ちはじめたとき、清盛はそう呟いた。その賭が、いよいよ最後の勝負に近づいたときのこの静かさ。野望は大きければ大きいほど、ふしぎな静まり方をみせるものであることを、時子は知ったはずである。

そして、じつはこのとき、彼女は二人の男たちとは別の心の揺らせ方をしていた。

――もし、異母妹《いもうと》滋子が皇子を産み、その皇子が即位するようになったら？……

滋子は国母だ。異腹のきょうだいの縁につながったばかりに、彼女は女としての最高位に登りつめるが、私はただの参議清盛の妻――

ねたましくない、と言えば嘘になる。そんな運があの異母妹に恵まれていいものだろうか。いいや、そんなはずはない。亡き父時信だって、せいぜい中級官僚どまりだった。その娘が国母だなんて……

実現の可能性が近づいたことで、時子はとまどう。その栄光が自分でなくて妹のものになることが納得できない。いつか彼女もまた沈黙し、遠い彼方をみつめる眼差になっていた。

幸いなことに、二条側では滋子の懐妊に全く気づく気配はなかった。

――聞かれたら何と答えよう、はじめはしらばくれようか、それをどのくらい長続きさせたものか。いずれはわかることだもの、いいかげんなところで事実を認めてしまった方が、隠しだてをしている印象を与えなくていいかもしれない。

あれこれと考え、心づもりしていた時子は何か肩すかしを食わされた感じであった。二条はもちろんのことだが、側近の中納言実長も、折り目正しく好意的な微笑を見せるだけで、滋子の身辺に探りを入れてくる気配はない。時子は、ほっとしながらも、

――案外、こういう噂は伝わりにくいのだわ。

宮廷社会にも盲点があるのだ、と思ったりした。

そのうち、滋子はいよいよ着帯の日を迎えた。こうなれば、懐妊は公認のものとなる。このとき、にわかに勢いづいたのは、おばばどの、池の禅尼だった。

「まあ、まあ、私はこの日を待っていましたよ」

時子は義理の息子、清盛の妻である。時子一門とは日頃親しくもないおばばどのな

のに、清盛の留守に泉殿に乗りこんできて、賑やかな笑い声をふりまき、時子の前で、まるで自分の娘が後白河の胤《たね》を授かりでもしたような喜びようを見せた。

「いずれお里下りしてお産をなさるのでしょうが、何しろ上皇さまの御子《みこ》をお産みになるのですからねえ」

産所の支度からはじまって、おばばどのの助言にはそつがなかった。故忠盛の妻として、かつ重仁親王の乳母として、宮中のしきたりには精通している。

「まあ、御親切にありがとうございます」

時子が礼を言うと、

「ほ、ほ、ほ」

おばばどのは、歯のぬけた口を、優雅に袖口で蔽って笑った。

「ま、私の家すじは代々乳母としてお仕えしていますのでね、わからないことは何なりと」

おばばどのが魂胆を明らかにしたのは、その後である。

「ついては――」

滋子の産む御子の乳母には、重盛の妻の経子《つねこ》を――

清盛の長男、重盛は時子の腹を痛めた息子ではない。おばばどのは、母を失った重盛をひどくふびんがり、彼女の一門、藤原家成の娘と結婚させている。が、清盛と時

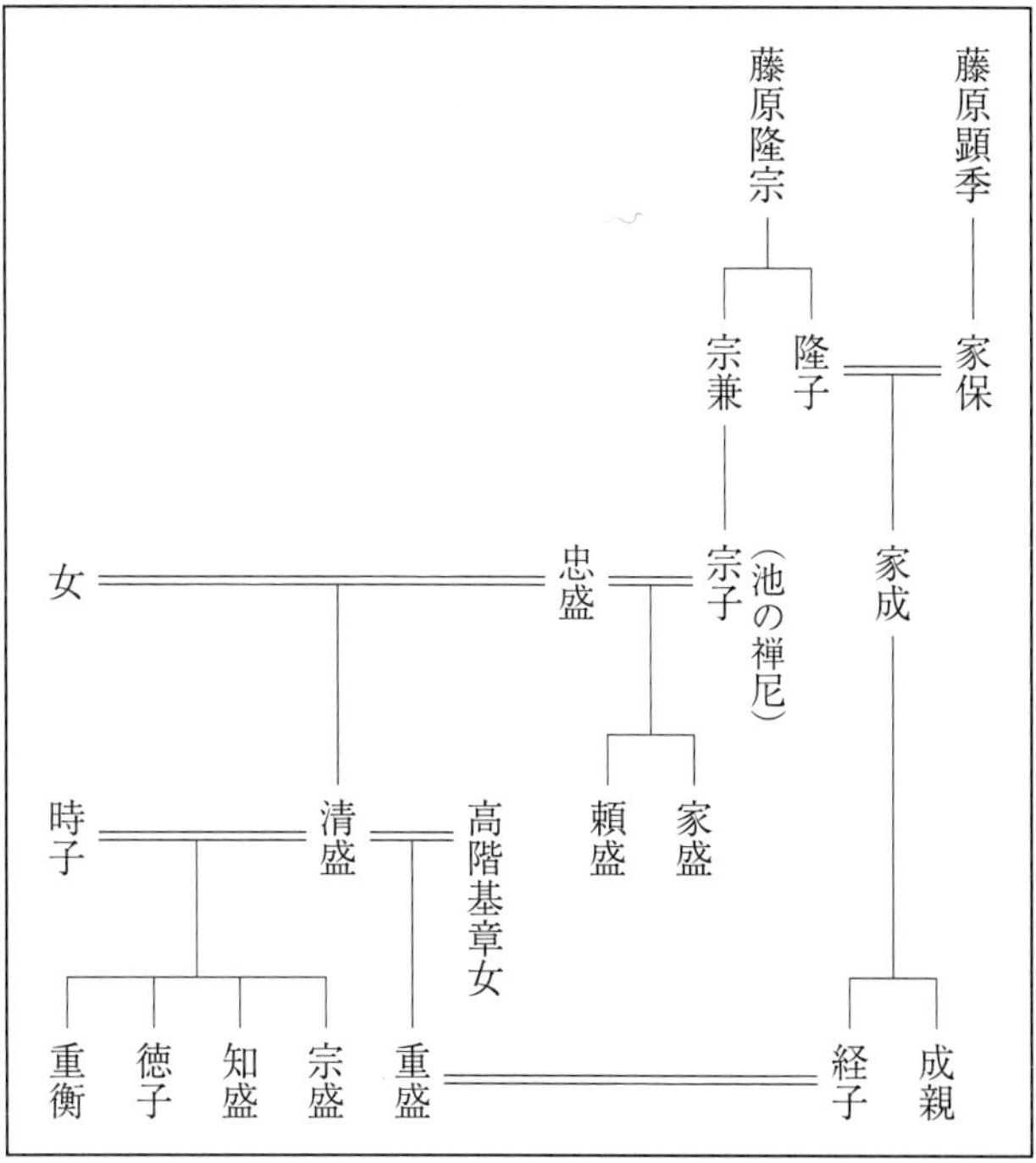
藤原顕季
藤原隆宗
家保
隆子
宗兼
家成
宗子
（池の禅尼）
忠盛
女
家盛
頼盛
清盛
高階基章女
時子
成親
経子
重盛
宗盛
知盛
徳子
重衡

子一門に運が向いてきたと見るや、おばばどのは早速身をすりよせてきたのである。

「清盛どのが帰りましたら、義母《はは》上さまのお言葉必ず申し伝えます」

そう言って、おばばどのにはお引取り願ったが、帰邸した夫にそれを告げると、

「おばばどのらしい手廻しのよさよ」

にやりと笑いかけたが、ふと、

「いや、こりゃ本当に男の御子が生れるかもしれんぞ」

まじめな表情で、清盛は言った。

「あら、どうして」

「あのおばばどの、めっぽう勘のいいお方だ」

「まあ、そうかしら」

「そうだろうが。保元の兵乱のときのことを思い出してみるがいい。あの折は、崇徳上皇の御子、重仁さまの乳母だったにもかかわらず、今度の戦さは上皇方の負けと見切をつけて、実子の頼盛を俺の陣営へ駆けつけさせたろうが」

「あ、そういえばそうですわねえ」

「おばばどのは今度は皇子御誕生と嗅ぎあてたのかもしれん。ま、いずれにしろ、この申し出断るわけにもいかんな」

「それにしても、まだお産は先のことなのに、気の早いこと」

「いや、気の早いのはほかにもいる」

「まあ、それは？」

「右京大夫だ。例の邦綱よ。自分の娘を乳母に、と言ってきている」

「だって、邦綱どのは……」

前関白や二条帝に近い方ではありませんか、と言うより早く、清盛は目くばせをしてみせた。

「だからよ」

「え？」

「だから、この際、上皇さまにもお近づきになりたい、というわけよ」

あ、という言葉を時子は呑みこむ。

なるほど、そういうことなのか。対立する両勢力の間を巧みに平均をとりながら生きてゆく邦綱——。それは同時に夫の辿りつつある道でもある。後白河には滋子を、二条には自分を——。それに倣って、邦綱は後白河側に娘をさし出そうというのである。

「これで乳母はきまりだな」

清盛の呟きに時子はうなずく。

「お産は先のことですのにね。それに男御子か女御子かもわかっていませんのに……」

このとき、夫が何かを言いかけたようだった。

「えっ？　何ですの、あなた」

それは時子の空耳だったろうか。

——男御子ならすぐ立太子だ。

そう言ったのではないか。いや、清盛は黙っている。黙って遠くをみつめている。

ふしぎなことに、そうなっても、二条側では誰ひとり、時子に向って滋子懐妊のことを口にする者はなかった。時子は少し薄気味が悪くなったが、そのうち少し考え方が変った。邦綱が娘を乳母にと言ってくるくらいだから、二条側は事実を知りつくしているのだろう。ただ、自分が返答に困りはしないかという配慮から、それに触れずにいるのではないか。これは自分にというより、清盛に対する遠慮なのだろう。

それに生れるのが皇子ときまったわけでもないのだから、それまでは黙っている、というのが宮廷の礼儀なのかもしれない……

そうこうしているうちに、滋子の出産はいよいよ近づいた。予定では九月の初めである。が、その少し前から、二条が原因不明の高熱に悩まされだしたので、結局、時子は滋子を見舞ってやることができなかった。日頃病がちの二条ではあったが、今度はとりわけ熱が高く、乳母である時子は、一刻もその病床を離れられなくなったのである。

「はて、何という御病気なのか」

医師《くすし》も首を傾げるばかりである。

――このままでゆくと、万一のことも……

口には出さないが、周囲にはそんな空気もみなぎりはじめた。

九月一日、二日、時子はほとんど一睡もせずに病床に侍した。

そして三日の昼近く――

「師三位どの……」

女房に小声で手招きされ、二条の病床を離れると、清涼殿《せいりょうでん》の簀《す》の子《こ》（縁《えん》）に、まぶしいばかりの秋の陽をあびて、権中納言藤原実長がひっそり立っていた。

「お知らせしたいことがありましたので」

折り目正しく、もの静かに彼は言う。

「ま、それは」

「少弁局、めでたく御安産の由」

やや堅い口調でそう言い、短くつけ加えた。

「男御子であられます」

「お知らせありがとうございます」

一礼するのを遮るように彼は言う。

「三位どのも、お祝にゆかれた方がよろしいのでは」

「あ、それは……」

時子はどぎまぎする。

「ありがたいお言葉ではございますが、帝の御容態が気がかりです。いましばらくお側におつきしておりました方が――」

「いや、それには及ばぬこと」

人をたじろがせるような彼の口調に、このとき時子は気づくべきであったかもしれない。

「でも――」

言いかけたとき、実長はゆっくり首を振った。

「むしろ、御病床に侍ることを、御遠慮いただきたい、と申しあげるべきかもしれません」

「え、何と」

「帝のこの御病気の理由、思い当られませぬか」

「………」

「呪詛《じゅそ》でした。お命を縮めまいらせるための呪詛を行っているものがおりました」

「ま、それは誰が?……」

実長が一歩近づいた。

「その名をここで申しあげてよろしいか」

「……」

「右少弁、平時忠。三位どのの御実弟です」

「えっ、そ、そんなことが――」

誰かの策謀だ――と叫ぼうとしたとき、時子は恐ろしいものを見た。実長の微笑だった。

――我々が、そのことに全く気づかなかったと思っておいででしたか。

ああ、その微笑！

いや微笑ではなかったのだ。それを好意ある微笑と思いこんできた自分の愚かさよ！　実長はなおも言う。

「もう大分前から続けておられましたな」

いいえ、違います。それは変成男子――

口をすべらせかけて時子は絶句する。それは絶対に実長に聞かれてはならない言葉だった。その秘かな祈禱を、呪詛といいかえることは、宮廷社会では容易なことだ。

――この男はすべてを見ぬいている。いや、この男だけでなく、二条も、その他の人々も。

もしかしたらこの男、空耳だったかもしれない清盛の言葉も聞きとっているのかもしれない。

——男御子ならすぐ立太子だ。

いや、聞かないまでも、すべてを見通して、この男は時機を待っていたのだ……

実長の「微笑」はなおも続いている。秋の光をうけて、前栽《せんざい》の薄《すすき》の穂が軽やかに揺れる。

——宮廷とは、こんなにおそろしい所だったのか。

銀の穂薄はいよいよ軽やかにうなずきあう。

——そうだよ、そうだよ、おばかさんの三位どの、あんたは何も知らなかったの？

時子には薄たちが声を揃えて囃《はや》したてているように思われた。

以後の二条側の手の打ち方はまことにあざやかだった。十日と経たぬうちに会議が開かれ、九月十五日には、時忠の解官《げかん》が発表された。このとき、時忠と同罪として、清盛の弟、教盛《のりもり》も左馬《さま》権頭《ごんのかみ》兼常陸介《ひたちのすけ》という官職を解任されたが、ふしぎなことに清盛だけは参議から権中納言に昇進している。そしてこれらの決定を行ったとき上卿《しょうけい》という司会の役をつとめたのは、ほかならぬ藤原実長だったのである。

その決定が下されるまでの短い間、時子は弟のためにどんなに心を砕いたことか。乳母として二条に訴えるのが最高の手段だったが、その道も今は閉されてしまった。もっともこの間に二条は健康を回復している。じつは疱瘡《ほうそう》のための発熱だったのだ。数日後には発疹が噴きだし、それを機に熱は下りはじめた。わかってみれば単純な病気だったのだが、それでも二条側は「呪詛」の烙印を決して剝がそうとはしなかった。

　時子は夫にも文句を言った。

「あなたは弟を助けてくださらないのですか。御自分だけ出世すればいいというお考えなの」

　清盛は渋い顔をして首を振る。

「いや、そうじゃない。でも、ここはどうにも手が出しにくい。つまり、風が変ったんだ」

「のんきなことを」

　なおも迫る時子に清盛の語ったのはこうだ。たしかにこの時点では、自分たちは二条側にしてやられた。しかし、このとき自分を時忠と同罪にせず、逆に権中納言に昇格させたのは政治的配慮なのだ。ここで政治バランスを崩してまでも対立をあらわにしたくない、というゼスチュアとでもいおうか。そうである以上、こちらも、そしらぬ顔で受けておかねばならない。

「人間、ときには食いたくもない膳の飯を食わねばならんこともあるということさ」

撫然とした顔で清盛はそうつけ加えた。

滋子の産んだ皇子は憲仁《のりひと》と名づけられたが、この事件のおかげで、立太子の話は立ち消えになってしまった。実長の計画はみごとに成功したわけだが、なぜこれほどまでに実長が大活躍をしたかという理由がまもなくはっきりする。

その年の十二月、二条の許に、新しいきさきが入内《じゅだい》するのだ。前関白藤原忠通の次女、十六歳の育子《むねこ》——ということになっているが、その育子こそ、じつは実長の一門の女性で、忠通の養女分というかたちで宮中に送りこまれたのである。系譜的に見れば、育子は実長の父の従妹《いとこ》で血縁関係は薄いように見えるが、実長たちは、平安朝中期の藤原公季《きんすえ》という名門貴族の流れを汲み、世に閑院流《かんいんりゅう》といわれた一門である。とりわけ院政期に入ってからは、この閑院流は繁栄を極めた。藤原氏の主流である道長直系の近衛《このえ》、九条等のように摂政・関白になる家柄ではないが、まずは政治の中核を占める実力派だった。

育子は彼ら閑院流の期待を担って入内したのである。大殿《おおいとの》と呼ばれ、関白を辞しても隠然たる権威を持つ忠通の養女の資格を得た以上、忠通のバック・アップも期待できよう。

育子の入内は十二月十七日、十日後には女御の宣旨《せんじ》をうけ、翌年二月には早くも立《りっ》后《ごう》して中宮となった。中宮大夫《ちゅうぐうのだいぶ》（長官）は忠通の子の兼実《かねざね》が任じられたが、これはいわば名義上のもので、実質的に采配を振うのは、権大夫になった藤原実長である。

後白河の皇子憲仁の立太子に待ったをかけ、息せききって一門の娘を二条の側にすべりこませた実長の手並もあざやかだが、時子の目をみはらせたのは、この育子入内の費用のすべてを負担したのが藤原邦綱だということだった。その当然の褒賞として、彼は中宮亮《ちゅうぐうのすけ》（次官）に任じられた。

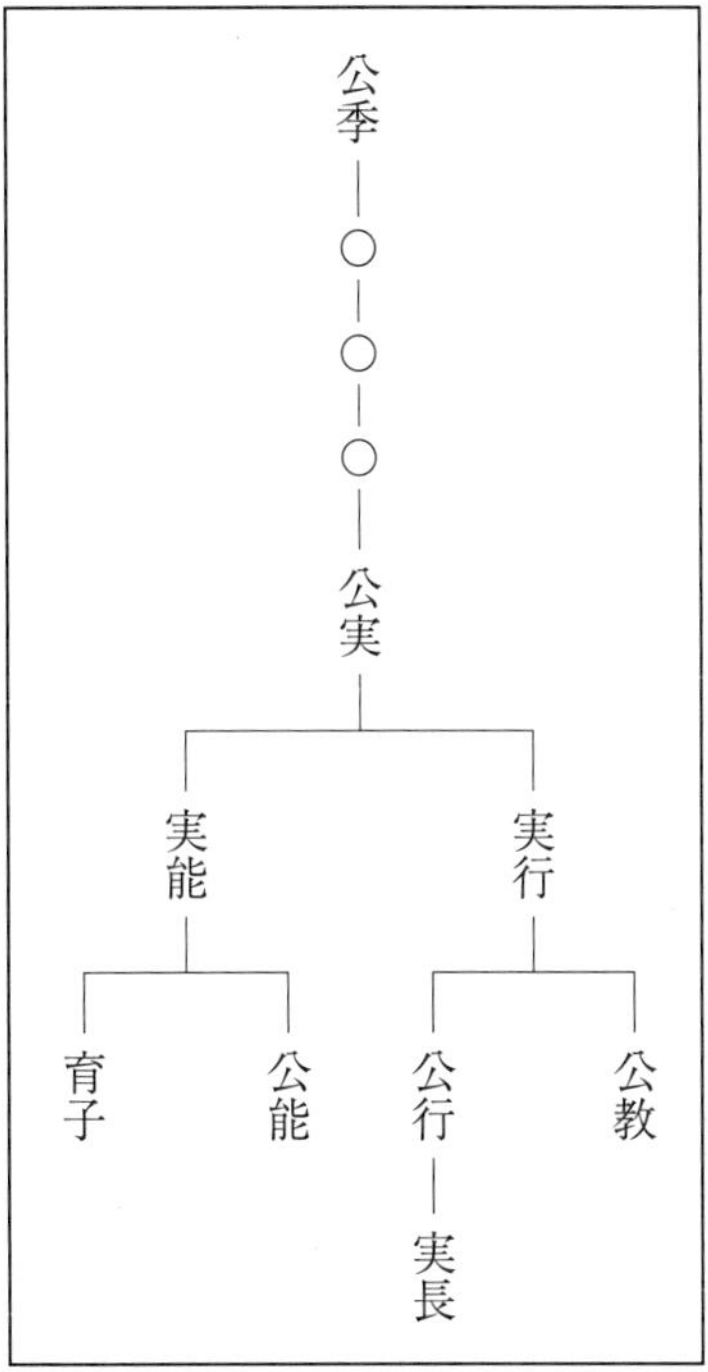

そう聞いても、とりわけは反応もしめさない夫が、時子には歯がゆくてならない。

「憲仁さまの乳母になりたい、と申し出たあの邦綱どのがねえ」

と言っても、清盛はうなずきもしない。

「そういうものさ、世の中は」

「油断も隙もありゃしない」

「まあ、そのうちいろいろわかってくるさ。いや、今度のことで、そなたも大分世の中がわかったはずだぞ」

「そうでしょうか」

言いながら、時子は滋子のことがひどく気になりはじめている。いつかのねたましさはすでに消え失せて、息子を産んだばかりに、奇妙に宙ぶらりんな存在になってしまった異母妹が、むしろ哀れに思えてきた。

そのころ、二条は押小路《おしのこうじ》東洞院《ひがしのとういん》に新造された内裏に移った。清盛は、

——ま、とにかく、第一歩からやり直しだ。

と肚をきめたのか、せっせと新内裏に出仕を続けている。さきに解官された時忠が出雲《いずも》に配流されたのは、その年の六月、いよいよ滋子の身辺は淋しくなった感じである。

あなた　こなた

――運というものは。

溜息まじりに、時子は心の中で呟かざるを得ない。

――こっちに向ってくるときは、にこにこと大手をひろげるふりをするくせに、いったん摑みそこなうと、ふりむきもしないのだわ。

異母妹の滋子が後白河の皇子憲仁《のりひと》を産んで勢いづいたそのとき、時子と時忠は、みごとに足をすべらせてしまったのだ。度胸のいい業師《わざし》の時忠も、さすがに、

「姉上、ここは我慢よりほかはなさそうだ」

言いおいて出雲へ流されていったが、その姿が都から消えた今、時子はいかに彼が大きな心の支えになっていたかをしみじみと感じるのである。

――弟の分まで、私は滋子と皇子を守ってやらねば。

とは思うものの、時子だけではさしあたって何もできない。せいぜい滋子の許を訪

れて、

「おお、よちよち」

　無心に笑う赤児を抱きとってあやしてやるくらいなものだ。その声も何となくしめりがちなのは、せっかく生れたこの子もいずれは廃《すた》れ皇子《みこ》の生涯を辿るのではないか、という気がするからだ。

——そうだわ、昔から今まで帝や上皇さまの御子《みこ》を産んだ女房衆はたくさんいるけれど、女御や中宮《ちゅうぐう》（皇后）になれたのはごく少ないし、御子のうち、皇位を践《ふ》んだのはひと握り、あとの多くは廃れ皇子……

　悪いことにその予感は的中しそうな形勢になってきた。憲仁が数え四歳になったころ、二条に皇子誕生の可能性が出てきたのだ。懐妊したのは、実長《さねなが》たちが大騒ぎして担ぎこんだ中宮育子《むねこ》ではない。そこに仕える女房の一人、大蔵大輔《おおくらのたいふ》某《なにがし》の娘とかいう話だったが、育子に懐妊の兆しがないと見てとると、実長たち閑院流《かんいんりゅう》の一門は、

——もし生れたのが皇子だったら、直ちに中宮の御子にしてしまおう。

　早くも手廻しよく準備をすすめているという。

——まだ皇子さまが生れるときまったわけじゃないのに。

　時子はくやしまぎれに胸の中で呟いてみるが、ここに到って、滋子と憲仁の前途は完全に塞がれた形になった。

――もし、時忠が都にいたら？　ああ、でもこればかりは、何とも手の打ちようがないわねえ。

が、とことん運に見放されたと思うと、かえって度胸もつく。

――はじめから無かった運と思えば、もともとじゃないの。

時子にはそんな諦めのよさもあった。

清盛も、憲仁誕生頃にふと覗かせた野望をすっかり忘れたような顔をして、今は二条帝にせっせと忠勤を励んでいる。新造された内裏の近くにわざわざ宿所を作っての精勤ぶりも、しかし公家仲間ではあまり評判はよくないらしい。

「あなたこなたする平中《へいちゅう》納言《なごん》」

蔭でそうささやかれているといった噂も、ちらほら時子の耳に入ってくる。つまり、あちこち八方美人で駆けずりまわっている、というのだ。たしかに二条への出仕の傍ら、後白河の御所にも、御機嫌伺いは欠かさない清盛である。もっとも彼自身は、

「ん？　言いたい奴には言わせておくさ」

と、いたって屈託がない。時子も結局、

「それもそうね」

と言うよりほかはなかった。

「そうだとも。そなたが気にしたとて、あまり役には立たない」

「憎らしいことを」

「これは失礼、帥三位《そちのさんみ》どの」

「あら、いや。その言い方、実長どのそっくり」

冗談が言えるようになったのは、運が無くてもともと、という思いが、すっかり身についたからかもしれない。

「じゃ、せいぜい、あなたこなたしてくださりませ」

それからまもなくのある夜――

「おい、おい」

六波羅の泉殿に戻ってきた清盛は、時子の出迎えが間にあわないほど足早に居間に入ると、円座《わろうだ》（敷物）の上にむずと坐った。

「よい知らせぞ」

その眼がきらきら輝くのを見た瞬間、

――時忠の赦免だ。

時子はそう信じて疑わなかった。夫の二条への奉仕が報われたのだ。

――ありがとうございます。あなた、弟はいつ帰ってきますの？

言いかけたとき、清盛の表情が妙に重々しくなった。

「関白どのがな」

直後に、時子は思いがけない夫の言葉を聞く。

「わが家の婿になろうと言われた」

――えっ。時忠の赦免じゃなかったんですか。

小さめの口を開けたまま、時子はきょとんとして夫をみつめている。脳裏に娘の顔が浮かんできたのは少し経ってからである。

――姫が、関白基実《もとざね》公と結ばれる？

あり得ないことだ。

――だって姫はまだ十歳《とお》ですよ。

関白基実はたしか二十一か二。男の子もすでにいるはずだ。そんな壮男《おとこ》と、たった十歳の姫が？

突然波しぶきを浴びたような感覚に時子はとまどう。とまどいながらも、母親というものはいつかはこの感じを味わうものだ、と聞かされたことがあるのを思いだしている。男の子が、自分の知らないうちにどこかの娘をみごもらせたとか、子供だと思っていた娘に、ふいに求婚者が現われたとか……

――本当に、その日が来てしまったのだわ。

十歳という年齢はたしかに稚《おさな》すぎるが、しかし、十二、三歳での結婚が珍しくない当時としては、これは荒唐無稽な話ではなかった。それに、相手が青年関白基実とあってはむしろ、またとない機会というべきか。

このときになって、夫の数年間の努力の意味に、時子ははじめて気づいたのだった。時忠失脚という大失点の埋めあわせとか、二条の感情を和らげるとかいう目先のことに追われての奔走ではなく、夫はもっと広い天地をみつめていたのだ。

二条の治世が続くかぎり、政治の奔流は天皇と摂関に握られる。白河上皇以来主導権を獲得したかにみえる院政が力を盛り返すことはまずあるまい。後白河と二条の政治的識見、力量を比べてもそれはあきらかだ。

とすれば、ここで関白基実に接近を計っておくのが最上の道——と思案しての「あなたこなた」であったのである。

——それをまあ、私はこの方をからかったりして……

思わず夫の手をとって、

「ごめんなさい」

小さく言うと、清盛はむしろいぶかしげな顔をした。

「何だ、いったい」

「いいの、何でもありません。とにかくごめんなさい」

いま感じるのは、やっとわが家にも曙光が見えてきたということである。さきに基実の子を産んだのは、家格からいえば中程度の藤原氏の娘と聞いている。それに比べればわが家は財力も豊かだし、夫も平氏とはいえ権中納言《ごんちゅうなごん》だ。妻の実家の力がまだかなりものをいう現在、姫はいずれ、関白どのの正室として敬われることだろう。そうして、そこに跡継ぎでも生れれば……

時子の空想はそこで中断する。現実のわが娘はまだ十歳、みごもるの何のという年頃ではない。それに母の眼から見ても、姫は小柄でおとなしく、年より幼い感じなのである。

「十歳ではねえ……」

まるで動く人形を基実の許に届けるようなものではないか。

「でも、基実さまがいいとおっしゃったのだから」

時子のひとりごとは続く。

「まあ、当節、こういう婚礼がないわけじゃありませんものねえ」

「でも一応のことは心得させませんとねえ」

それにしても日取りは？　わが家のどこへ婿君をお迎えするのか、とききかけて、時子は、清盛がずっと黙りこくっているのに気づく。

奇妙な表情をしている。

え？　どうなさったの？

尋ねようとしたとき、

「時子」

清盛が口を開いた。小鼻のあたりをぴくぴくさせ、

「お、俺は、な、何も……」

珍しく口ごもりながら、思い決した口調で彼は言ったのである。

「何も俺は、姫に……姫に関白を迎えるといっているわけじゃないぞ」

「何ですって！」

時子の眼が真丸《まんまる》になった。

「だって、あなた、いまあなたは、関白どのをわが家の婿に、っておっしゃったじゃありませんか」

「それはそうだが――」

ええい、といわぬばかりに、清盛は言葉を吐きだした。

「関白が婿になるのは別の口だ」

「ええっ」

何ということを。

それを私に喜べとおっしゃるのですか。何でそれなら最初にそのことを言ってくださらなかったの？

その夜、時子に責めたてられた清盛の応戦にはあまり迫力がなかった。たしかに最

初から清盛は姫のことを口にしてはいない。ただ関白が平清盛家の婿になる以上、女あるじである時子にまずそれを告げるべきではないか。そなたをさしおいて事を運んでは、かえって気分が悪かろう……

一々の理屈はもっともなのに、口調はつい弁解がましくなる。そして、姫の代りに基実の妻となる娘のことを、

「その、例の、つまり、白河の……」

と口にしたとき、時子の興奮は頂点に達した。

「何ですって。白河のお方の？」

その娘を産んだ女性への嫉妬からではない。その女性のことも、いわば公然の秘密になっている。

「あちら」

「彼《か》の御方《おんかた》」

そう呼ばれる女性が清盛には何人かいるし、その白河のお方に娘がいるのも知っている。が、問題はその娘なのだ。

「あなた」

時子は坐りなおした。

「あちらの姫君は、まだ九歳《ここのつ》のはずですよ」

「そうだ。うちの姫より年下だ」

「じゃ、なぜ、姫をさしおいて、あちらを」

嵩《かさ》にかかってそう言いかけたとき、時子は頬を張りとばされるような夫の一言を浴びたのである。

「うむ、だがな、向うのほうが姫より大柄なんだ。十二、三には見える。年よりませていてな」

時子は絶句する。にわかに形勢が逆転した。ああ、やっぱり……姫が小柄でおとなしいことは親である自分が一番よく知っている。そのあどけなさがかわいいと思っていたのはまちがいだったのか。向うの娘が大柄だと聞くにつけても、その母親が、自分など圧倒されそうな、乳房の豊かな、魅力あるからだの持主のように思われて胸がかきむしられた。

清盛はなおも言い訳がましく続けている。何でも関白とわが家の姫は年廻りが悪いので……それに婿入りの方角も悪いとか……もう時子は聞く耳はもたなかった。

「おい、おい」

気がつくと、清盛が自分をゆすぶらんばかりにしている。

「聞いているのか、そなた」

「え？　はい、はい」

「いいか、これが大事なところだ」

「……」

「いま、二条帝に御子が生れようとしている」

「ええ」

「やがて天皇になる方かもしれぬ」

「男御子ならね」

「そのときは后が選ばれる」

「そういうことになりますわね」

「関白の姫君ならこれはもう、まっ先に入内の資格があるな」

「まあ、あなたは……」

　時子の興奮が一時に醒めた。そんなことまで考えておいでなの、という言葉を呑みこんで一呼吸すると、何だか全部が滑稽になって、肩をすくめてからかう口調になった。

「そんなことおっしゃったって、うまくゆくかどうか」

「ま、そりゃそうだが」

　清盛もはじめて照れたような表情を見せる。

「そこまで念を入れたくなるのが俺の性分よ」

「そうでしょうとも」

答えながら、時子はふとこだわりをよみがえらせる。

——もし、夫の言うとおりになったら、ますます滋子や憲仁さまは世の中から外れてしまうわけだわ。

ひどく真剣でぬけ目なく、そしてどこか滑稽なこの賭の結果を披露する前に、ここに登場する清盛の娘——関白基実の妻となる少女のことをつけ加えておく。

少女の名は盛子《もりこ》（実をいうと、こういう格式ばった名前は、貴族の子女が、結婚・叙位・宮中出仕などの折に改めて選ばれることが多い。一種の元服名と考えればいい。ちなみにもう一人の清盛の娘——ここでは姫と書いている徳子も事情は同じである）。母親の名前はわからない。当時の言い方に従えば、清盛が基実を婿にした、ということになるが、現実には基実が清盛の六波羅邸に通ったのではなく、白河に邸宅を構え、盛子とともに住んだらしい。

婿取りのような嫁入りのような形だが、白河あたりには平家一門の邸があり、私見だが、盛子もその地に生い育ったと思われる。

さて、関白婿取りの大芝居は無事に終った。九歳の盛子はいまや関白殿下の正室である。そしてそのころ、大蔵大輔某《なにがし》の娘は、二条の子を出産する。男児であった。

清盛の予測は的中したといえる。今度も例のぬけめのない中宮亮《ちゅうぐうのすけ》藤原邦綱《くにつな》が娘の邦子を乳母にさしだした。

さきにもう一人の娘の綱子を憲仁の乳母にした邦綱は、これで後白河・二条両者の後継者にぴたりと寄りそったことになる。

「邦綱どのの手廻しのいいこと」

時子は舌を巻かざるを得ない。

「あれだけ図々しくやられると、もう周囲も呆れる気さえ起らないな」

清盛が言うとおり、邦綱は、たしかに顔を見てしまえば憎めない男なのだ。

「これはこれは御内室さま。いつもお障りなく、お美しく……」

六波羅へ来れば、時子に対しても、とろけるような世辞をふりまく。背が低くて、でっぷり肥え、いつも笑っているように見えるのは、極端な下り眼のせいだ。その顔を見ていると、時子は中宮亮に対しているというより、大商人《あきゅうど》と話しているような気がする。

いや、じつのところ、公家たちもそんな思いが強いのだ。押しが強くても憎まれないのは、人あたりのよさと、財力を惜しみなくばらまくことにある。中宮も、順仁《のぶひと》と名づけられた新皇子も、いまやどっぷりと邦綱の財力の中につかっている。

もっとも財力に関しては、清盛だって邦綱にひけはとらない。大宰大弐《だざいのだいに》時代に彼の富は飛躍的に増大した。対宋貿易の利益と、船載品の輸送路である瀬戸内海航路を完全に掌握したことがその富をもたらしたのだ。この時期厳島《いつくしま》神社に奉納された豪奢な三十余巻の経典は、この瀬戸内海航路の西の入口にあたるこの神社への報賽《ほうさい》のしるしである。忙しい間を縫って清盛はこの神社への参詣を欠かさない。そしてことのついでに、厳島内侍《ないし》と呼ばれる巫女《みこ》との間に一人の娘を儲けてもいるのだが、これはまだ時子の知らないことである。

この経典は、「平家納経《へいけのうきょう》」と呼ばれて、今も清盛の富の片鱗を窺わせてくれるが、彼の財力のいま一つの形見は京都の三十三間堂であろう。これは彼が後白河のために、その御所である法住寺殿《ほうじゅうじどの》の西の一角に建てた蓮華王院《れんげおういん》の後身である。蓮華王院本堂は焼失し、その後に再建されたのが現在の堂宇なのだが、創建当時、千体の千手観音像を安置した伽藍のたたずまいはどんなにみごとなものだったろう。

落慶供養は二条の新皇子が生れて一《ひと》月ほどして行われた。よもや皇子誕生の喜びにかまけていたわけでもあるまいが、この日とうとう二条は供養の席に臨まず、またもや父の後白河を苛立たせた。

が、父と子の果てしない相剋は思いがけない形で終止符が打たれる。その翌年、二条が二十三歳の若さでこの世を去ってしまうのだ。ときに永万元（一一六五）年、一《ひと》月ほど体の不調が続いたと思うと急に重態に陥り、慌しく二歳のわが子に譲位して、その三日後にはもう黄泉国《よみのくに》の人になっていた。

夢のような、とはこのことであろう。その若さ、意欲、力量からして、二条の親政は長く続くと思っていた予想を裏切って、思いがけない事態が展開しはじめた。関白基実は、即位した順仁（六条天皇）が幼児であるために摂政となった。つまり天皇の輔佐役から天皇代行に変ったわけである。が、二十三歳の、おっとりしているだけの彼に政治を切り廻す才覚はない。二条の治世を摂関政治の復活と喜んだ連中は、たちまち彼らの期待が幻想にすぎなかったことを思い知らされる。二条時代とは、いわば二条の強烈な個性が独走した時代であって、もうふたたび摂政や関白には、政治を引張ってゆく力はなかったのだ。

いまや後白河は孫である六条の背後にずしりと坐り、周囲に睨みをきかせはじめている。前年権大納言に昇進していた中宮育子の側近、藤原実長は、幼帝を擁して野心満々、機を窺っていたが、後白河のひと睨みで縮みあがってしまう。彼が政界を隠退させられるのは翌年のことだが、それまでに政界の地殻変動はすでに行われていた。

まず八月十七日、実長の後を窺うような形で清盛が権大納言に任じられた。二条の死後一《ひと》月も経っていないのだから、かなり露骨な人事である。九月には出雲《いずも》に流されていた時忠の召還がきまった。やや遅れて二条側の藤原惟方《これかた》らも赦《ゆる》されて都に戻ることになったから、形の上では、二条の死によって、それまでの確執を清算したかにみえる。が、惟方たちは、すでに頼みとする二条を失っているのだから、意気はあがらない。

一方の時忠は、けろりとした顔付で、早速、六波羅にやってきた。

「いやあ出雲の冬は雪が深くてね、参りましたよ。でも魚だけはめっぽううまかったなあ」

のどかな旅でもしてきたように言った。

「まあ、あちらで体でもこわさないかと心配していたのよ。しばらくはゆっくり休むことね」

時子のねぎらいに、

「のんきだなあ、姉上は」

にやりとして歯をみせた。

「のんきなものですか。じつはあれからいろいろのことがあって」

話し出そうとするのを手をふって押し止め、

「起ったことは後でゆっくり伺いましょう。それより、急がなきゃならないことがあるんだから」

「それは？」

「憲仁さまのことですよ」

異母妹の産んだ後白河の皇子のことをずばり口にした。

「早く親王宣下《しんのうせんげ》をしていただくことですな。なにをぐずぐずしておられるのか」

策士は早くも次の政局転換に狙いを定めているらしい。当時、天皇や上皇に子供が生れても、すべて「親王」になるとはかぎらない。中で親王に選ばれるのは少数で、これは一つの格付けである。後白河が退位した後、それも正式の女御でもない滋子との間に生れた皇子である憲仁は、まだ親王の称号を得ていない。そのことに気づかない時子ではないのだが、

「それはそうだけれど、あまり事を急いでも、というのが上皇さまの思召しじゃないかしら」

「いや、もし上皇さまがそうお考えでも、少弁局《しょうべんのつぼね》（滋子）がはっきりお願いすべきですよ。でなけりゃ以仁王《もちひとおう》みたいになってしまう。それでいいのか」

以仁は実をいうと、後白河にとっては二条につぐ第二皇子で、憲仁よりも十歳も年上なのだ。が、母の身分が高くないので依然として親王宣下は得ていない。いや、こうした廃《すた》れ皇子《みこ》ならほかに数人いる。ただ皆ぱっとしない存在だし、いずれは仏門に入るらしい、と周囲もきめこんでいる。そんな中では憲仁は特別扱いである。他の皇子の存在は忘れられ、彼こそが二条につぐ第二皇子のように思われているのだが、それでも、親王宣下をうけていなければ何にもならない——と時忠は言うのだ。

「お急ぎになることですよ、とにかく」

それから、声を落した。

「さもなけりゃあ、御譲位をおすすめすることもできない」

「何ですって……」

時子はうろたえる。

「だって時忠、帝はまだお二歳《ふたつ》ですよ。これからの御春秋もお長くていらっしゃるのに」

「幼くていらっしゃるからかえっていいのです。帝がどういうものか御存じない。未練もおありにはならないでしょう」

「まあ――」

そんなことを口にして、と咎めるより先に、時忠はにやりと笑った。

「ま、これからおもしろいことになりますよ」

時忠らしいすばやさで巧みに手を廻したのか、憲仁にはその年の暮に親王宣下があった。水に戻った魚のようなあざやかさで権謀の世界を泳ぎはじめた時忠ではあったが、さすがの彼も、その翌年に予測しがたい事態が起ることまでは思いいたらなかったようだ。

というのは――

若き摂政基実が急死したのだ。

七月二十六日、奇しくも二条帝の一周忌の二日前だった。自分の即位と同時に関白になった基実を、二条は黄泉路《よみじ》の道連れにしたかったのか。

後には少女の盛子が残された。十一歳の少女は、まさしく「少女」のままで未亡人になってしまったのである。

さすがに清盛はがっくりしている。

二条が死に、基実が死んで、彼の未来図は崩れさったのだ。

――こういうことになろうとは……

舌打ちしてもはじまらない。十一歳の未亡人などという図は、悲劇よりもむしろ喜劇に近い。また公家社会はこういう喜劇が大好きなのだ。表面沈痛に悔みを述べる連中が、清盛の側を離れれば、手を打って嗤《わら》いあっているのは目に見えている。そして時子も、正直のところ、

――盛子どのには悪いけれど。

悲喜劇の主が、わが娘でなかったことに、胸を撫でおろさずにはいられない。あのときの縁談の相手がわが娘だったら、自分も今ごろ気を失っていたかもしれない。

関白の妻がなぜ盛子で姫ではないのか――と夫に詰めよった日のことが、いささかこそばゆくなる。

――運というものは……

ただ首をすくめるばかりである。

そんなある夜――

「やあ、これはこれは御内室さま」

例の邦綱が現われた。例によって大げさな身ぶりで長々と挨拶する。二条の死によってこの男のもくろみも大分外れてしまった。中宮育子の入内、順仁誕生、と何かにつけて莫大な費用を注ぎ込んだのも今は水の泡――。が、いっこうしょげた様子も見せないのが彼らしいところである。

清盛が出てくると、邦綱はややかたちを改め、

「北の方（盛子）さまが、おいたわしゅうございますな」

しみじみと言ったと思うと、ひょいと顎を突き出して、

「さりとて、摂政殿下の北の方さまとあっては、すぐ御再婚もなりませぬかな」

ぬけぬけと言った。

――再婚話でも持ってきたのかしら。いかに何でも早すぎるわ。

時子が内心顔をしかめかけたとき、邦綱はゆっくり太った体をゆすった。

「いやいや、差し出がましくはございますが、万一、そのようなお話がありましても、まずはお見合わせになった方が、よろしくはないか。何となれば――」

半ばとぼけた口ぶりで、しかし邦綱は容易ならぬことを言ってのけたのである。基実の死後、摂政の地位は一つ違いの弟の左大臣基房《もとふさ》に譲られた。氏《うじ》の長者《ちょうじゃ》も彼が兼ねている。

しかし、である。

藤原氏の全財産を彼に譲るには及ぶまい。なぜなら基実には七歳になる息子がいる。盛子は基実の正室である以上、年こそ近いがこの子の義母だ。いずれ彼が成人して政界に出るまでの間、彼の財産は盛子が預かってやらねばならぬ。

「なあに、摂関家の所領は、もとはといえばそれぞれのお方が別々にお持ちになっておられたのですからな。中のお一人がまとめてお持ちになるようになったのは近来のことで」

ほとんど何の感情もこめずに、邦綱はゆっくり言う。が、その口調がむしろ清盛の心をかきたてるのか、

「うむ、うむ、なるほど」

袴《はかま》の膝を摑む指先にも力が入っている。そして時子も、いまや邦綱の奇妙な話術に魅せられ、うっとりしはじめている。

――まあ、この人の頭は、私などの及びもつかないことを考えているのだわ。

たしかにこの夜、邦綱は、わが財産を一文も使わず、莫大な恩を清盛に売りつけた

のである。中宮育子や順仁に注ぎこんだ分は、やがてわけもなく取り戻せることだろう。

痛々しいわが娘盛子を守るために、そして養子である基実の忘れ形見を守るために……

父親にとって、これほど甘やかな大義名分はないはずであった。そして大義名分を得たとき、人間はどこまでも厚顔に貪欲になれるものらしい。義母十一歳、養子七歳などという滑稽さは、すでに清盛の念頭にはなかった。

財産分与はあざやかに行われた。基房には摂関の地位に付属する分を、そして残りは盛子の管理の下に――。もちろん「残り」の方が前者をはるかに上廻ったことはいうまでもない。基房やその弟の内大臣兼実《かねざね》は大不満であったが、結局それに従わざるを得なかった。盛子の背後には清盛がいる。地位は権大納言だから彼らの下にいるわけだが、四十九歳の経験と貫禄の前には手も足も出ない。そして清盛の背後には後白河が――。いまや誰憚《はばか》るところなく権力を手にしたこの王者の前で、若き摂政基房はなすすべもなく頭を垂れるばかりであった。

その年の十月十日、滋子の産んだ六歳の憲仁は、正式に皇太子に立てられた。憲仁付きの役所の長官である春宮大夫《とうぐうのだいぶ》には、もちろん清盛がおさまった。そして春宮権大夫に顔を並べたのは例の藤原邦綱――。早くも彼は利益の分与にあずかったのである。

おもしろいことに、清盛が春宮大夫だったのはこの月限りである。翌月十一日、大幅な人事異動が行われ、摂政基房が左大臣を次席の右大臣に譲り、内大臣兼実が順送りで右大臣に昇進すると、その後任として清盛が内大臣の座に就いてしまうのだ。

まさに平氏一門はじまって以来の大臣の座だ。父の忠盛は天下一の大富豪だったが、ついに閣僚クラスの末席である参議にも手が届かなかったのに、いまや清盛はそれが当然であるかのように大臣の座に悠々と坐りこむ。

なぜなら、彼は前摂政夫人盛子の父親であり、皇太子憲仁の後見役でもあるのだから。

――ほんとに妙なこと……

時子は首を傾げてしまう。見通しはことごとくはずれたにもかかわらず、夫はこうして出世しているではないか。

――運というものは……

口の中でそう呟かざるを得ない。

大相国《だいしょうこく》

都を覆う雲は低くなりつつある。もはや東山連峰の中腹まで霞んでしまった。五月雨《さみだれ》を重たげに含みながら、山肌を這い、それでも僅かに雫《しずく》をふりこぼすまいとしているのだが、それもひとときのことであろう。

――やがて、今宵は雨。

人間よりもいち早くそれを感じとってか、邸に湧き出る泉の音が高まってきた。

――こんな静かさを味わうのは数か月ぶりのこと。

時子は勾欄《こうらん》にもたれて、疲れた眼を庭前の池に向ける。

しんそこ、疲れた。そしていま、すべては終ってしまった。この数か月の騒ぎは、ではいったい何だったのか……

去年十一月、夫の清盛は内大臣に任じられた。平家はじまって以来の大臣就任と喜んだ後、まもなく、思いがけずそれに数倍する幸運が訪れた。

なんと夫は太政大臣《だいじょうだいじん》に任じられたのだ。今年——仁安二（一一六七）年二月のことである。内定を聞かされたとき、さすがに時子は気おくれした。

「あの……太政大臣といえば、左大臣や右大臣より上というわけ？」

まじまじとみつめたとき、

「うん、まあな」

夫が照れたような笑いを見せたことを今でもあざやかに憶えている。

——あれは、この六波羅の邸の梅の盛りのときだったわ。

が、それ以後、時子は、その梅の香に気を取られる暇もないほどの忙しさに追いまくられることになったのだ。太政大臣就任とわかると、わっとばかり祝の客が押し寄せてきた。都の公家という公家が、そして平家の郎等《ろうどう》が……その上、地方にいる家人たちまで、剣や馬やさまざまの祝の品を持って、われがちに六波羅邸に駆けこんだ。

清盛自身も慶申《よろこびもうし》——挨拶廻りに忙しかった。上皇、天皇、女院、皇太子、それぞれの御所に、息子たちと牛車《ぎっしゃ》を連ねて御礼言上《おれいごんじょう》に出かける。その度に時子は一族の装束を揃えたり、供廻りの者に無作法、不心得がないようにと気を配らねばならなかった。

祝にくる公家たちには、それぞれ酒肴を出し、贈物をする。地方から来た連中の労をねぎらい、献上品に倍する土産物を持たせてやる。さしもの広い六波羅のどこからどこまで人があふれているという感じであった。

ところが、あれから三か月――

清盛は、さっさと太政大臣を辞《や》めてしまったのだ。

「だって、あなた、まだ三《み》月になるかならずですよ」

突然辞めると言いだした夫に、時子がそう言ったのは数日前のことだ。その言葉も耳に入らぬふうに清盛は頭を振った。

「もうきめていたんだ、一《ひと》月ぐらい前から。わけはいずれゆるりと話す」

「でも……後で後悔なさっても、これは取り返しのつかないことですからね」

夫は気が早い。いや早すぎるところがある。娘の盛子を九つで関白基実《もとざね》と結婚させたが、二年後に基実が急死し、盛子は十一歳の少女未亡人になってしまった。

――清盛どのの早とちり。

公家たちが目引き袖引きしていることは、時子の耳にも入ってきている。

――また、その二の舞だったら……

時子の眼に清盛はうなずきかえす。

「よくよく考えてのことだ。ただ、そなたにだけは打ちあけておく、いいな。他言は無用ぞ」

「ええ、それでいつお辞めになります？」

「明日にも辞表を出す」

「まあ……」

その言葉どおり、あっというまに辞職は行われた。事がすんで邸内が静かになった今、時子は、

――じゃ、二月からのあの騒ぎは何だったのかしら。

ひどく気ぬけしている自分を感じている。まるで襟髪《えりがみ》を引っ摑まえられ、ぶんぶん振りまわされたあげく、すとんと放りだされて目をまわしているような……

――これで万事おしまいじゃ、お気の毒というよりお笑い草だわ。意地の悪い公家たちは、夫を、私を、手拍子揃えて囃《はや》したてていることだろう。

「太政大臣どのは二月以来、何をなされたかのう？」

「左様。御所に出仕なされたのも、ほんの一、二度。わっはっはっは……」

そんな声が耳に響いてきた、と思ったとき、時子の肩に触れるものがあった。夫の手だった。大きい眼が笑みを含んで自分をみつめている。

「御苦労だったな」

それから、時子の胸のうちを見すかすように、うなずいた。

「なあに、これで終りというわけじゃないさ」

――まあ、私の胸の呟きを聞いていたの？

問い直す間もおかず、

「むしろ、俺の世はこれからよ」

思いがけない言葉が時子をとまどわせた。

「だって、あなた。せっかくの太政大臣を辞めてしまわれては、もうおしまいじゃありませんか」

「と、思うだろう。ところが大違いよ。そういえばそなた、俺が太政大臣になったとき、左大臣や右大臣より上か、と尋ねたな」

「ええ」

「そのとき、俺は何も言わなかった」

「うん、まあな、とにやりとなさったわ。照れていらしったんでしょう」

「そうじゃあない」

「まあ」

「その、太政大臣というのが、いわく言いがたしでな」

太政大臣は序列からいえば、たしかに左右の大臣より上だ。天皇の指南役、道徳的な師表、とあがめ奉られているが、しかし現在の閣議にあたる会議の主宰者は左右の大臣であって、太政大臣はむしろ名誉職に近い。近来の例を見ても、摂政・関白以外でその座についているのは、七十代、八十代の耄碌《もうろく》寸前の老公卿ばかりである。

これに対し、左大臣、右大臣の地位は、藤原氏中の主流派ががっちり固めている。摂政や関白はこれとは別格で、閣議に臨席せず、その決定事項に目を通し、意見をつけ加える立場にある。大臣が兼任することもあるが、ともあれ天皇により近い存在で、天皇と外戚関係にあることが条件である。

手短に説明した後、

「わかったろう？」

清盛は眼をぎょろりとさせ、

「左大臣や右大臣はだな、つまり俺を祀《まつ》りこもうとしたわけよ。耄碌するにはちっとばかり若すぎる俺を、な」

息を呑む時子に、さらに言葉を続けた。

「その魂胆がわからぬ俺じゃない。ま、肩書だけはありがたく頂戴した。こいつは少しは役に立つからな。ただそれで感激している俺じゃないってことは、はっきりあいつらに知らせなきゃならん」

「ああ、それではじめからすぐお辞めになるつもりだったのですね」

「わかってくれたか」

なるほど、公家の社会というものはややこしい。栄達に似せて閑職を押しつけるなんて……そうはさせせぬ、という夫の意地もわかるが、しかし不安も湧いてくる。

「でも、あなた。お辞めになってしまえば、もう御所のお集りにも出られないわけでしょう」

「あはあはあは……」

清盛は笑いとばした。

「もともとああいうのを俺は好かんのよ。大体、やたらに故実先例がやかましい。それに何のかんのとあほらしい儀式ずくめだ。この間もな、ある公家が儀式の順序をまちがえて皆に笑われてな、そいつ蒼くなって家に帰ると、飯も喉に通らなくなった」

「まあ、おほほほ」

つられて時子も笑いだす。公家の世界はすべてこの調子である。だからどういうとき、どの御殿に入ったら右に大廻りをして座につくか、左に小廻りするかなどと、せっせと日記に書きつける。これが秘伝となって子孫に伝えられるわけだが、そのことだけに追われて、重大な政策決定などは、いつもいい加減になりがちだ。

「そりゃ、あの連中にはそれが生甲斐よ。どの御殿に左足から入るか、右足から入るか、そんなことばかり考えておる」

「おほほほ。でも、あなた」

時子は真顔に返る。

「それでも、会議を左右するのはその方々。今までのように、あなたのお考えをおっしゃるわけにはいきませんでしょう」

「なあに、それは大丈夫さ」

「でも……」

「上皇さまを見ろ」

「え？」

「上皇さまは帝じゃない。が、いまお力をお持ちなのは、帝より上皇さまだぞ。位をお退きになっても、ちゃんと力はお持ちだ」

「でも、それは帝がまだお四歳《よっつ》だから」

「いやお年のせいじゃない。今の時代、帝より上皇の方がいつもお力がある」

「その上皇のようになろうとおっしゃるわけ？　でも、そんなことできますかしら」

「そなた知るまいが」

清盛は胸を反らせた。

「かの御堂《みどう》どの、藤原道長公がほんとうに何事も思うがままになされたのは、太政大臣を辞められてからなんだぞ」

そのころも太政大臣の地位は次第に風化しつつあったがそれでも、天皇の元服をするとき、父親代りに加冠《かかん》（冠を被せる役）という主役をつとめるのは太政大臣というしきたりになっていた。道長もいわばそのために太政大臣になったようなもので、外孫の後一条天皇の元服で加冠をつとめた後、さっさと辞めてしまった。たしかに道長が真の権力者として、わが子である摂政頼通《よりみち》などを顎でこきつかったのはそれ以後である。

「たしか道長公も、あのころ、俺と同じくらいのお年頃だった。太政大臣になっておられたのも、せいぜい三《み》月よ」

「へえ、それであなたも、道長公にちなんで三月で辞められたわけ」

清盛はこそばゆそうな顔をした。

「いいや、そこまでは……」

すかさず時子は言う。

「でも、あなたは、道長さまに全然及ばないところがおありよ」

「というのは？」

「姫君が帝の所に入内《じゅだい》していませんわ」

そのくらいのことなら、時子も聞き伝えている。道長には二人の妻室にたくさん娘がいて、ほとんどが何人もの帝の許に入っている。

「む、む、む……」

清盛もこれには返事ができない。せいぜい背伸びして基実の妻にした盛子は、あのていたらくである。

「帝がお四歳《よっつ》ではなあ、后が立つのは十年先だからなあ」

それでも、からりとした表情で言った。

「その代り、俺には、道長公に優るものがあるさ」

「それは？」

「金《かね》と武者だ」

大きな眼をぎろりとさせ、

「さ、これからはそれを使っての勝負よ。それにはかえって身軽な方がいい。おお、そうそう、まもなくまた厳島《いつくしま》に行くぞ」

意味ありげに、にやりとした。

「太政大臣の就任と辞任の報告だ」

それがいわゆる神詣ででないことは時子もよく知っている。厳島は平氏の対宋貿易の精神的支柱になっているのだ。清盛が以前大宰大弐《だざいのだいに》になったとき、対宋貿易では巨利を博した。それ以前、祖父の正盛、父の忠盛時代から瀬戸内海の海賊を押えこんで、海上輸送にかかわる利益を吸いあげたり、ひそかに密貿易をやったりはしていたが、さらに飛躍的に富が増大したのは、清盛がはれて大宰大弐になって以来のことである。その後この地位は、彼の娘婿の藤原成範《しげのり》から異母弟《おとうと》の頼盛へと、半ば独占した形で受け継がれている。

たしかに、土地から得る年貢も大きい。彼ら自身、藤原氏同様に荘園の寄進も受けたが、一方では、上皇や女院たち名義の厖大な荘園の管理者に一族を送りこみ、事実上の利権を獲得するという方法もぬけめなく行っている。これは現在でいうなら、国内企業に一族を重役に送りこむやり方である。一方の対宋貿易はもちろん輸出入による利益の獲得だ。これを半ば独占した今、清盛は、

——その富をもっと巨大に。

はてしない欲望に取り憑かれようとしている。思えば彼は本格的な貿易収入の魅力に、最初に取り憑かれた日本人であったかもしれない。海の彼方をみつめる彼の瞳の燃え方に、しかし、時子はどれだけ気づいていたか。

「そのうち、そなたにも、もっと上等の綾や錦を着せてやるからな」

と言われても、

「まあ、私も四十一ですよ。そんなもの着たって……」

と笑いにまぎらせてしまったそのときの時子であった。

揚州《やうしう》の金《こがね》、荊州《けいしう》の珠《たま》、呉郡《ごきん》の綾、蜀江《しよくかう》の錦。

平家にないものはない、と謳いはやされるのは、じつはこれから先のことなのである。清盛の貿易にかける執念はすさまじいものがあった。大きな宋船が入れるように、瀬戸内海の海路を整備もした。船泊《ふなどまり》も作った。これは日本始まって以来の画期的な

事業である。その昔、白村江《はくすきのえ》の敗戦に懲《こ》りた日本は、以来外敵の侵入を恐れ、外国船の瀬戸内海入りを、かたく拒んでいたのだ。

その数百年の掟を清盛は破った。そのころから福原に港を作り、別荘を作りはじめたのも、直接宋人を招いて取引しようというためだった。このときもその構想を語りながら、清盛は言ったものだ。

「そのうち、そなたも宋人と会わせてやろう」

「おお嫌なこと。気味が悪い」

「あはは、そうか福原は嫌か。じゃ、ほかに邸を作ろう。西八条あたりはどうか」

その話なら時子もよくわかる。六波羅は手狭になっている。邸の近辺に郎等の住み家が建ち並び、あふれんばかりの状態なのだ。そして清盛が、道長さえも及ばぬ、と言うのは、これら身辺に屯《たむろ》する武者の数だった。

たしかに道長時代の邸宅は豪奢である。池を穿《うが》ち、草木を植え、優雅そのものだったが、そこに住みこんでいる従者は組織された武力ではなかった。いわば私的な召使であって、武器をもって警固にあたるのは臣従する源氏の武士たちである。

源頼光《みなもとのよりみつ》とかその弟の頼親《よりちか》たちがその頭目で、頼親などは「殺人の上手《じょうず》」といわれた人物だが、彼らは別に邸宅を構え、国の守なども兼ねる中流貴族でもあった。むろん道長べったりで奉仕はするが、私兵とはいえない。

が、平家の郎等は清盛たちの邸をひしと取りかこんでいる。命令一下武装して死地に赴く。その数がふえた今、清盛は西八条にも邸を構えようというのである。その広さは東西に長い矩形《くけい》、約二万六千坪。当時の碁盤の目のような条坊制でいえば六町《まち》分で、王朝貴族の邸宅の標準が一町だったことを思えばこれは厖大な広さである。

「そうすれば、もっとたくさん武者を抱えることもできるわけですね」

時子もしだいに清盛の胸の中がわかってきた。貿易拡大も軍事力強化も、すべて廟堂の枠を踏みだした構想なのである。

――そうだわ。右へ廻ろうか、左へ廻ろうかなんて考えているより、この人にはその方が向いている。

しかし、武力だけあっても頼光や頼親のような国の守クラスでは、結局道長の手足として使われてしまうから、自分自身が道長にならなくてはならない。

――そう考えて、このひとは道長公のことを持ちだしたのかしら？

その夫にとって、太政大臣は望むところの肩書だった。しかも、その職を辞しても、

前大相国《さきのだいしょうこく》――

この肩書は、終生彼の身から離れることはない。

そのときになって、時子は、あたりに立ちこめている鈍色《にび》の靄《もや》に気づいた。いや、靄ではなかった。庭前の泉の面《おも》には、かすかな波紋が描かれているではないか。雨の

重みを支えかねた雲は、ひそやかに樹々の幹を濡らしはじめていたようだった。

「降りだしたな」

清盛は簀《す》の子《こ》（縁《えん》）から手をさしのべて、霧に似た雫をたしかめようとした。

「そうだなあ、五月雨の時節だものな」

その季節がくれば雨も降る。ごくあたりまえのことを言ったにすぎないその言葉を、何か意味があるように時子が感じたのはなぜなのか。

――ほんとに、その時節がくれば……

感に堪えたように心の中でくりかえしたものの、じつをいえば、そのときの彼女は、彼らを待ちうける事件に、全く気づいていなかったのである。

悪運は不意にやってきた。

「やれ、苦しい」

「胸がつまるぞ、死にそうだ！」

その騒ぎようは何たることだ。大相国ともあろうお方が……

最初は笑いをこらえていた時子だった。が、みるみる清盛は宙に眼を据えたまま、体を硬直させた。

「あ、あなた……」

取りすがったとき、はじめて夫が容易ならぬ病魔にとりつかれていることを知った。太政大臣を辞した翌年の二月のことである。

それ、医師《くすし》よ、薬よ！

六波羅邸は大変な騒ぎになった。清盛重病と聞いて、またもや公家が見舞に押しかけてくる。病床を片時も離れない時子は、来訪の知らせに苛立つ。

「誰にもお目にかかれませんと言いなさい。いったい誰です、大相国の御病気を言いふらしたのは」

意地悪公家どもは、よい知らせより、悪い噂が大好きなのだ。気のせいか、去年慶賀に来たときよりも、いそいそとしてやってきたように、時子には思えてならない。その間も清盛は唸り続けている。

「痛い、苦しい。ううむ」

どこが痛いのかと聞けば体じゅうだという。

「困りましてござりまするなあ」

医師も判断がつきかねている。

「ここぞ、と仰せられてくだされば、まだ致しようもござりますのでござりまするが」

そのいやにごていねいな言い方が、時子にはまた気にいらない。からかわれているように思えるのだ。

——何ていうへぼ医者なの。じゃ口のきけない赤ん坊の病気は全然治せないってわけ？　大相国はげんに、こんなに痛いとおっしゃっているんですよ。

できれば横面をはりとばしたいくらいだ。清盛は全く食事をうけつけなくなっている。意識を失うことすらある。慌てて、

「あなた、あなた」

体をゆすると、顎をがくがくと動かしながら、

「世話になったな、そなた」

かすかな声で言う。

「いやですわ、そんなことおっしゃって」

思わず時子も涙声になってしまう。

「もう、長いことは、ない……」

「いけません、しっかりなさって」

まだ瀬戸内海の航路も完成してはいないではないか。宋人が来るのをあんなに楽しみにしていた夫なのに……

——ああ、悪いことをした。宋の人間などに会うのは気味が悪いなどと言ってしまって……ええ、会いますとも、あなた。早く元気になってください。私も一緒に福原

に行きますわ、きっと……

医師はいよいよ首を傾げるばかりである。

「この分ではお命はあと一日か二日」

脈をとりながら、そっと時子にささやく。たしかに清盛の呼吸はずっと浅くなっている。

もう残る道は一つしかない。

出家である。

世をはかなんで仏道に入るというより、そのころの出家は、むしろ起死回生の最後の手段と考えられていた。現世の罪を懺悔し、仏の加護を祈り、もう一度、命を繋げるものなら繋ぎたい、という、日本人一流の現世利益的な考え方である。が、ともあれ自分自身がそれを言いだせないような状態にある場合、それを勧める側にとっては、これは辛い役割である。相手に死期が迫っていることを宣告することになるからだ。

しかし、猶予はできない。清盛が半ば意識を失ってしまった以上、その辛い役目は時子が引き受けねばならない。枕辺ににじり寄って、半ば意識不明の夫をみつめる。

「あなた、御出家のお覚悟を」

瞬間、清盛の顎が大きく動き、胸が深く波打ち、太い息が洩れた。それを見たとき、時子も覚悟をきめたのかもしれない。

「大相国もそのおつもりのようです」

　意外なほど静かな声で、つめかけた側近にそう言った。たちまち剃髪の準備がととのえられた。授戒の師としては、日頃親しい比叡山延暦寺の座主《ざす》明雲《みょううん》僧正がみずから出向いてくることになった。剃髪の阿闍梨《あじゃり》や随行の僧侶へのそれぞれの布施《ふせ》など整えているところへ、おしのびで後白河の女御滋子が訪れた。時子の異母妹《いもうと》である。

「御出家をなされるのですか」

　滋子の声は震えている。

「大相国が世を捨ててしまったら、私は誰を頼りにしていったらよいやら……」

　後の言葉は啜《すす》り泣きに変っていた。

「上皇さまも大相国だけを頼りにしていらしったのですもの」

　滋子の産んだ憲仁《のりひと》は東宮になってはいるが、その背後で睨みをきかせている清盛を失えば、この先どうなることか……。少女のまま未亡人になってしまった盛子も、今は従三位に叙せられ、准三宮《じゅさんぐう》（太皇太后、皇太后、皇后の三宮に準じる待遇）となってはいるものの、これもどうなることか。

――さまざまの人を不幸の翳で蔽って、このひとは死のうとしている。

　では、私は？

――いいえ、私は不幸ではないわ。だって……

昨日から思い定めたことを、はじめて時子は異母妹の前で口にした。

「私もともに出家しようと思っていますの」

「まあ、お異母姉《ねえ》さま……」

小さく叫んで滋子は絶句した。

その驚きようが、むしろ時子にはふしぎだった。夫が世を捨てるのだ。妻である自分もそれに倣えばいいではないか。幸せになりたいの何のと思うからこそ、心が乱れるのだ。自分の運はこれまで、と思えば諦めも早い。

――そうだ、この前も私はそう思ったのだったわ。

滋子はしなやかな白い指で顔を蔽った。

翌日、前大相国清盛の剃髪授戒は滞りなく終った。時子が続いてその場で出家したことは一座を驚かせたし、

「ほう、北の方の御授戒までも天台座主の手で？」

分を越えた所行だと非難がましい眼をむける者も中にはいたようだが、覚悟をきめた時子にとってはどうでもいいことだった。

ところで――

出家の功徳はいっこう現われなかった。清盛は、依然半ば眠り、半ば喘ぎ続けていたが、その口許をみつめていた時子は、あるとき、突然顔の上に蔽いかぶさるように

耳を押しつけた。

「え？　何ですって？　何とおっしゃったの？」

周囲はあっけにとられている。

――何もおっしゃってはいないのに。

そんな顔をする者もいた。

「お苦しいとおっしゃっているのでは？」

「水でも召しあがりたいのかもしれません」

が、そんなささやきも耳に入らないかのように、時子は夫の口許に耳を寄せたり、顔を離して口の動きをみつめたりしている。

――たしかに、夫は何か言おうとしている。私にはそれがわかる。

勘のようなものだった。が、それ以上に言葉が読みとれないのはなんとももどかしい。


――もう一度、もう一度おっしゃって！

必死で口許をみつめるうち、ふと心をよぎるものがあった。

「わかりました」

思わず時子は叫んでいた。

「上皇さま……上皇さまとおっしゃっておいでですね」

心なしか夫の顔がかすかにうなずいた。

まあ……

歎声が周囲から洩れる。時子は今度は夫の耳許に口を近づけた。

「上皇さまにお会いしたいのですね、何か申し上げることがおありなのね」

今度はまぎれもなく夫はうなずいた――ように思われた。

とはいうものの、その実現は不可能に近い。この瀕死の病人を院の御所に運びこもうというのは暴挙である。途中で必ず息が絶えてしまうだろう。そのとき、

「いえ、駄目、駄目」

ひときわ声高に叫んだのは、時子の側で清盛をみつめ続けていた滋子であった。

「いま上皇さまは御所にはいらっしゃらないのです。昨日から和泉国《いずみのくに》へおでましで……」

ああ、何というめぐりあわせか。夫が最後の力をふりしぼって、心の中を告げようとしているそのひとは、遥か手の届かないところにいる。

上皇さま……

できるものなら走っていって、その袖にすがりつきたかった。もう少し夫が口がきけたら、その言葉をそっくり旅先の後白河に伝えるのに。

「無駄なことかもしれませんけれど」

時子は坐り直して、女御である異母妹の前に手をついた。

「とにかく、清盛がお目通りを願っているということだけでも、女御さまから上皇さまにお伝えいただけませぬか」

滋子はうなずいた。

「やってみましょう。急ぎの使を用意してください。今宵は十一日ですね。上皇さまはどのあたりにおいでか、とにかく後を追わせましょう」

後白河の許にその使が行きつくまで、夫の命が保《も》つかどうか。このもどかしさ。いたたまれぬほど胸が迫ってくる。

――とにかくやってみなければ、後は奇蹟を待つばかりだわ。

時子は合掌して眼を閉じた。

その奇蹟が起ったのは四日後の夕刻――

急使をうけた後白河が和泉国から馳せ戻り、そのまま六波羅邸に乗りこんできたのだ。上皇が臣下の邸に見舞に赴くなどということは、まさに前代未聞のことである。

さらに奇蹟は続いた。後白河は清盛の枕頭に座を占め、喘ぐようなその口許をしばらくみつめていたと思うと、

「わかった！」

張りのある声で言い放ったのだ。時子すらも読み解くことのできなかった清盛の言葉を瞬時に理解したのは、奇蹟でなくて何であろう。大きくうなずいた後、後白河はさらに張りのある声で言った。

「最後の望みというのだな。叶えてやる。安心せい」

このとき、清盛の睫《まつげ》が、かすかに震えたようだった。

さて、その四日後、ばたばたと取り行われた現帝六条の譲位、滋子所生の東宮憲仁の即位という経過を見れば、清盛の言いたかったことは想像がつく。そして、後白河が瞬時にそれを理解した理由も……

煎じつめればそれは奇蹟でも何でもなかったかもしれない。後白河は東宮憲仁の即位を以前から心待ちにしていた。その点、滋子とそれに連なる清盛、時子は、後白河と完全に意見が一致していたのである。

が、まだたった五歳の、元服もすませていない六条を帝位からひきずりおろすのは、あまりにも強引すぎはしないか。それに後白河と反りのあわなかった先帝二条——つまり六条の父の息のかかった廷臣も、その身辺にうごめいている。そのことが後白河をためらわせていたのだが、前大相国という無二の臣下を失えば、よりその発言力は弱まるだろう。支えを失った女御滋子の立場も不安定になる。憲仁の東宮の座さえ、他の廃《すた》れ皇子《みこ》にゆさぶられかねない……

――やるなら、今だ！

後白河は瀕死の清盛を利用して、瞬時に事を運んだのだ。もしかすると、時子が清盛の唇の上に読みとったと思った「上皇さま」という言葉は彼女の思いこみにすぎなかったかもしれず、後白河も清盛の言葉などわからなかったのかもしれない。とすれば、奇蹟どころか、政略という名の魔鳥が、怪しげな羽音をたてて病床の清盛の周辺を飛び交っただけということになる。

奇蹟はむしろ、その後に起った。なんと出家して浄海《じょうかい》入道《にゅうどう》となった前大相国清盛は、まもなく生き返ってしまうのだ。出家の功徳？　そんな言い方はむしろ照れくさいくらいだ。丸くなって、いささか愛嬌を加えた坊主頭をふりたてて、けろりとした顔で、後白河上皇の御所、法住《ほうじゅう》寺《じ》殿《どの》に出入りしている。何のことはない、大患という最悪の手を逆手にとって、彼は憲仁を帝位に押しあげてしまったのだ。これが高倉帝である。以後入道相国の貿易の巨利の追求と、軍事力の強化は、いよいよ速度を増した感がある。

誰もが言っている。

「新帝（高倉）の母君は、こんなにも美しい方だったのか」

噂は潮のように湧きあがり、うねりながら都じゅうにあふれている感じだった。

「そりゃそうよ、女には目がない上皇さまが、あのお方を得てからというもの、ぴたりとほかの女をふりむきもしなくなられたというぞ」

そんなささやきが庶民の中にまで交されていることを時子は知っている。

異母妹滋子は、わが子憲仁《のりひと》が即位すると皇太后の称号を得た。皇太后として正式に日《ひ》吉《え》社《しゃ》、平野社に参詣したときの衣裳の豪華さは人々の眼を奪った。今まで見たことのないような唐《から》渡りの綾錦、それも日吉詣でと平野詣でとでは上から下までがらりと変えていた。

「あまりはでにするのはどうかしら」

さすがに人の思惑を憚って時子がそう言ったとき、弟の時忠は事もなげにうなずいたものだ。

「いいんですよ、あの方はどんな豪奢なものを身につけても位負けをしない方だ。うんとはでにして、みんなの度肝をぬいてやれって、そっと耳打ちしておいたんです」

「でも、世の人の眼も考えなくては……」

「みんな腰をぬかすでしょう。評判になるでしょう。それがいいんです。平家一門の富をこの際、みんなに見せつけておく方がいい。何しろ……」

時忠はぎろりと眼を光らせた。

「わが一門から皇太后が出るのは、はじめてのことですからね」

そうだ。たしかに、これは桓武《かんむ》平氏はじまって以来のことなのだ。

藤原氏などに、だから負けてはいられない——そう時忠は言いたいのだろう。藤《とう》氏一門が皇太后となった滋子に快い思いを懐《いだ》いていないことはたしかなのだから。

——成上り者めが后面《きさきづら》しおって……

と、白眼視する彼らを圧倒するには、絶大な富を誇示するしかない。

「それに上皇さまも首ったけだ、ということになりゃ、ぐうの音も出ませんよ」

ふと気づいて時子は尋ねた。

「じゃ、そういう噂を流したのは、時忠、そなたなのね」

眼の縁に笑いがにじんだのは、その推測があたっていたという意味なのだろう。が、その笑みは瞬時にして消えた。ひどく真剣な眼付になって彼は声を落した。

「今が大事なときですからね」

時子にはその意味がわかっている。が、何が大事なのか、それは口に出して言えないことであった。それどころか、いまの弟の言葉さえ、人に聞かれはしないかと、ぎくりとして背後を見やってしまう時子なのである。

翌（一一六九）年、嘉応と改元された直後、滋子は皇太后を下りて女院《にょいん》と称するようになった。定められた院号は建春門院《けんしゅんもんいん》。女院となると上皇に准じた待遇が与えられ、院司（役人）がつく。御所は後白河の住む法住寺殿《ほうじゅうじどの》の一画であるが、出仕を許された高官は三十余人の多きに上った。殿上始《てんじょうはじめ》という、いわば顔合わせを終って、西八条の時子の許にやってきた時忠は、

「すみましたよ、やっと」

さすがに肩の荷を下したというような顔をしていた。

「お仕えする女房は六十人。かの藤原道長公の姫君、一条天皇の中宮彰子《しょうし》さまだって、お側にいたのは四十人だそうですからね」

これなら藤原氏に負けはしないというのだろう。時忠は年頃になった自分の娘も女房の一人として出仕させているし、彼自身もまた建春門院の別当の一人である。

「御苦労さまでした」

時子のねぎらいの言葉の前で、しかし、時忠は首を振った。

「いや、これからです」

精悍な眼付をしている。思わず時子はあたりを見廻す。

「大丈夫ですよ、誰もいやしない」

そうだ、数年前移ったこの西八条の邸には、時子が気を使わなければならない人物はいない。夫の清盛も出家してからは、ほとんど福原で過している。大きな港はほぼ完成し、宋船も入ってきて、貿易はいよいよ盛んになった。その福原の地に、難波《なにわ》、いやこの京の都ほどの賑わいを現出させようと、清盛は野心を燃やしているのだ。

いわば、時子は西八条の女あるじ——

なのに、時折、後ろからじっと自分をみつめている瞳を感じるのはなぜか。

誰の視線を？

わからない。ひどく物静かで、そのくせ、凄みのあるそれに、自分や弟の心の中を覗きこまれてはならない、と時子はそっと時忠に眼くばせするのである。

——今は大事な時なのだから。

時子はそっとその言葉を呑みこむ。

その年の十一月、新帝高倉のための八十《やそ》島使《しまづかい》が都を発った。天皇が即位したとき、難波に出向いて海の神々を祀《まつ》る八十島祭の主役で、天皇の乳母《めのと》である典侍《てんじ》がこれをつとめる。

さきに二条帝が即位したとき、いろいろのいきさつから、急遽、乳母という資格を貰って時子が八十島使をつとめることになったのは、かれこれ七、八年前――。その功によって従三位を授けられもしたが、それ以来清盛が二条に信任されるようになったことが、後の運を開く大きな契機となった。

その重要な、しかも莫大な費用のかかる八十島使に選ばれたのは、高倉の乳母をつとめている重盛の妻の経子《つねこ》である。

高倉の母は異母妹滋子、八十島使は義理の子の妻――。複雑な血縁関係の要《かなめ》の位置に時子は立っている。しかも経子は権中納言《ごんちゅうなごん》藤原成親《なりちか》の妹だ。この成親の家は曽祖父の時から天皇家と密接な関係がある。女たちが代々乳母となって皇子に密着することによって権勢をほしいままにしてきた。その家系に連なる経子が八十島使に選ばれたのは当然ともいえる。

経子は重盛の小松邸からきらびやかな行列を仕立てて出発した。

大納言典侍《だいなごんのすけ》どの――

経子はそう呼ばれている。夫の重盛は権大納言。もっとも一年前健康を害し現職を辞してはいるが、ともかくも前大納言である。経子の乗る豪奢な檳榔毛《びろうげ》の車は、特に

清盛と時子を中心にした登場人物系図

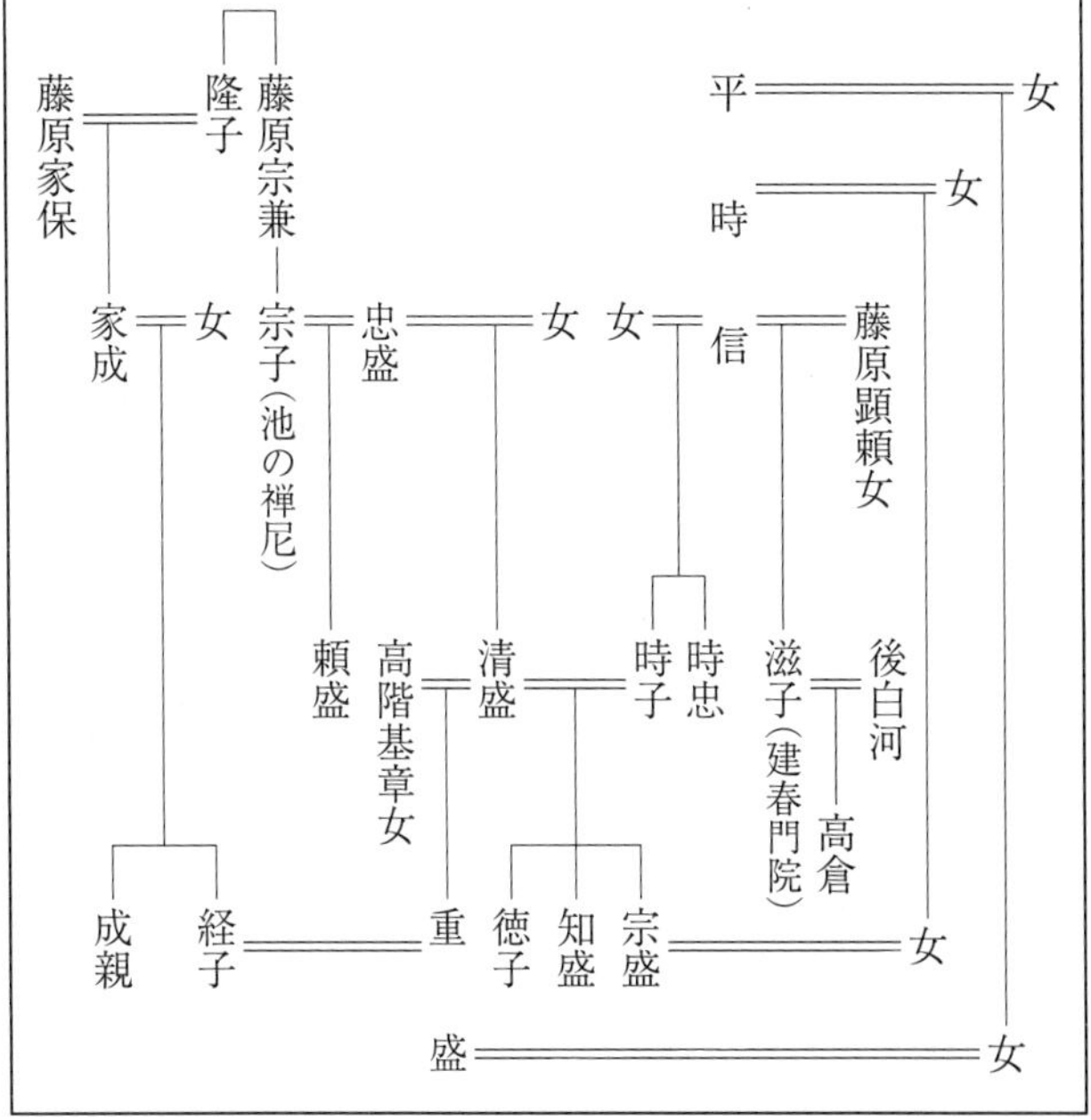

高倉の生母、建春門院から貸与されたものだった。経子の実兄成親ももちろん車でその後に従っている。時子の弟時忠の車もある。時子の長男宗盛《むねもり》や、その弟の右中将知《とも》盛《もり》などは騎馬で従った。後白河と建春門院は、途中に桟敷をしつらえて、この華やかな行列を見物したが、これは時子のときにはないことであった。

　後白河はその年の六月出家し、法皇と呼ばれるようになっている。格別道心が進んだわけではないのだが、三十九歳で出家した父鳥羽《とば》法皇の例に倣ってのことだった。時に四十三歳。

　大納言典侍の出立を見送りにいった西八条の邸の侍女たちは、ほんとうにみごとなお行列だったと口々にくりかえし、

「尼御台《みだい》さまがお出ましにならなかったのは惜しいことでございました」

　時子が邸に残っていたのを残念がったが、話題はやがて、桟敷に姿を現わした後白河法皇のことに移った。

「まあ、法皇さまのお頭《つむ》といったら……」

　侍女たちの笑いが一度にはじけ散った。

「お頭の上がお平らなんでございますよ」

「私、ああいうお頭、はじめて見ましたわ」

　こらえていた笑いが爆発するのを、

「いけませんよ、笑ったりしては」

制しながら、時子も、つい噴きだしてしまう。たしかに頭頂の平らな後白河の頭は異相というよりほかない。

ともあれ、そんな話題の中で、八十島祭は滞りなく終った。

そして、それを待ちうけるようにして——

事件は起ったのである。

比叡山の大衆《だいしゅ》——僧兵たちが、日吉神社以下の神輿《みこし》を担いで、おめき叫んで高倉のいる内裏に押しかけてきたのだ。

訴えは例によって所領問題だった。延暦寺の所領である美濃国《みののくに》の比良野荘《ひらののしょう》の荘民が、尾張守《おわりのかみ》の目代《もくだい》藤原政友《まさとも》と相論し、荘民三人だけが一方的に逮捕され獄舎につながれたことに、文句をつけてきたのである。

「荘民を赦《ゆる》せ、代りに政友を引っくくれ」

「権中納言、藤原成親もだ」

内裏の門前で彼らは口々にわめき、気勢をあげた。なぜ成親まで狙われたかというと、尾張は彼の知行国《ちぎょうこく》だったからだ。当時、上皇や女院、有力な公卿たちは国の守《かみ》（長官）を推薦する権利を持っていた。これが知行国制である。つまり成親は尾張国の守を推薦する権利があったわけで、当然、彼の息のかかった人間を守に推薦し、その代りに尾張国からの収益のいくらかを受け取る。ところが推薦された人間もこのころは現地に赴かず、代りをさしむける。これが目代である。このとき目代政友は左衛《さえ》門尉《もんのじょう》をも兼ねていた。成親の人脈に連なる子分なのである。だからこの問題は、すでに延暦寺と成親の争いに発展していたのだった。

　延暦寺の大衆はこんなとき、必ずといっていいくらい、自分たちの祀《まつ》る社の神輿を担ぎだす。神さまのお出ましとあってはうかつに手だしができないからだ。こうしてごり押しを通すのだが、要求が諾《き》かれないと、神輿を放りだしてゆく。こうなるといよいよ事面倒になり、神輿にお帰りいただくために朝廷側は、譲歩したり、さまざまの工作をしなければならない。

　度々の大衆の横暴に手を焼いている朝廷側は、今度も彼らが神輿を八基も担ぎだして内裏へ放りだしてゆく構えをみせたから慌てふためいた。後白河は後白河で大衆の行為に大憤慨している。

「御即位なされたといっても、天皇はまだ九歳だ。そこへ脅しをかけるとは何事だ。文句があるなら院の御所へ来い！」

　が、大衆は後白河では手《て》強《ごわ》いと思うからこそ、あえて高倉の所に押しかけたのである。しかも、何といっても、直接官吏の任免、処罰を行うのは朝廷——天皇であり摂関なのだから、脅すならここを狙った方が効果的だ。当時も政情は微妙で、実の親子とは言いながら、後白河と高倉のそれぞれに心を寄せる公卿の顔ぶれは違う。公卿たちは、別れ別れに、内裏と後白河の御所に集まっていた。大衆はそのことも計算に入れて内裏を目指したのである。

西八条の時子の許にも、不穏な空気は刻々伝わってきた。

――ああ、夫がいてくれたら……

時子は心細い思いをしている。大衆は座主の明雲《みょううん》をも連れだしてきているという。清盛と時子の出家の折、戒《かい》を授けてくれた例の僧正である。夫なら明雲とも親しいから、荒くれ法師たちを何とか押えることができたろうに……

――それにしても時忠はどうしているのか。

どんなときでも要領よく使を飛ばしてよこす彼からも連絡はない。おそらく法皇や建春門院の側に詰めきりなのだろうが、清盛の不在を知っている以上、状況を知らせてくれてもよさそうなものである。

不安のうちに夜は更けた。と、真夜中近く、おろおろ顔の侍女が飛びこんできた。

「尼御台さまっ」

「どうしたの」

「合戦が……」

「何ですって」

「合戦が始まりそうだとか申しております」

「えっ？　いったい、どこで、誰と誰が？」

「さ、それが……」

全く要領を得ない。邸を警備している侍を内裏と法住寺殿に走らせたが、

「その気配はないようで」

やや自信なげな報告をもたらした。内裏の周辺では大衆が鼓を叩いたり、わめきちらしていたが、しかし合戦をしている様子はなかったという。法住寺殿は検非違使《けびいし》や武者があたりを固めていて中には入れなかった。

「じゃ時忠どのもそこへおいでなのね」

時忠は権中納言で右衛門督《うえもんのかみ》と検非違使の別当を兼ねている。つまり都の治安を担当する最高長官なのである。検非違使を率いて院の警固にあたっているのだろうと見当をつけた。

大衆の要求が聞き入れられたかどうかわからぬままに、ついにその夜は明けた。

と、冬霧の霽《は》れないうちに、

「やあ、湯漬でも御馳走になりますかな」

陽気な声とともに現われたのは、時忠である。

「まあ……一晩心配していたのですよ」

「多分そうだろうと思いましてね、ちょっと内裏を脱けてきたんです」

「内裏？　まあ、院の御所じゃなかったの？」

「誰かがそう言ったのですか？」

「え、いえ……」

考えてみたら、誰も時忠の姿をたしかめた者はいなかった。ひとりでそう思いこんでいたことに気がつくと、自分の慌てぶりに首をすくめる余裕も出てきた。

「私がね、そうに違いないと思いこんでいたのよ。でも、内裏にいたのなら、よけい大変でしたね。荒法師どもにかこまれて……」

「ああ、一時は大変な騒ぎでしたがね、もう帰りましたよ、法師どもは」

「え？　まあ、どうして？」

「それより湯漬、まだですか」

「あ、そうそう」

手早く侍女に支度をさせ、膳の上に醤《ひしお》や茹でたての青菜を並べた。

「うむ、こりゃありがたい」

早速、椀にかぶりつく弟に、時子はにじり寄った。

「それで、法師たちは納得したというわけ？」

「いや、なに……」

口をもぐもぐさせて時忠は答える。

「おとなしく引き退《さが》ったわけじゃない。神輿を放りだしていきましたよ」

「まあ、じゃ、この先また大変ねえ」

「いや、なに」

椀を口許で止めて、さらりと時忠は言った。

「置いてゆけ、と言ったんです」

「え、誰が」

「私が」

にやりと口許に笑みを浮かべた。

「悪いようにはせぬ、俺にまかせろと言ってやりました」

「まあ……」

「ま、今日のうちに事はまとまるでしょう」

「というと？」

「権中納言（成親）には辞めてもらう。多分流罪ということになるでしょうな」

「じゃ、法師の言い分が通るのね」

「ええ、通させるために神輿を置いてゆかせたんです」

それから声を低めた。

「いい機会《おり》ですよ。あの御仁《ごじん》は、ちょっと、痛い目に遭わせておいた方がいいんだ」

「まあ」

「つけあがりすぎてるからな。もともと鼻持ちならない奴ですからね。大納言典侍が八十島使をつとめてからは、眼前に人なしだった」

　御存じでしたか、と彼は時子に顔を寄せて、

「あの八十島使の出立の日も、自分の車を典侍の車にぴたりとつけて……向うへゆくまでの威張りようったらなかった」

　なるほど、考えてみれば、大納言典侍経子は重盛の妻であるとともに、彼の妹でもある。成親は経子が八十島使をつとめたのを機に高倉の側近としてのしあがろうとしているのだ。もともと、そうしたやり方で繁栄を築きあげた彼の一族なのである。

　――好機到来！

　と思ったに違いない。そしてこの彼の野心に誰よりも先に気づいたのが時忠だった。彼自身、姉の時子が八十島使に立ったのを機に、宮廷に勢力を伸長させた男であってみれば、これはまた当然なことなのだが……

　湯漬をかきこむ彼の顔に疲れは見えない。一勝負終えた獣の猛々《たけだけ》しさを、彼は姉の前では隠そうとはしない。その横顔に時子はふと吐息を洩らす。

「ほんとに……ひとときは生きた心地もなかったわ。合戦が始まるかもしれない、な

んて噂まで飛んだのですよ」

　すると、時忠は、からかうような眼をした。

「いや、一時はそうなりかけていたんです」

「まあ、ほんと。誰と……」

「小松（重盛）どのとです」

「えっ、何ですって」

　弟の口から出た思いがけない言葉の意味が、すぐには解しかねた。

「重盛が？　どうして？」

「成親卿が、重盛どのを呼ぼうと言ったのです。平家の軍勢をかき集めて、大衆を追っ払おうと……」

「まあ……」

　しかし、考えてみれば、成親が妹の夫である重盛を頼ろうとするのは当然のことだ。成親、時忠、重盛――。大衆の雄叫びをよそに、もう一つの容易ならざる内訌《ないこう》が、昨夜の闇の中で渦巻いていたことに、時子は背筋をぞくりとさせた。

「が、重盛どのは、さすがに冷静でしたな。今夜は遅いし、いま合戦したら、かえって大衆を内裏の中に追いこむことになりかねない、と言って……」

「まあ、そうだったの」

思わず頬をゆるませたとき、

「しかし、姉上」

ぴしりと時忠は言った。

「それを重盛どのの時忠への好意などと思っていただいては困りますぞ」

「えっ」

「したたかですよ、あの御仁も。自分がどういう手を打ったら一番有利か、ちゃんと見極めてからでなくては動きはしない。三十二か三か、たしか成親卿と同い年のはずだが、一枚も二枚も上手《うわて》だ。多分蔭で動いても、重盛どのは表面には出ないでしょう」

話を聞いているうちに、ふと思いあたるものがあった。と同時に、われ知らず時子は口走っていた。

「あ、わかったわ」

「何です、唐突に」

いぶかしそうにする時忠を見ず、時子はひとりでうなずいた。

——誰かが絶えず私をみつめている……そう思ったのは、重盛のことだったのだわ。

無意識ながら背中にうけとめていた謎の視線は重盛のそれだったのだ。が、それを口にするより前に、時忠はもう起ちかけている。

「うまかった。さあ行くとしますかな。今日は忙しくなります」

どうしてでも成親を追いつめずにはおかない、という闘志をむきだしにしている。

案の定、その日成親の解官《げかん》、備中《びっちゅう》国への配流がきまり、直接責任者である藤原政友は獄舎入りとなった。幼い天皇に代ってこれを決定したのは摂政基房だが、蔭で工作したのは、もちろん時忠に相違なかった。

が、事が紛糾したのはその後である。成親が俄然巻き返しに出たのだ。彼は後白河を動かして決定を覆《くつがえ》し、逆に、数日後には時忠の解官、出雲《いずも》配流をとりつけてしまった。さすが廟堂での寝業《ねわざ》に鍛えられてきた成親である。彼は後白河がこの事件の渦の外に立たされ、苛立っていたのを見ぬいたのだ。

「山法師、文句があるなら院の御所へ参れ」

という命令を大衆に無視された王者の怒りに成親はつけこんだ。憤激した後白河は、日頃近侍させていた時忠のことも許そうとはせず、建春門院のとりなしにも耳を藉《か》さずに時忠の解官、配流をきめてしまったのである。

この決定がなされたのは十二月二十八日、しかし、年が明けても、時忠・成親の泥仕合は続いた。時忠配流と聞くと、たちまち延暦寺の大衆が不穏の動きを始めたり、その中で成親が復任し、あてつけがましく時忠の任じられていた検非違使別当を兼ねたり、かと思うと、またもや逆転して成親の配流がきまり、時忠が召還されたり……。

結局時忠は配流は免れたものの、権中納言に復帰できたのはその年の暮だった。一方の成親はそれより早く、四月には元どおり権中納言に戻っているから、やはりこのときの勝負は成親の勝というべきだろう。

しかも成親が復任した同じ日、肩を並べて重盛も権大納言に返り咲いたのは意味深長である。

大納言再任がきまると、重盛は西八条の時子の許に挨拶にやってきた。

「お蔭さまで、体の調子もよくなりましたので、また政務をつとめさせていただくようになりました」

おだやかな微笑を湛えた彼の、成親と時忠の泥仕合のことなど、おくびにも出さないしらじらしさに、

——やっぱり、この人が成親卿の黒幕だわ。

かえって時子は弟の読みのたしかさを思いしらされた。

——が、ここで顔に出してはいけないのだわ。

時子も負けずに、にこやかに言った。

「それは何よりですこと。入道どのが身を退《ひ》かれた今は、小松どのが当家の総帥です。お頼みいたします」

「いや、ふつつか者でございますので……」

とたんに胸をかすめる思いがあった。

「小松どの」

時子は重盛に、にじり寄っていた。

――何であのとき、とっさに、あの智恵が出たのだろう？

いま考えても、自分自身がふしぎでならない。

――が、あのときを措《お》いて機会《おり》はなかった。

重盛に向って、時子はこう言っていたのである。

「経子どのも、御乳母として、これからはいよいよ忙しくなられますね。ついては」

重盛の身辺の世話をする人間がもっといた方がいいのではないか。もしその一人として自分の異母妹を考えてもらえれば、この上ないのだが……

時子は、このとき異母妹の一人、信子の顔を頭に浮かべていたのである。唐突な発想のようだが、しかし後になって考えれば、無意識にそれを支えている事実があった。それまでに時子は実子の宗盛と異母妹の一人を結婚させている（当時は叔母甥の結婚はふつうのことだった）。

――だから、あなたも……

一瞬重盛は眩しそうな眼付をした。いや、それは、と口ごもったようでもあったが、時子はかまわず、にこやかに言った。

「ええ、どうか御遠慮はなさらずに」

重盛には経子という正室がある以上、異母妹は側室（妾《しょう》）位置にとどまるよりほかはない。宗盛の妻になった異母妹がすでに北の方となっているのとでは大分差がついてしまう。

――そのことなら御心配なく。

時子は重盛の躊躇に、そういう答え方をしたのである。あるいは彼の意思は別のところにあったかもしれない。時子の異母妹を受け入れることじたいを拒否したかったのではないか。が、この際、相手のそんな思惑は無視するにかぎると時子は心にきめたのだった。

結局、重盛が時子の申し出を断りきれず、異母妹の夫となってから、時子は時折あの日のことを思いだす。

あのとき、私は重盛という義理の息子にちっとも好意を懐いていなかった。そのしたたかさに苛立ち、胸を灼《や》かれていた。それでいながら、そのときの自分は、

――だからこそ、親しくしなければ。

必死でそう思おうとしていた。時忠と成親のせりあいを匂わせて嫌味を言うより、苦い思いを抱えながらでも、この男には手をさしのべなければならない、と。この男

を成親側に追いやってしまうか、自分の翼の下に抱えこむか、思えばあのときが瀬戸際だった。時子の心中に苦笑が湧く。

――もっとも向うだって、苦い思いを抱えていたのは同じこと。それでも結局、私に押しきられてしまったのだわ。

異母妹は、北の方でないという意味で、重盛の周辺では「彼《か》の御方《おんかた》」と呼ばれているが、幸い二人の仲は悪くはないらしい。それが時子にとっては救いだった。そして、

――さ、私たちは一族ですよ。

笑みを浮かべて時子が手をさしのべたことは、やがて効果を現わした。

その年の七月、都ではまた一つの事件が起きたのだ。後白河臨席のもとに法勝寺《ほっしょうじ》で法会《ほうえ》が行われたとき、それに出かけた摂政基房は、途中で一台の車に行きあった。ところが車の主は基房に対して下馬の礼をとらなかった。

「非礼だ、ひきずりおろせ」

基房に従っていた舎人《とねり》や牛飼がその車をさんざんに打ちこわした。ところが、そこに乗っていたのは、何と重盛の息子の資盛《すけもり》だったのである。基房もさすがにこれはまずいと思ったらしく、使をやって重盛に非礼を詫び、乱暴をした張本人である舎人たちの身柄を引き渡した。

しかし、重盛はそのくらいで事をすまそうとはしなかった。困った基房は、舎人よ

りも身分の上の従者をも勘当して謝罪したのだが、それでも重盛は許そうともせず、以後数か月にわたって、基房に嫌がらせをしつづけた。基房が参内しようとすると、途中で武士たちが待伏せて気勢をあげたり、ときには基房の前払《さきばら》いをしてくる前駆《ぜんく》を馬から引きずりおろしたり……。震え上がった基房が参内もできずに自邸に逃げ帰ったために、重要な政務が滞ってしまったことさえあった。

この基房はもともと平家によい感情を懐いていない人物である。兄の基実《もとざね》の死後、清盛の娘であるその妻盛子《もりこ》が財産の多くを相続してしまったことを根にもって、平家の悪口を言いふらしている。重盛はその人物に対して睨みをきかせたのだ。

――だから私の息子を侮辱なされたのではありませぬかな。

といわぬばかりの執拗な復讐には、この際基房を縮みあがらせておこうという気配が窺えた。父が子の意趣返しをするというより、清盛隠退後の平家の総帥として、この際実力の程を思いしらせてやろうというふうにも見えた。

その後、事件は後白河の仲介でやっと納まった。基房に泣きつかれた後白河が福原にいる清盛に使をやって重盛をなだめさせたのだ。

「あいつもなかなかやるなあ」

とは事件落着の後、久しぶりに西八条の邸に戻ってきた清盛が時子に洩らした言葉である。

「俺に代って一門を率いてゆく気構えができたようだな」

満足げにそう言い、微笑した。

「そなたの異母妹とも仲睦まじいようだし、まずはめでたい」

ふいに言われて、時子はおろおろするばかりである。

——私が何も言わなくても、このひとはわかってくれている。

夫の眼が大きくうなずいている。よくやってくれた、とその眼は言っている。

「え、え、私のできるのはそのくらいのことですから」

口ごもりながらそう言ったとき、

「俺もな」

清盛も、はじめて秘事を明かした。

「あの少し前に、ひそかに頼盛と重盛を福原に呼んでいるんだ」

「まあ……」

「一族がまとまらなくてはいかんからな」

清盛にとっては異母弟頼盛、そして時子にとっては義理の子重盛を前にして何を語ったか、夫の口から聞くまでもなかった。清盛もそれには触れず、ぽつりと言った。

「頼盛と俺とで法華経《ほけきょう》を書写し、厳島《いつくしま》神社に奉納することにしたよ」

そうだ、重盛だけでなく、頼盛のことも考えねばならない。まして頼盛の実母、池のおばどのと重盛の妻の経子とは縁続きなのだから……。そう思ったとき、ふと、頭をかすめる思いがあった。

――重盛どのの摂政への嫌がらせは、むしろ成親卿の事件の復讐ではなかったか……

内実はともあれ、成親の流罪は摂政基房の決定によって行われたのだから、彼の異常な執拗さが、改めて時子の胸を凍りつかせる。

――あの眼、あの影の瞳は、今も私を眺めている……

が、忍ばなければならない。なぜなら――と思ったとき、偶然のなせるわざであろうか。清盛は時子の胸に浮かんだ言葉を口にしていた。

「何しろ、今は大切な時だからな」

月皎々《こうこう》

この数年、そのことについて、時子は清盛と無言の会話を続けてきた。

――もう、そろそろ……

――いいえ、まだですわ。時機というものがありますもの。

長く生活をともにしてきた二人であってみれば、眼と眼で語りあうだけで意は通じた。

事は極秘である。心許した侍女にも、絶対聞かれてはならないことだった。

――あなた、ちょっと伺ってみたら？

――法皇さまにか？　うん、それがなあ。

じれったいほどの時が過ぎた。そしてついに、そのことを、はっきり口に出すときがきた。

その極秘事とは、わが家の姫の入内《じゅだい》のことである。

のちに承安と改元する嘉応三（一一七一）年正月、高倉が十一歳で元服した。少年とはいえ、一応、きさきを迎える態勢がととのったわけだ。そうときまれば、一気に事を運んでしまわなければならない。藤原氏の高官たちも、少年天皇の後宮に娘を送りこむべく、猛然と競争を開始するからだ。

——どうしたら、うまくゆくかしら。

いざとなると、時子の心はひるんでしまう。何しろ、この一門の娘が、天皇のきさきとして正式に入内した例がないからである。たしかに異母妹の滋子は、げんに建春門院として後白河の寵愛をうけている。国母としての権勢はなかなかのものだが、彼女とて、上西門院《じょうさいもんいん》（後白河の姉）に仕えているうちに、後白河に見初められて幸運を摑んだにすぎず、時子のめざす正式の入内ではない。

正式の入内というのは、あらかじめ公式に決定が行われ、当の姫君にも位が授けられ、宮中に殿舎がしつらえられ、日を選んで行列も美々しく宮中入りすることだ。

「ええ、大丈夫ですとも」

と力づけてくれるのは、ほかならぬ建春門院滋子そのひとである。母后として、わが子である天皇に絶大な影響力を持つ彼女は、すでに後白河にも内々話をしてあるという。

「そりゃ法皇さまは、私の言うことなら何でも聴いてくださるから……」

それでも不安なのは、夫の清盛がすでに出家していることだ。隠然たる実力はあるものの、宮中の廟議には参加していないので、一応、一門の総帥の地位にある重盛を父代りとすることにしているのだが、

――それでいいのかしら。

いざとなると迷わざるを得ない。

――後で苦労するのじゃないかしら。藤原氏を押しのけて入内したといって、いじめぬかれたりしたら……

もともとおとなしく、控えめな娘なのだ。敢然と立ちむかってゆけるたちではない。帝王のきさきという最高の栄誉をわが子に、と願い続けてきたそのことが、娘を不幸に突きおとす結果になるのではないか、と柄にもなく弱気になる。そんなとき、

「お異母姉《ねえ》さまらしくもない」

肩を叩かんばかりに励ましてくれるのは滋子だった。わが子高倉が元服して以来、むしろこのことに一番積極的なのは彼女ではなかったか。その滋子は、

「いろいろ細かい打合わせもしたいけれど、院の御所では人目も多いから」

と妙案を考えついてくれた。後白河と連れだって、福原の清盛の邸に行こうというのである。そのころまでに清盛が進めていた瀬戸内海の航路の整備、築港はかなりはかどり、豪奢な別邸も完成していた。後白河と滋子がその邸に臨んだのは十月、清盛

と時子の酒宴や管絃のもてなしに、遊楽好きの後白河は上機嫌で、

「山にかこまれた都とはまた別の趣だ。気にいった、また来るぞ」

とくりかえした。入内の問題もとんとん拍子に進み、みずから、

「姫はわが娘というかたちで入内させよう」

とまで言ってくれた。傍らの滋子は、

――ね、言ったとおりでしょ。法皇さまは私のお願いならなんでも聴いてくださるのよ。

と言いたげな微笑を湛えている。

――ありがとう、滋子どの。

時子はそっと眼頭を押えた。弟の時忠が滋子の栄達のために奔走し、今度はその滋子が自分の娘を支えてくれている。幸運とはこんなふうにしてやってくるのかもしれない。

これをきっかけに、事はにわかに進みはじめた。

――そうときまれば、邪魔の入らないうちに。

というわけである。もちろん内々準備は進めていたから支度に慌てることはない。まず正式に位を授けられるために、姫には徳子という名前が選ばれた。今考えると奇妙な感じがするが、姫が「徳子」として人生を歩みはじめるのはこの時点からである。

男が元服して社会人として出発するとき幼名からしかるべき名前に変るのと同じと考えればいい。

さて、徳子は法皇の猶子《ゆうし》（養女分）となったわけだから、法住寺《ほうじゅうじ》の御所に赴き、そこで従三位の位を授けられる。入内の日は十二月十四日と定められ、これに伴う行事の分担もきまった。意地の悪い公卿の中には、

「ほう、大相国の姫が院の猶子に？　帝は院の皇子《みこ》だから、つまり姉と弟で結婚するってわけか」

などとささやく者もいた。ちなみに徳子十七歳、高倉十一歳。当時はこのくらい年かさなきさきは少なくなかった。

しかし、十四日の徳子の入内は、そんなささやきを圧倒するほど豪華なものだった。この日、時子は朝からつききりで徳子の世話をした。従三位徳子は、綾織の表着《うわぎ》の上に、裳《も》と唐衣《からぎぬ》をつける。貴族の女性の正装である。唐衣は、上半身に羽織るきらびやかな上着で、裳は腰から背後にかけて裾長に曳《ひ》くもの。いわば袴《はかま》の半分を後半身にまとうような形だが、歩くたびに裾が扇形に床にひろがり、豪奢で複雑な表情を作る。

その日、裳の腰（紐）を結んだのは、滋子だった。

――さ、私のように幸せに。

人生の門出を祝う餞《はなむけ》である。

裳をつけ終ったとき、徳子は二、三寸も背が伸びたように見えた。化粧しおえた顔は神々しいまでの気品にあふれていた。

――これでよかったのだわ、これで。

傍らの時子は胸を詰まらせている。

――まるでおきさきになるために生れてきたように臈《ろう》たけている。

これなら藤原氏の誰にも負けはしない。もちろん、おきさきになるための心得は、数年この方、それとなく教えこんでおいたし、いよいよ入内ときまってからは、滋子やその周囲の女房たちからの行届いた助言もあった。

もっとも、当の徳子は、ただもの静かにうなずき、

「はい」

と答えるだけで、

――わかっているのかしら、姫は？

ひどく心配になったりしたが、いま、徳子は、

――そのようなことは、前からよく存じております。

とでも言いたげに落ちつきはらっている。

――それだけの運が、姫には備わっていたのだわ。

門出に涙は不吉である。時子は危うく唇を嚙んでせきあげる嗚咽《おえつ》をこらえた。

　夕刻になると、摂政からはじまって左右大臣以下が続々と院の御所に集まってきた。やがて勅使が柳の筥《はこ》を捧げてやってくる。中には紅《くれない》の薄様《うすよう》に高倉みずからが書いた恋の歌が入っている。今夜の入内が、予定のお膳立に乗った儀式であるにしても、この時代には、一応「恋」のかたちをとるのである。

　勅使が饗応をうけて帰った後、まず摂政基房が内裏へ向った。彼は徳子の一行を迎える側に廻るのである。やがて徳子の乗る糸毛《いとげ》の車が寝殿の南の階《きざはし》にさし寄せられた。ときに子《ね》の刻――真夜中である。当時の入内は夜行われるのがしきたりなのだ。

「松明《たいまつ》もて」

「前駆《ぜんく》の殿上人ら騎乗せられよ」

　御所内は俄かに騒がしくなった。それもそのはず、この夜、徳子の車の前の前駆《さきが》けをする人々は百人を越すという豪勢なものであった。

　冬の月は冴えている。松明をかかげ、百余人の前駆の後に、十二人の車副《くるまぞい》に護られて徳子の車は動きだす。その直後に騎乗するのは徳子の弟、左馬頭重衡《さまのかみしげひら》。徳子に最も近い身内である。その後に美しい女房たちの装束をのぞかせた車が十両、二十人ほどの女房が分乗している。それに左大臣、右大臣以下の公卿が続く。大納言六人、中納言七人、参議七人というから廟堂の閣僚クラスのほとんどが徳子の車に扈従《こしょう》したことになる。

それにはわけがあった。入内の途中に、後白河と滋子が桟敷を構えて行列を見物したからである。

「おお、某は参っておるな」

「はて、某の顔は見えぬが」

法皇の眼はたちまちに見てとるであろう。かりにも法皇の猶子である徳子の入内には忠勤を励んでおかねばならない。

行列が出発してしまうと院の御所は俄かに人少なになった。簀《す》の子《こ》（縁《えん》）に出て月を見上げたまま、時子はじっと動かない。眼を閉じると、月明の下で、前駆も徳子の車もすべて銀色に変って、音もなく幸福の国に旅立って行くような気がした。

——ああ、姫……長い間、私はこの日を待っていたのよ。

しかも、これほど豪奢に、晴れがましい入内ができようとは思ってもみなかった。人々の祝福をうけて、徳子は、いま、帝王のきさきの座に近づこうとしているのである。

「尼御台さま」

侍女の声でふと我にかえった。

「御桟敷の法皇さまも、女院さまも、今夜の御行列に御満足の由」

やがて徳子の入内の儀が滞りなく済んだという知らせが入った。徳子の殿舎は弘《こ》徽《き》殿《でん》ときめられている。行列に従った大臣以下に酒が出され、終って人々が退出したときはすでに丑の刻（午前二時ごろ）に近づいていた。

西八条の邸に戻ると、清盛は寝ないで待っていた。徳子の両親ではあるが、すでに出家の身になっているので、二人ともこうした儀式には遠慮しなくてはならない。

「あなた、すべて滞りなく……」

報告するまでもなく、重盛や重衡からの連絡は入っていて、

「うむ、うむ」

清盛は大きくうなずいて、

「御苦労だった、そなたも」

それだけ言った。その短い言葉は今日一日の労《ねぎら》いでないことを時子は知っている。本当に長い道のりだった。高倉の誕生から立太子、そして即位と、そのどれが欠けても今日の日はあり得なかったし、その上で清盛と時子、そして時子と滋子という結びつきがなければ、徳子の入内は不可能だった。

「まこと、運というものはふしぎなものだ。そなたと結ばれ、姫が生れたそのとき、よもやこの子が帝のおきさきになれるとは夢にも思わなかったものな」

たしかに徳子の生れたのは保元の乱の前年、清盛は正四位下安芸守《あきのかみ》。参議の座にも辿りついていなかった。運はしかし、偶然恵まれるだけのものではない。そのときど

きの機会を捉えて、自分たち夫婦はせいいっぱい生きぬいてきた、と時子は思う。

「まあいい。ゆっくり休んでくれ。また先のことはゆるりと考えるさ、とにかく――」

「帝はまだお年弱《としよわ》だ。皇子《みこ》が授かるとしても、ずっと先のことだ」

清盛は顎を撫でた。

「まあ！」

「そうだろうが。十一と十七。まず気長に待つとするか」

冗談めかしてにやりとする清盛はかなり上機嫌だ。が、そのおどけた口ぶりが、ふいに時子の虚を衝く。

「まあ、あなたって方は――」

「そうだろう。姫に皇子が授かって、その方が位につかれる日がやってこなければ、わが一門の栄えはほんものにはならない」

「そ、そりゃそうですけれど」

ぐさりと匕首《あいくち》を刺しこまれたような痛みが胸を走った。

――入内を済ませただけでは、ひと休みはできないのだ。いや、それどころか、私たちは姫に、容易ならない任務を背負わせてしまったのかもしれない。

入内させたことは、姫にとってはたしてよいことだったのかどうか。満足感も安堵感も一時に突き崩されながら、時子は夫に調子をあわせ、冗談めかして無理にも笑おうとした。

――せめて今夜だけでも、姫のために上機嫌でいてやらねば。

夜明けが近づいたのか、庭先の闇は、静かに薄墨色に変りはじめていたが、時子は眠ることさえ忘れている。

徳子は入内したその年のうちに女御の宣旨《せんじ》をうけた。そして翌年二月、早くも立后《りつごう》して中宮となった。高倉の正后として名実ともにその地位が定まり、徳子付きの役所である中宮職《ちゅうぐうしき》もおかれるようになった。大夫《だいぶ》（長官）は権大納言藤原隆季《たかすえ》だが、実質的に全般を掌握する権大夫《ごんのだいぶ》は権中納言時忠――つまり時子の弟、徳子の叔父だ。その下には亮《すけ》（次官）が弟の重衡、権亮《ごんのすけ》には甥の維盛《これもり》（長兄重盛の息子）というように、一門が顔を並べている。大夫隆季は院政初期以来、その近臣として活躍してきた例の六条流の一人である。家成の長男、異腹ではあるが、重盛の妻の兄にあたる。六条流の一人を加えたのは、時忠の政治的布石である。

さしあたって、高倉と徳子は姉弟《きょうだい》のような仲睦まじさで過している。

――まあそれ以上のことを望むのは無理。

時子はほっとしている。幸い、清盛を憚って、藤原氏の中から正式に娘を入内させようという動きはない。

そして二年、三年……

無風状態が続いた。

一方、清盛の福原開発も順調に進んでいる。瀬戸内航路も大型の宋船の通行が可能になったし、摂津の輪田《わだ》の泊《とまり》の近くには風除けのための人工の島も築かれた。後白河も福原は気にいったらしく、建春門院とともに度々遊楽に出かけ、一度は海路厳島まで参詣に赴いた。

「法皇さまが厳島神社へ御参拝だって？　そんなことは前代未聞だ。平家づれの信仰する神社へ何をわざわざ」

何事も前例にこだわる公家連中は眼をむいたが、珍しいことの好きな後白河は、海路が整備され航行も安全になったので、と清盛にすすめられると、すぐその気になったのだ。先規など何とも思わないところは清盛とよく似ていて、徳子の入内以来、両者はいよいよ意気投合している。

厳島参詣を済ませて帰ってきた滋子は、

「ほんとうにあのようなお社、私も初めて拝ませていただきました。海の中に鳥居が立っているのですね、潮が満ちてくると、お社がまるで海に浮かんでいるようで……法皇さまも大変お喜びでしたわ」

息をはずませるようにして時子に言ってから、声を低めた。

「私も、心をこめてお祈りしてきましたの」

その意味は時子にはすぐわかった。ときに承安四（一一七四）年、高倉は十四歳になっている。

そうなのだ。まさしく、もうそろそろなのである。じつはその前年、滋子は新しく最勝光院《さいしょうこういん》という寺を建て、豪華な供養を営んでいる。表向きは、崇仏のあかしとして善根を積み、後世《ごせ》の安楽を願うため、ということになっているが、そこには高倉の皇子誕生の願いもこめられていることはあきらかだった。

「ええ、私も、じつは――」

時子も膝を乗りだす。

「西八条の邸の中に新しい御堂を建てるつもりでおります」

「それはけっこうなこと」

それからさらに声が低くなり、女院とか二位の尼という肩書をかなぐりすてた女どうしの会話になる。

「帝もお体があまり丈夫でないのでね。その方の興味はまだおありでないようなのですよ。ま、徳子姫の方がお年上なのだから、そのあたりのことはうまく――」

「はい、今度里下りしましたら、よく言いきかせてみますけれど、姫も引っこみ思案のたちなものですから」

滋子は小さい溜息を洩らす。

「帝の乳母《めのと》がそういうところは気をきかせるといいのですのに。帥局《そちのつぼね》などはあれでなかなか、という評判もありますのでね。うってつけなのですけれど」

天皇に近侍する乳母は一人や二人ではない。重盛の妻の経子は女官として典侍の地位も与えられているいわば乳母筆頭で、そのほか何人もが幼いときから高倉にかしずいている。そして、じつは思春期に達した天皇に性教育を行うのはこれら乳母たちなのだ。帥局は藤原公重《きんしげ》という中流官僚の娘で、なかなか男あしらいがうまいという噂もある。

「ま、これだけは、はたがとやかく言っても……」

言いかけはしたものの、眼が合ったとたん、二人はどちらからともなく、口を押えて笑いだしていた。男と女の仲に、母親どうしが、気を揉むことはないのである。

その翌年の三月、時子は西八条の新御堂供養を行った。光明心院《こうみょうしんいん》と名づけられた御堂の落慶法要には、わざわざ後白河が滋子とともに臨席し、左右大臣もこれに従った。もちろん清盛も徳子もその座にあったし、僧侶たちにも人々の眼をみはらせるほどの布施《ふせ》を行っている。

その数日前から、高倉は発熱したり鼻血を出したりして寝こんでいた。

――この御供養で御健康が回復なさればいいのだけれど。

ひそかに徳子の方を見やったが、物静かに眼を伏せている白い頬からは心の動きが読みとれない。神々しいまでの気品は入内したときと全く変っていないが、そのかわり、何を考えているかわからないようなところがある。

そして、夏の終りのある夜。

西八条の邸に、突然弟の時忠が姿を見せた。権中納言である彼は、中宮権大夫を兼任して徳子の周辺の雑務も指揮しているので、眼の廻るような忙しさだ。その彼が何の前ぶれもなしにやってきたのは、珍しく暇ができたのか。

「まあ、久しぶりね」

「ああ、あまり御無沙汰しましたのでね」

簀の子に立ったまま、庭の面《おも》を見やり、

「おお、池はもう秋の色だな」

少し庭でも歩きませんか、と時子を誘った。

「そうね、月もあることだし」

時子もそれに従った。

「ほう、薄《すすき》の穂も出ている」

ゆっくり池のほとりを歩く時忠の背に、

「いろいろ御苦労さま」

時子はねぎらいの言葉を送った。

「姫はどうしていますか」

「中宮さまですか。そりゃもうお変りなく」

言いさして時忠はふりむいた。

「困ったことに、お変りがないのですな」

改めてその意味を問い直すまでもない。徳子の懐妊を人一倍待ちわびている時忠なのである。

「もう十五歳におなりですからな、帝も」

「そうねえ」

六つ年上の徳子はだから二十一。

「女院さまも、そのことは御心にかけていらっしゃってねえ」

かつての異母姉妹の打ちあけ話を時子は思いだした。

「乳母の帥局あたりが気をきかせるといいのだが、っておっしゃってましたけれど」

「ああ、帥局ですか」

あっさりと時忠は言った。

「いまはお側にいないのです」

「まあ、どうして？」

「みごもりましてね、退出しました」

「まあ、父親は誰ですの？」

宮中の女房と公家の色恋沙汰は毎度のことだし、まして男あしらいのうまいという帥局なら、恋人の二人や三人いてもふしぎはない。

が、したたかな情報通であるはずの時忠は、黙っている。それから、

「姉上」

短く言った。

「驚きめさるな」

その声だけは、あざやかに耳の底にある。が、その後、どうやってわが身を支えて立っていられたのか、時子の記憶はない……

月が照っていた。

黒ずんだ池の面に、その光が砕けていた。

なぜそのことだけを憶えているのか、ふしぎなくらいだ。

時忠は言ったのだ。

「驚きめさるな。帥局の腹の子の父は帝です」

そ、そ、そんなことが……

――私はそう叫んでしまったろうか。いや、それとも……

記憶のかけらを、後になって時子は拾いあつめてみる。したたかな時忠はこんなときも冷静で、

「いや、手ほどきしているうちについ……というのはよくあることですがね」

ひとごとのように言ってのけた。

それがどんなに快く愉しいものであるか。それを教えるには言葉よりも、この間まで添い寝していた指先が、つい先に立ってしまう。少年も長い間その懐《ふところ》で眠った乳母の肌の香はなつかしい。かつてまさぐった乳房は、指先の記憶に残っている。その指先を女の手がやわらかく包み、恥じらいもなく、体に沿って誘《いざな》っていったとしたら……

こらえきれなくなったのはどちらなのか。いったん垣を越えてしまえば、帥局のような女はとめどがなくなってしまうのかもしれない。かぼそい少年と、成熟した白い女の裸形の妄想を払いのけようとしたとき、時忠は、乾いた口調でさらに言った。

乳母と養君《やしないぎみ》のそうした関係は珍しいわけではない。中にはみごもった例もあるが、そんなときは、適当にとりつくろってしまう。事情を知っている近臣の子ということにすればいいのである。当時、生れた子は直ちに乳母に預けてしまうから、かりそめの父にも迷惑はかからない。

「ところが」

時忠は片頬にちらと笑いをにじませた。

「きまじめな方ですからね、帝は。あくまでもわが子としたい、とおっしゃるんです。帥局を自分は愛しているのだからって。まったく大まじめでいらっしゃるんだなあ」

——乳母に子を産ませてなにがきまじめなの。

そう言おうとして、時子は言葉を呑みこんだ。時忠はそれを承知でわざとそんな言葉を使っているのだ。月明をうけた隈《くま》の濃い表情は、しかとはわからないが何やら笑みを含んでいる。笑っている場合ではない。もし、生れるのが男御子だったら？　と詰めよろうとしたとき、時忠は軽く首を振った。

「なあに、そういうお生れですからね。皇子だとしても、東宮にお立ちにはなれませんな」

後になって思いだすのは、時忠のそうした言葉のきれはしばかりだった。

——結局、私はものも言えずに立ちつくしていたのだわ。

いま思いだすのは、そのとき頭上に輝いていた月の光——。それに重ねて徳子入内の月明の夜の記憶がよみがえる。あの夜月の光を浴び、銀の車に乗って幸福への門出をしたと思われたわが子を待ちうけていたのは、愛欲の修羅の世界だったのだ。

知らせはただちに福原の清盛の許にもたらされた。清盛も血相を変えて西八条の邸に戻ってくる。改めて時忠が呼びだされ、時子を交えての密談が行われた。

「全く何たることだ」

清盛は苦りきっている。

「こんなことになっては帝御自身がもの笑いの種になる」

「ですから、こっそりと処置をした方が、と申しあげたのですが……」

「今後はくれぐれも気をつけてくれよ」

「はあ、ですが、義兄《あに》上」

けろりとして時忠は言う。

「いかに中宮権大夫とて、帝の御寝《ぎょしん》の間《ま》までは監視はなりかねますのでなあ」

渋い顔をして清盛も苦笑せざるを得ない。

「いや、まったく」

時忠はその間に表情を改めている。

「こういうことが起りました上は、気をつけねばならぬことはたしかです。帝付きの女房衆の中には美女がかなりおりますからな。こうしたお愉しみの味を覚えておしまいになりますと、油断はなりません」

「で、姫は……」

堪《たま》らなくなって時子は口を挟んだ。

「姫はどうしておりましょう」

このことで一番衝撃をうけているのは徳子だ。できれば飛んでいって、抱きしめてやりたい。一番最初にみごもったのが自分ではなく、あろうことか乳母だったという屈辱に、ひとりで耐えていると思うと、いじらしくてならなかった。が、時忠は、このとき、思いの外の返事をした。

「中宮さまですか？　いや何とも思ってはおられない御様子ですよ」

「え？」

「もちろん、なりゆきは御存じなのですが、さあ、何というか、前と全くお変りにならず、もの静かで――」

「帝にお恨みを申しあげるようなことは？」

「それもないようで」

時忠も何やら拍子ぬけしているらしい。

「ま、それならそれでよろしいのですが」

時子も割りきれない思いである。

「それにしても師局の出産はいつだ」

清盛は気むずかしい表情で時忠に尋ねた。

「春先とかいう話ですが、なおよく探らせてみましょう」

この問題にすばやい反応をしめしたのは建春門院である。時子をひそかに招くと、

「起きてしまったことはしかたがありませんから」

意外なほどさばさばした口調で言った。

「生れる御子には、私の方の女房を乳母につけようと思います」

八条中納言と呼ばれた故藤原顕長《あきなが》の娘で、心きいた女だという。

「と申しますと？」

真意をはかりかねて、いぶかしそうに問いかえす時子に、滋子は微笑した。

「ともかく、私たちの手許に囲いこんでしまうのです。男御子だとしたらなおのことです。この先徳子どのに皇子が恵まれないときは、その皇子を猶子にしなくてはなりませんから」

時子はあっと声を呑んだ。異母妹《いもうと》は時忠よりも、より政治的に先を読んでいる。師局の所行を怒ったり、生れる子を呪ったりするより、すべての感情を殺して、徳子の最後の得失を考えているのだ。

「女院さまは、まあ……」

滋子は翳のある微笑で応えた。

「十数年、こうした暮しをして覚えた智恵です。じつは……」

後白河にも高倉以外の秘密の子がいるのだという。産んだのは宮仕えをしている女房や、中には遊女を母とする皇子がいるのだが、それらの子は内密で滋子の息のかかった人々に育てさせている。

「御存じないかもしれませんが、遊女の子を預かっているのは弟の親宗《ちかむね》ですのよ」

いわば、わが子高倉のライバルとして動き出させないための監視役をつけているようなものだ。わが子の安泰をはかるためだったら、女たちへの不快感を押し殺すくらいは何でもない。それは女院としての誇りであり、意地でもある、と滋子は言った。

「わかりました、女院さま、どうぞよしなに」

深々と一礼しながら、時子は、自分も徳子も容易ならざる世界に踏みこんでしまったことを感じざるを得ない。

「ま、とにかく、早く徳子どのにおめでたの兆しがあればよろしいのですが」

華やかな滋子の頬のいつにない暗さに気づき、

「女院さま、どこかお障りでも？」

たずねると滋子は首を振った。

「いいえ、でもこのごろ疲れやすくて」

重い心で御所を出た後も、なぜかその一言が時子の耳に残った。

さて、翌年春、帥局は出産を迎える。

生れたのは女児だった。予定のとおり建春門院付きの女房が乳母につけられたが、女児であることにほっとする間もなく、時子は思いがけない悲しみに突きおとされる。

頼りにしていた滋子がにわかに体調を崩したのだ。

病因は悪性腫瘍だった。腰に背に噴きだしたそれは美女の生命をみるみる吸いとっていった。三十五歳を一期《いちご》に世を去ったのは七月八日。

「中宮の御慶事の知らせを聞いて死にたかったのに……」

それが時子への最後の言葉だった。

あまりにも早すぎる死であった。

が滋子にとってはそれが幸いだったかもしれない。もし生きていたら、まもなく、帥局事件以上の煩わしい渦に巻きこまれるところだったから……

美女

思えばあの日を機に世の中は変りはじめたのだ……

異母妹《いもうと》、建春門院滋子の死の重みについて、時子が思い知らされたのは、それからまもなくのことであった。もっとも、

「つい忙しさにとりまぎれ、御無沙汰しておりましたが」

しばらくぶりで、ある夜、西八条の邸を訪れた異母弟《おとうと》の親宗《ちかむね》の最初の挨拶はさりげないものだった。彼は時子とも滋子とも母が違う。が、おとなしく誠実な性格の彼は、異腹の姉たちに目をかけられ、父を失いながらも、蔵人《くろうど》、権右中弁《ごんうちゅうべん》の職にある。蔵人は天皇の秘書役、権右中弁は行政の中枢を握る事務官僚だから、体がいくつあっても足りないほどの忙しさだ。それに滋子に血のつながる存在として、後白河の御所でも重宝な存在になっていた。

「ええ、もうそなたの忙しいことはわかっていますから……」

滋子の死後続いた大がかりな法要について労《ねぎら》いを言おうとしたとき、親宗の頬に微妙な翳がよぎった。

「いや、じつは法皇さまの皇子《みこ》を、内裏にお連れする話がありましてね。これは日延べということになりましたが……」

「えっ」

事の重大さを覚《さと》れない時子ではない。

「法皇さまの皇子って、あの……」

「そうです。私のお預かりしている方です。遊女の某《なにがし》の産んだ皇子で、亡き女院さまからのお話で、私がお世話いたしておりましたが」

その皇子は、早く仏門に入れることになっていた。が、後白河の内意で、僧籍に入るのを見あわせていたのだという。

——その皇子が帝と対面するということは、もしや？

時子の問いに親宗は眼で答える。

——そうです、お察しのとおりです。法皇さまは、あわよくば皇太子にというお考えだったのでしょう。

それどころか、親宗は驚くべき事実を告げた。

「数日前、もう一人の皇子が、ひそかに参内されました。帝の猶子《ゆうし》（養子分）にされるとかで」

「まあ……」

息を呑む時子を力づけるように親宗は言った。

「いや、それだけで皇太子になるということにはなりません。帝の御子の資格を得て仏門に入られれば待遇が違いますから。そのためかもしれません……」

そこでちょっと言葉を濁した。

「その皇子を抱きまいらせて帝のお側に連れていったのは、少将隆房《たかふさ》どののだそうです」

「まあ……」

隆房というのは、中宮大夫《ちゅうぐうのだいぶ》——徳子付きの役所の長官——隆季《たかすえ》の息子である。しかも、時子の所生ではないが清盛の娘を妻にしている。つまり、一にも二にも清盛側、徳子側に立って奉仕しなければならないはずの人物だ。その男が徳子が懐妊の兆しがないからといって、ひそかに後白河の皇子を高倉帝と対面させるとは、あまりにも中宮徳子をないがしろにする行為ではないか。

いや、それというのも後白河が妙な思いつきをするからいけないのだ。滋子がいなくなるとすぐこの有様とは……まだ百か日の法要も済むか済まないかのうちに。いまさらながら、時子は、滋子が平家一門と後白河の間に立って重要な役割をしていたことを思い知らされた。

――それにしても、法皇は何という冷たいお方か。滋子が何を望んでいたか、よもやお忘れではあるまいに……

「中宮の御慶事の知らせを聞いて死にたかった」と呟いた滋子の言葉が、胸を刺す。その思いに捉われていたからだろうか、時子は親宗の言葉をどうやら聞き洩らしたらしい。我に返って、

「え？　何ですって」

聞きかえされて、親宗は微苦笑した。

「いや、大したことじゃありません。隆房どのが皇子を帝の前にお連れしたのは、別の魂胆があったということを申し上げただけで」

「別の魂胆？」

「ええ、お目当は別のところにあるんです」

「というと？」

「帝にお仕えしている女房なんです。小督《こごう》どのという大変な美女がいましてね、隆房どのが口実を作っては帝の許に出仕するのは、小督どのにひと目会いたいからだというのが専《もっぱ》らの噂です。もっとも、小督どのの方は、あまり乗り気ではないようですがね」

「まあ、そうなの」

後になってみれば——

時子はもっとこの話に耳を傾けるべきだったのだろう。が、彼女の関心はそのとき、後白河の皇子の存在にだけ注がれていた。だから、

「今度のことも、隆房どのだってそれほど深い企みがあってのことではないかもしれません」

という親宗の言葉の方に飛びついていた。

「それならいいけれど」

親宗は頼もしげにうなずいてみせた。

「大丈夫です。私のお預かりしている皇子だって、何しろ遊女腹のお方ですからね。御位につくことは結局無理でしょう。それより何より、中宮さまさえ御懐妊の兆しがあれば、そんな動きは封じられてしまいますよ」

「それはそうだけれど」

異母弟の力づけに応じるには、時子の心は重すぎた。たしかに平家は徳子の入内《じゅだい》を果たし、藤原氏を凌ぐ勢いになったかにみえる。廟堂に顔を並べるのは、大納言重盛はじめ、権中納言時忠（時子の弟）、頼盛（清盛の弟）、宗盛（清盛の三男）、参議教盛《のりもり》（清盛の弟）。これら閣僚級の高官の下には親宗のような有能な官僚にも事欠かない。

しかも一族の所領はこの数年、飛躍的に増大し、武力もさらに充実した。が、ひとたび滋子が世を去り、後白河が気まぐれを起したりすれば、権力の基盤は簡単に揺り動かされてしまうことを、いま時子は思い知らされている。それを防ぐには、道は一つ。徳子に皇子が恵まれることだ。

――何と苛酷な運命を、姫に負わせてしまったことか……

母の口からは、「早く皇子を」と言うことさえ心が痛む。それよりも、

「ま、いまは、この間のようなことがくりかえされなければいいと祈るだけですわ」

異母弟の前ではつい本音が出た。高倉の乳母《めのと》の帥局《そちのつぼね》が、あろうことか高倉と密通して女子を産んだ。後白河の皇子のことよりも、警戒すべきは高倉の身辺かもしれない。

「左様……」

親宗もそれを知って浮かない顔付になったが、その危険な芽ばえがすでに訪れようとしていることは、時子も親宗もまだ気づいてはいなかった。

翌年の春、重盛は内大臣に昇進した。清盛に続く二人めの内大臣就任である。宗盛は右近衛大将《うこんえのたいしょう》を兼ね、その弟の知盛が従三位になった。滋子亡きあと、徳子を守る輪を少しでも強固にしておこうという配慮である。

高倉付きの女房、小督局がみごもって内裏を退出したのは春の終りのころだった。その噂を聞いたとき、時子は、半分上の空で聞いていた異母弟親宗の言葉を思いだしていた。

——そういえば、少将隆房どのが思いをかけている、とか言っていたっけ。

もし二人が結ばれたのだとしても、これは福原にいる夫の清盛にはしばらく伏せておいた方がいい。隆房の妻は時子の所生ではないが、清盛の他の女に産ませた外腹《そとばら》の娘である。年のせいかこのところ気短になっている夫は、その話を聞いたら、

「俺の娘をないがしろにした」

と、腹を立てるに違いない。

が、そのような妻としての夫への心遣いが、とんだお笑いぐさでしかなかったことを、時子が思い知らされるまで、さほど時間はかからなかった。

小督がみごもったのは、隆房の子ではなかった。その子の父は、何と、高倉天皇そのひとだったのである！

異母弟親宗との会話が、めまぐるしく時子の脳裏をかすめた。

——大変な美女だと言っていたっけ。小督は隆房にあまり関心がないとも言っていたわ。

とすれば、そのころから、高倉との情事は始まっていたのかもしれない。

――そのことに思いも及ばなかったなんて、うかつな私……
頭を抱えこみながら、それでも時子は、夫に知らせるのはまだ早い、とはやる心を押えた。夫の逆上は目に見えている。まず真相をたしかめ、それなりの対策も考えてから、夫を興奮させないかたちで伝えなければ――。動顛しながらも、わずかにそれだけの配慮は働いた。

こうなると頼みになるのは弟の時忠しかない。使をやると、たちまち馬を飛ばせてやってきて、緑の濃くなった庭を眺めただけで、むずと円座《わろうだ》に坐った。この前のように、風流にことよせ、池の周りを歩くだけの余裕は彼にもないらしい。

「なにしろ、女が褒める美女ですからね、小督は」

侍女たちを退《さが》らせると、ずばりと彼は言った。

「女院が御在世中のころ、帝が法住寺《ほうじゅうじ》の御所においでになったことがあるんです。そのときのお供に小督もまじっていましてね、さすが美女揃いの女院方の女房も、ぼんやり見とれたそうですよ。あれはいったい誰なの？　って大変な評判だったとか。ふつうならやきもちを焼くところなのに、むしろ女たちがすっかり憧れてしまったというのですからね」

言いさして時忠は薄く嗤《わら》った。

「ま、そんな美女を帝の手の届くところに置いておいたのがまちがいのもとですな」

「まあ、何です。笑いごとじゃありません」

時子が気色ばむと、

「そりゃそうです。が、起きてしまったことはしかたがない。いまさら、どうにもならないじゃありませんか。まず落ちつくことです、姉上も」

「ええ、落ちつこうとしてます」

「落ちつくと、いろいろのことが見えてくる。そうすると、今度はただごとでないことがわかってくる。帥局のときとは比べものにならない恐ろしさが、じわりじわりと押しよせてきます」

「今度は脅すのですね」

「いや事実を申しあげているにすぎません」

いつか時忠は真顔になっている。

今度のことは、単なる高倉の情事ではない。何となれば——と彼は言った。小督の父親は時忠と肩を並べる権中納言《ごんちゅうなごん》藤原成範《しげのり》だ。しかも彼の父は信西《しんぜい》入道——。平治の乱で非業の死を遂げたものの、権謀右に出るものなしといわれたきれもので、後白河の黒幕だった。しかも成範の母親は紀伊局《きいのつぼね》と呼ばれた後白河の乳母で、今も後白河側近にあって、法皇に母親並みの信頼を寄せられている。その息子成範というのは、じつはさきに清盛の娘と婚約した成憲そのひとなのである。平治の乱の折の信西の死や彼自身の配流などから、自然婚約は立ち消えになってしまった。彼も配所から帰ると、名前まで成範と改めたが、依然、後白河の側近であることに変りはない。

「その成範卿の娘御が、皇子を産んだとなればですな」

時忠はぎろりと眼を光らせて言葉を切った。後はいうまでもないことなのだろう。

「お産はいつですの？」

辛うじて時子は乾いた声で尋ねた。

「さあ、十月とも十一月とも噂されていますが……悪くするとその前に何かが起りますな」

「まあ、ではすぐ福原へ知らせねば」

時忠はそっけなく言う。

「お知らせしたところで、さすがの大相国も、小督の出産まで押えることはできませんなあ」

見ればまた薄い嗤いが頬ににじんでいる。

「冗談を言っている場合ではありません」

「左様、冗談ではありません。ま、この先もこういうことは覚悟しなくてはなりませんよ」

「え？」

「按察典侍《あぜちのすけ》、少将内侍、ええとそれから……」

「何ですか、それは」

「帝の御寝所に侍ったという噂の女房たちです」

「まあ……」

時子は絶句した。彼女たちがみごもれば、この先も度々苦しみをくりかえさねばならないのか。

が、意外にも時忠は微笑している。

「いや、それもいい、と私は思っているんですよ」

「な、何ですって？」

「少なくとも、小督の産みまいらせる御子が男児であられても、すぐ立太子というわけにはいかなくなります。それぞれの女房やその親元の思惑がありますから」

時子は唇を噛んだ。そうなれば、徳子の敵はいよいよ増えるばかりだ。しかし、高倉に文句も言えず、さりとて内裏の女房を全部追い払うわけにもいかないとすれば、小督の独走を食いとめるための、これは一番有効な手段かもしれない。

——そして、滋子が言ったように、生れた御子たちは、全部私たちの一族が面倒をみることにするのだわ。

心の中の苦い思いを無理にもおし殺して、そうするよりほか道はなさそうだ。かつて滋子が後白河の皇子たちを、わが手の中に囲いこんでしまったと同様に。してみればあのときの滋子の言葉は、何ものにもかえがたい貴重な遺言だったのかもしれない。

それにしても、と、つい時子は眼頭を押えてしまう。

「かわいそうな徳子――」

中宮の身となれば、走り出て母の胸にすがりつくこともままならない。そして自分も、内裏に飛びこんで、彼女を抱きしめてやることもできないのだ。

――さぞ、心細かろう。悔しかろう。

ところが、時忠は案に相違した答え方をした。

「いや、それが、姉上――」

どこか気のぬけた語調になっている。

「中宮さまは、全く今までとお変りがないのです」

「えっ。じゃ、小督のことを知らないの？」

「いや、御存じなのですが……」

首を傾げて彼は言う。

「取り乱しもなさらず、もの静かでおられるというのは、私どもとしては有難いのですがねえ。さあ、何というか、つまり……どうも御心の中が摑めんのですな」

これはいったいどういうことなのか。もともとおとなしく、人に逆らわないたちだった。

――それを私は従順と見ていたのだけれど、もしかしたら？

慌てて脳裏の想念を時子は追い払った。

――鈍感？　いいえそんなこと……

上流の姫君には、悲しくても嬉しくても無表情で、何を考えているのかもわからないような人間がいるとは聞いている。しかし、自分は姫をそうなれかしと育てた覚えはない。でも、時忠の話を聞けば、姫の反応は鈍すぎる。もっと人間の心を切り刻む苦しみとか悲しみについて教えこむべきだったのだろうか。あまり苦労なしに育ててしまったために、心の敏感さを欠くようになってしまったのか。時忠はややじれったい思いをしているらしい。

「ときには、ちくりと一刺しなされば、帝もはっとなさると思うのですが」

「そうねえ」

時子にも娘の気持がわからなくなってきた。滋子などは後白河に甘えながら、適当に言い分を通したり、一族の出世に気を配ったりしていたものだ。いまや徳子の肩にはその任務が負わされているというのに、何とも頼りがないのである。

――こういう話は、うっかり夫には言えない。折を見て……

と思った直後、事態は急転の様相を示しはじめた。

噂を聞いていないわけではなかった。時子がさほどそれを心にとめなかったのは、小督の問題で動顚していたからでもあったが、もう一つには、それが、所領問題にからむ、ごたごただったからだ。正直のところ、

――またか。

という思いが先に立った。当時は日本全国のあちこちで何十、何百の所領争いが起きている。中でも厄介なのは、延暦寺のような大寺院と国司や目代《もくだい》との対立である。そして今度も事を起したのは、延暦寺と加賀守《かがのかみ》藤原師高《もろたか》なのであった。

延暦寺は自分たちの末社である加賀の白山神社のそのまた末寺の鵜川《うかわ》寺の僧侶が加賀守師高の目代師経《もろつね》に乱暴され、その上、寺まで焼き払われた、と申し出た。一方師高側は、もともと国領である土地を鵜川寺が横領し、抵抗したから相手になったまで、と申し立てた。それ以後のくわしいいきさつは、もちろん時子は知らない。

が、四月半ば、都は突如、蜂の巣を突ついたような騒ぎになった。

「逃げろ、逃げろっ」

「山法師が来るぞ、神輿《みこし》を振りたててやってくるぞっ」

「合戦か」

「そうかもしれぬ。帝も法皇さまの御所に逃れておいでになった」

人々の騒ぎは広い西八条の邸内にまで伝わってきた。

「なあに、御心配には及びません」

息子の宗盛がやってきて、延暦寺の僧徒が、加賀守師高と目代師経の解任、流罪を要求してなだれこんできたのだ、と説明した。

「連中が神輿を放りだしてゆきましたから、後始末は手間どるかもしれません。が、とにかくわが家は安泰です」

のんびりしているのは宗盛の性《たち》でもあったが、何しろ平家一門は延暦寺とはごく親しい。平家の邸に彼らが押しよせてくる気遣いはないのである。もっとも、このとき、防戦した武士の射た矢が神輿に当ったので事は面倒になった。これまで何度も神輿を担ぎだしたことはあったが、武士と揉みあい、神輿に矢が当るという事態が発生したのは今度が初めてである。そしてこのことは、僧徒側に有利な結論をひきだす理由の一つにもなった。結局、加賀守師高は解任された上、位を剝奪され、尾張へ配流ときまり、神輿を射た下手人として、何人かの武士も禁獄された。

ところが事はそれで納まらなかった。師高側が巻きかえしに出て、天台座主である明雲《みょううん》こそ解任されるべきだ、と訴えたのである。

「前回の成親《なりちか》も、今度の師高も不当な処置をうけた。明雲こそ、悪僧を煽動し騒動を起した張本である。不逞の徒を制止すべき明雲が、制止するふりをして彼らを操って事を起すのだ。彼こそ叡山の悪魔である」

事件に関連して天台座主が訴えられるというのも初めてのことだった。

時忠が西八条の邸を訪れたのはその騒ぎのさなかである。さきの宗盛と違って、

「容易ならぬことになりそうですぞ、姉上。一応のお覚悟をなされた方が」

眼の光まで白刃のような鋭さだ。

「えっ」

「師高側と叡山の争いに見えますが、狙われているのはわが家です」

度肝をぬかれた時子に、

「お気づきになりませんでしたか」

にこりともせず時忠は言った。

「師高の後に控えている顔ぶれをお考えになってください」

図式的に書くとこういうことになる。

藤原師高（加賀守）、その弟師経（加賀目代）
西光（師高の父・藤原家成の養子）
藤原成親（家成の子・権大納言）
藤原成経《なりつね》（成親の子・近衛少将）
僧俊寛《しゅんかん》（法勝寺《ほっしょうじ》の執行《しゅぎょう》）

俊寛は村上源氏の出だが、それ以外は院政にからみついて権力を握ってきた藤原（六条）顕季《あきすえ》流の一族なのだ。中でも成親は先に延暦寺と所領の問題で争って流罪になったことがある。その問題で延暦寺側に立って戦ったのが時忠であり、成親は、以来、時忠への恨みは忘れていないはずだ。

いや、それだけではない。師高と山法師の騒ぎのさなか、都では大火があり、大極殿から八省院以下の官衙《かんが》が全焼した。関白基房はじめ高官の邸宅の焼失も十指に余る。

「これをただの失火とごらんになりますか」

時忠の眼がじっと時子を見据えている。

「もし失火だとお思いになったとしても、さらに動かぬ証拠があります」

火事場泥棒を装った盗賊が、中宮の庁（徳子付きの役所）に押し入った後、火をかけて逃げ去った。あからさまな嫌がらせである。

「そして、その先は……。もう姉上もおわかりでしょう」

時子は眼を閉じた。

この一年間に起ったさまざまの事件が、影絵のように脳裏をかすめてゆく。それらを手繰りよせれば、事件の全貌をあざやかに浮かびあがらせることができる。ただ、それを口にすることに、ためらいがあった。

恐ろしいのか？　そうかもしれない。

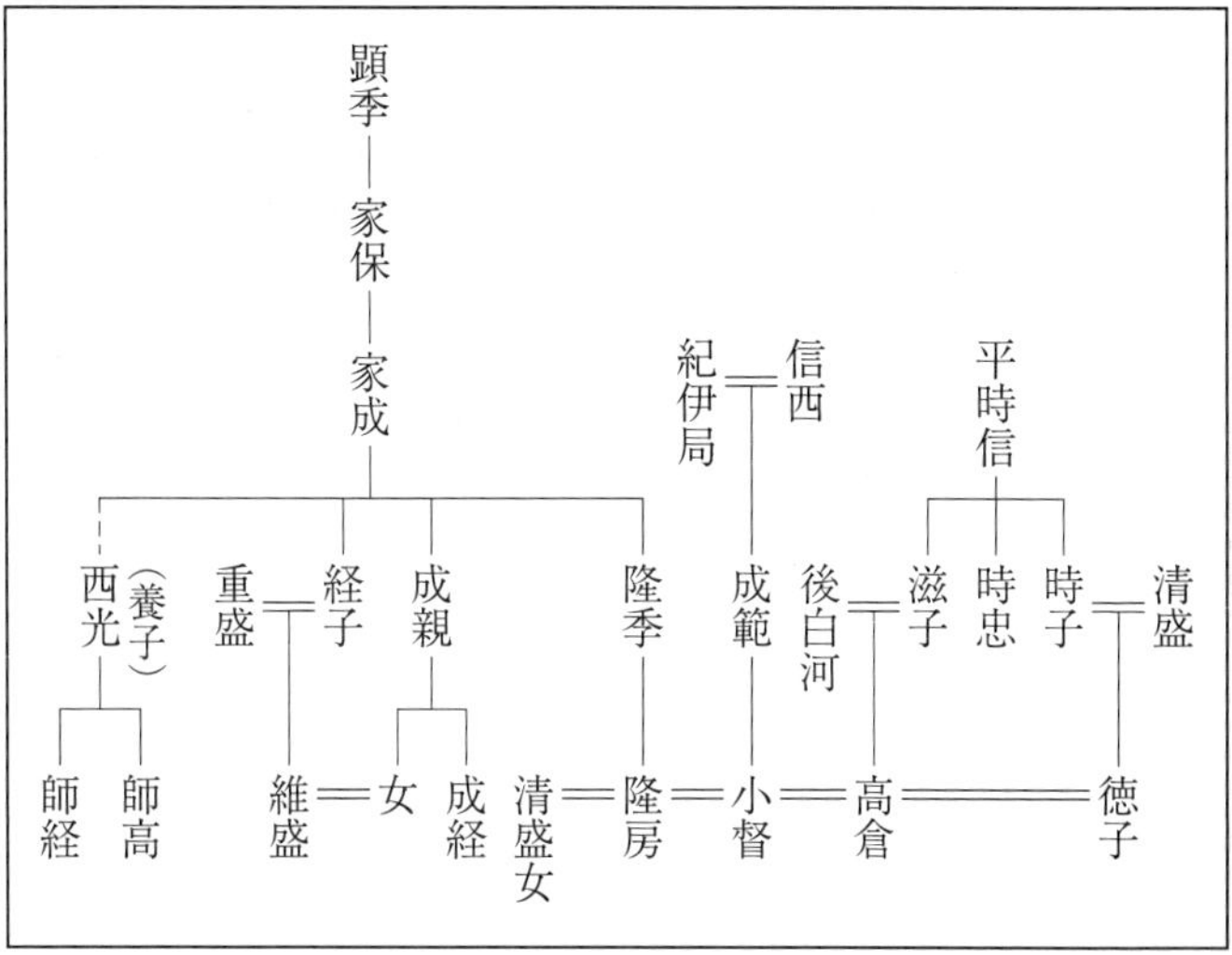

自ら問い、自ら答えてから、決心をつけた。

「小督ですね」

時忠は大きく眼を見開いたまま、静かにうなずいた。

「さすがです、姉上。そのとおりです。小督がみごもって退出したときから、彼らは動きだしています。俊寛僧都の鹿《しし》ヶ谷《たに》の山荘で平家打倒の密談をしている様子です」

考えてみれば、西光は、故信西入道の無二の腹心だった。当然、信西の子、成範とも親しい。小督の父がほかならぬ成範そのひとであってみれば、その門を叩き、

「いよいよ、御外戚になる時機到来ですな」

くらいなことはささやいているに違いない。しかも、信西入道の妻紀伊局は、後白河から無二の信頼をうけている乳母なのだ。

「とすると……」

時子の言葉を皆まで言わせず、時忠は、

「そうです。もう法皇も我々の味方になってくださるとは思えません。鹿ヶ谷の密議に加わられたという噂もあります」

むしろ冷静な声音で応えた。

「なんということでしょう。滋子が亡くなって、まだ一年と経ってはいないのに……」

「いや、そんなものですよ、人の世は」

「では、一刻も早く福原に使を出さねば」

「それには及びません。私の方からもう詳細な報告を送ってあります。入道どのは、帰洛の時機をはかっておられるのですよ、きっと」

「清盛どのは、明雲僧正をお助けすることができるでしょうか」

明雲は清盛と時子の授戒の師であるばかりでなく、延暦寺と平家を結ぶ要《かなめ》にいる人物なのだ。

「いや、それはわかりませんが、なあに、そのときはそのときです」

時忠は不敵な笑いを見せた。

「ともかくも、子息たちに命じて兵を集めておいてください。くれぐれも御用心が肝要です」

五月十一日、明雲の処罰が決定された。これまでの山法師の騒擾《そうじょう》の責任をとらされて、座主を解任、伊豆へ配流——。予想を上廻るきびしい断罪であった。もっとも、この時点では清盛はまだ動きを見せていない。やがて明雲は二十一日、伊豆へ向って出発した。

未曽有の椿事《ちんじ》が起ったのはその翌日である。

役人に警固された明雲が勢多《せた》（瀬田）にさしかかったとき、僧徒が一行に襲いかかり、彼を奪いとって叡山に駆けあがってしまったのだ。警固の人々は散々に打ちのめされ、追いかける勇気もなかった……。朝廷側は、みごとに僧徒たちにしてやられてしまったのである。

これでは朝廷側は面目丸つぶれである。僧綱《そうごう》（僧侶を統制する役僧）を派遣して、明雲の引渡しを命じたが、僧徒は応じる気配がない。

「それでは叡山を総攻撃だ」

強気の発言をするのは、もちろん大納言成親である。上洛した清盛が院の御所に呼ばれたのはそのときだ。

「東と西の坂から武者どもを攻め上らせる。入道相国の意見はいかに」

後白河の言葉に、とかくの返事をせずに清盛は西八条の邸に戻った。

そのまま、目にもとまらぬ速さで事を運んだのはその翌日——

挑発者西光を捕えて西八条の邸に連れてきたかと思うと、その夜のうちに首を斬ってしまった。一方、後白河の御所には厳重な申入れを行い、俊寛はじめ、法皇の側近の解任を迫った。清盛の気迫に押されてか、後白河は渋々高倉の許にその旨を申し送る。使に立ったのは時子の異母弟の親宗だった。内裏ではさすがに公卿たちがなかなか集まってこなかった。後白河の思惑を考えると及び腰になってしまうのだ。が、清盛の意向に背くのも恐ろしく、やっと数名が顔を揃えて、

「罪もない明雲の流罪を決めたり、凶悪のことを企んだ」

との理由で、清盛の名指した人々の解任を決定した。そのころ、西八条の邸は、いよいよ慌しい空気に包まれていた。首謀者権大納言成親が捕えられ、邸の一隅に押しこめられたからである。

「お、俺は何もしておらん。助けてくれ」

わめき声は、別棟の時子の許にまで聞えてくる。そのうち、邸内に異様なざわめきが起った。

「内府のお越しだ」

ささやく声がする。小松邸から重盛がやってきたのだ。重盛の妻は成親の妹である。その上、息子の維盛《これもり》は成親の娘と結婚している。その来意はあきらかである。ともかくも出迎えねば、と腰を浮かしかけたところへ、

「大相国さまよりのお言伝《ことづて》にて」

侍女が衣ずれの音も慌しくやってきた。清盛は成親を押しこめた近くに陣取っている。

「内府さまお迎えは御無用の由」

「まあ」

「お二人だけでお話をなさるとかで」

「そう。そうなら……」

思いきり悪く時子は坐り直した。

それからの数刻が何と長かったことか……

西八条の邸は、その日、武士の群があふれていた。西光が斬られて以来、邸は異様な雰囲気に包まれている。馬の嘶《いなな》き、男たちの濁声《だみごえ》、鎧のふれあう響き——。血が男たちを殺気立たせているのだ。命令一下、獣じみた唸り声をあげてどこへでも飛び出そうと、彼らは眼を輝かせている。

が、重盛が姿を見せて以来、それは重苦しい沈黙に変った。その沈黙が、ぎゅうっ

と時子をしめつける。

やがて遠くでかすかな物音がした。重盛が帰るのだろう。邸内の空気がざわざわと揺れた。気がつくとあたりはすでに夕闇がたちこめていた。音もなく清盛が簀《す》の子《こ》に姿を現わしたのは、それからまもなくである。

「あ……灯《ひ》をつけさせましょう」

夕闇の中で放心していた自分に気づいて立ちかけた時子を、

「いや、そのまま……」

と清盛は制した。庇《ひさし》の間に入って、膝を抱くようにして庭を眺めている。口を開いたのはしばらくしてからである。

「何で許せるものか……」

吐息のような言葉の意味が、時子には手にとるようにわかった。成親の助命を嘆願に来た重盛の乞いを、ついに彼は容れなかったのだ。

「ものには許せることと、そうでないことがある。そうだろう、なあ」

「はい」

「いろいろ理屈を言いおった。それがまちがっているとは言わぬ。が、理屈では通らぬこともある。いや、理屈ならこちらにも言い分はある。これまで俺は院の御為《おんため》には随分働いてきたつもりだ。それを、なぜ、理由もなく、俺たちを見捨てなさるのか。

なぜ、徳子の懐妊を待ってはくださらぬのか」

たしかに六条顕季流の人々も乳母紀伊局の一族も、後白河にとって身近な存在ではあろうが、かりにも中宮として徳子が入内している以上、小督の懐妊を機に、それほどまでに露骨な動きをしなくてもいいではないか。

「が、それでもな、時子、俺は重盛に院のことは何も触れなかった」

「そ、そうですの」

「いま、院と事を構えてはまずい、徳子を守ってやらねばならぬからな」

清盛の声はいつになく弱々しい。

「俺たちが守らねば、誰が徳子を守れるか」

時子はあふれる涙をそっと拭った。

「なのに重盛には徳子を思う心が足らぬ。母が違うからなのか。いまあいつの気がかりはわが一門よりも、成親たちのことらしい。俺にはそれが淋しい……」

形の上では、夫は我《が》を通したことになろう。しかし、事件を通して彼が知ったのは、後白河の裏切りと重盛の離反だったのだ。

小暗い木立に眼を向けたまま、清盛は時子の手をとった。

「頼りになるのは、そなただけだな」

闇の中で、木菟《ずく》が啼いた。人間の淋しさを、おろかさを嘲笑うようなその声を、時子は一生忘れないだろうと思った。

成親は備前《びぜん》に配流のかたちをとりながら途中で殺された。俊寛たちは鬼界ヶ島へ配流。そして一段落したころ、小督は出産を迎えた。世を震駭《しんがい》させた美女が産んだのは、人々の期待に反して女児であった。その顔はかぐや姫の再来といわれるほどの美しさではあったが……

皇子誕生

待ちくたびれるとはこのことであろう。

誰もがいい加減いらいらし、疲れきってしまったころ、やっと徳子に懐妊の兆しが現われた。人間の中には、悪意はないのだが、その人がいるというだけで周囲が気を揉んだり、ひどく厄介な思いをする、といった存在があるものである。徳子にはどうやらそんなところがあるらしい。

息せききって西八条の時子の許にやってきたとき、さすがの時忠も、

「いや、長い間、お待ちしましたなあ」

やれやれというふうに顎を撫で、頬をゆるませた。

「こればかりは、こちらでどう遊ばせ、とお助けできることではなし」

饒舌《じょうぜつ》になりながら、ひょいと姉の顔を見て、いぶかしそうに彼は言った。

「おや、あまりお嬉しそうではありませんな」

「いえ、そりゃ大変喜んでいます」

「はあ、左様で」

「でも、時忠」

ここだけの話ですが、とでもいうように、侍女たちが退《さが》ったのをしおに、時子は声の調子を変えた。

「私、気持を変えましたの」

「は？」

「小督《こごう》どののことが、いい経験になりました。あんなに気を揉み、命の縮む思いをしましたけれど、結局、私の力ではどうすることもできないのだ、とわかりました」

時子は、ちょっと微笑してみせた。

「生れたのは姫宮でしたけれど、これは私が気を揉んだから姫宮だった、ということではありませんしね」

「そりゃ、そうですが」

「うまく言えませんけれど、そのことがわかったのです」

時忠は眼を光らせて姉の顔をみつめ、それからゆっくりとうなずいた。

「女というものはみごとなものですな。ものごとにぶつかったとき、その中で心の据え方を覚える。姉上も人間がひとまわり大きくおなりだ」

「お世辞には及びませんよ、いまさら」

時子は照れたように頬に手をやりながら言った。

「姫がかわいそうだなどと思うのが、かえって姫には負担になるという気がしてきたのです。といっても、放っておこうというわけじゃありません。おめでたとわかればできるだけのことはします。でも頭に血を上らせないで……」

「肩の力を抜きながら、ということですな」

「そうですね、そこでさしあたって」

考え深げな眼になって声を低くした。

「まだ、このことは他に洩れていませんね」

「はい、気づいているのは中宮のお側の女房一人、二人。帝にもまだ申しあげていません」

「帯をするまでは、なるべく内密に。その前にしておくことがあります」

「小督どのの姫宮のことですか」

「そうです、それから……」

「わかりました、姉上」

もうこの姉と弟は、口に出さないでも通じあえる仲になっていた。

では、時子が徳子懐妊を公表する前にしておくべきことは？　以後数か月の間の時忠の動きを見ればたちまち理解できるであろう。

まず、小督の産んだ女児は内親王宣下《せんげ》をうけて、範子《のりこ》内親王と呼ばれ、賀茂の斎院《さいいん》に立つことになった。すでに高倉が乳母《めのと》の帥局《そちのつぼね》との間に儲けた問題の女児、功子内親王が伊勢の斎宮《さいぐう》に卜定《ぼくてい》されている例に倣ったものだ。当時、伊勢と賀茂には、未婚の皇女が斎宮、斎院として奉仕するしきたりになっていたが、このところ適当な皇女がいなくて、空席のままだった。幼い皇女たちが、ともかくその座についたことは、世の人々にも妥当な印象を与えたようだ。

しかも範子は、卜定に先立って、非公式な形で参内し、中宮徳子の猶子《ゆうし》（養女分）の資格を与えられている。それと前後して、同じように徳子の猶子となった男児がいる。後白河が側近の女房に産ませた幼児で、彼はその資格を得て、内裏から東寺《とうじ》の長者《ちょうじゃ》（最高責任者）大僧正禎喜《ていき》の許に弟子入りした。

この幼児はじつは、ひそかに高倉の後継者になる含みを残して、出家もさせずに温存されていたのだが、ここで徳子の猶子になるのと引換えに東寺入りし、はっきり皇位への道を断念させられたのである。

着帯に先立って、徳子の前途は着々はらいきよめられてゆく。しかし、目ざわりな皇女、皇子を追い払うにあたって、いずれも徳子の翼の下に囲いこむような形をとったあたりに、人々は中宮権大夫《ちゅうぐうのごんのだいぶ》時忠と時子の手腕を感じないわけにはいかなかったろう。このころ清盛は福原に行ったきりで表面には出ていない。時子が時忠と協議し、時忠を通じて徳子と連絡をとっていることは、誰の目にもあきらかであった。

　このところ、たしかに、西八条邸の女あるじ、時子は一種の貫禄を備えてきた。

　――はて、どこといって変られたわけでもないのだが……

　人々は眼をこする。五十を過ぎたが、丸い瞳の無邪気さは昔と同じだ。小柄の体つきは少し肉がついただけで、堂々たる重みがあるわけではない。中宮の実母だといっても、気さくな物腰は以前と変りはなかった。

　が、どこか違った印象を与えるようになったとすれば、小督の懐妊にからんで起きた鹿《しし》ヶ谷《たに》の事件から体得した何かが、おのずからしみ出てきたというよりほかはない。

　――これまでの私は事件にふりまわされ続けてきた。

　と時子はしみじみと思う。自分の手にあまる問題に一喜一憂してきた。が、いくら気を揉んでもどうにもならないことがあることを小督の出産のときに時子は思い知らされた。もしあのとき、男児が生れていたら？　事態は大きく変っていたことだろう。これは時子の力ではどうにもならないことだ。

　――だから、じたばたするのはよそう。

　ひそかに肚をきめたのだ。

もう一つ、鹿ヶ谷の事件は、人の心の頼みがたなさを見せつけてくれた。建春門院滋子を通じてあれほど平家一門に好意的だった後白河は、てのひらを返すように平家打倒の密謀に加わった。滋子が亡くなったことで、またたくまにつながりは薄れつつある。

義理の息子の重盛も頼りにはならない。妻や息子の嫁の縁にひかれて、密謀の主役、六条流の人々の命乞いにだけ熱心だった。こうした連中をあてにはすまい――というのが時子のひそかな決意だった。

さらにもう一つ――

誰にも言えないことだが、わが子徳子への不安を、時子はいま、率直に認めようとしている。小督の懐妊について泣き悲しまないおおどかさを手放しで喜んではいられないのだ。わが異母妹、建春門院滋子のようなスケールの大きな政治力がないのである。滋子は、女の魅力を発揮して、がっちりと後白河を捉えて放さなかった。平家一門とのパイプ役にもなったし、陰に陽に政治的発言力を強めていった。

――それを姫には期待できない。

残念ながらそう思わざるを得ない。一つには高倉帝に政治力がないせいもある。今後も起るであろう鹿ヶ谷のような事件を、後白河に働きかけて未然に防がせることは不可能に近い。

――それならそれで。

と時子は度胸をきめている。

その覚悟のほどをちらりとのぞかせたのは徳子の着帯の日だ。六月二十八日、朝方の小雨が霽《は》れて、むし暑い一日となったその日、内裏での儀式は、内大臣重盛以下を集めて、近来にないほどきらびやかに行われた。ちなみに、この日は辛卯《かのとう》。してみると戌《いぬ》の日の着帯というしきたりは、まだ定着していなかったとみえる。

福原にいる清盛はこの儀に参列しなかったが、時子は朝早くから参内し、徳子の側につききりだった。

やがて台盤所《だいばんどころ》から松鶴《まつつる》の蒔絵《まきえ》の筥《はこ》に入れた帯が中宮の殿舎に運ばれる。いよいよ儀式開始である。重盛、宗盛、中宮大夫藤原隆季《たかすえ》、権大夫時忠らが並び、徳子の座に近く、時子と重盛の妻、宗盛の妻が控えている。

午刻《うまのとき》（正午）高倉が現われて、徳子の左側に坐って帯をとりあげた。男の子が欲しいときは左側、女の子が欲しいときは右側に坐るのがしきたりである。白絹の帯はやがて高倉の手によって諸輪奈《もろわな》（蝶結び）に結ばれた。さきに懐妊した小督などの場合は、高倉みずから帯を結ぶというような晴れがましい儀式はなかった。

高倉の正嫡の男児誕生を願って並ぶのは徳子の兄弟たち、そして妻たち――。まさに清盛一門の繁栄を象徴する儀式と見えたが、眼を凝らせば、そこにはもう一つの構図が浮かびあがってくる。

この日の介添役の一人、重盛の妻は、第一夫人経子《つねこ》ではない。六条流の彼女の代りに姿を見せているのは、彼《か》の御方《おんかた》と呼ばれる時子の異母妹だ。そして、もう一人の宗盛の妻もほかならぬ時子の異母妹なのである。時子が徳子を戴き、その左右に異母妹を従えて立つ。そして彼女たちをみつめる中宮権大夫時忠こそ時子の同腹の弟――。清盛一門の繁栄図は、裏をかえせば、時子一門の繁栄図にほかならない。まして当日の主役を演じた高倉が、時子の異母妹滋子の所生であってみれば、徳子をかこむ環《わ》は、時子一門によって作られているといってもいい。

時子はこの日、とりわけ誇らしげなふうは見せなかった。が、

――この際、はっきりした形をとっておく方がいい。

その結果を無言でしめすよい機会だ、とは思っていた。重盛に異母妹をめあわせたことには苦い記憶がある。ともすれば義理の母である自分や、それに連なる時忠に対立しがちな重盛に反撥したい気持を押えて、これを提案したのは数年前のことだった。

――もし私があのときそのことを考えなかったら？

重盛は出家した清盛に代って、一応徳子の父というべき立場にある。とすれば時子ともども、この晴れの日に奉仕するのは六条流の経子になりかねなかった。いまそれに代って晴れの座で頰を紅潮させている異母妹を見るとき、時子は、

――これでよかったのだわ。

ひそかに胸を熱くするのであった。

徳子の着帯後、時子の周辺はめまぐるしいほどの忙しさになった。安産祈願が開始され、時子の名によって、伊勢神宮、石清水八幡宮、賀茂や松尾、春日、厳島《いつくしま》などの社や諸寺十数か所への奉幣《ほうべい》や祈禱が行われた。

大変な出費である。施入の財宝のおびただしさに、中宮母儀《ぼぎ》、二位尼上《あまうえ》の名は一躍都じゅうの話題をさらった。

が、会えば昔ながらの気さくで小柄な尼上である。安産祈願の泥塔《でいとう》が一万五千基も作られて、

「ひえっ、そんなに多く！　呆れた話だ」

人々は眼をむいたが、

「ええ、ええ、皆さまが協力してくださるのでねえ。ありがたいことです」

いよいよ身を縮めるようにして言う口調がからりとしているので、嫌味を言ってやろうとした相手も、つい言葉が出なくなってしまう（なお、一九六〇年代後半、現在の六波羅蜜寺境内の発掘調査の折に発見された泥塔は、このときのものかともいわれている）。

時子はこのとき覚悟をきめていたのだ。大げさな祈願をして生れたのが女児だったら、

「それ見たことか」

都じゅうの嘲笑が自分に向けられるだろう。昔の自分だったら、そう思うだけでも足がすくむところだが、そういうことは考えないことにした。周囲を無視するわけではないが、女児であろうとなかろうと、自分はやるべきことをするよりほかはないのである。徳子を支えてやれるのは自分だけではないか。ただ夢中になって皇子誕生に賭けるのではない。女児だったらそのときはそのとき、という覚悟だけは持っていようと思った。心のゆとりとでもいったらいいのか。

もちろん、その間に計画の齟齬《そご》もあった。着帯に奉仕した異母妹の一人、宗盛の妻が、悪性の腫瘍で、その後急死してしまったのである。例の帯は宗盛夫妻が調製にあたったものだった。宗盛は徳子の血を分けた兄だし、時子はこの異母妹を生れてくる子の乳母の筆頭に据えるつもりだったのだが……

徳子の前途には、やや暗い翳がさした感じである。が、それをふり払うようにして、時子は時忠を呼びつけて言った。

「中宮のお産の折には、そなたの内室に介添をお願いします」

「宗盛どのの内室の代りですな」

時忠はたちまち、その意味を了解した。どうしても時子一門で徳子の周辺を固めるとすれば、血はつながっていないとしても、時忠の妻を起用するほかはない。

「ただし姉上、あれはどうも乳の出の悪いたちでしてね」

時忠が眉を寄せた。筆頭の乳母としては、出産したての嬰児に乳を含ませる儀式がある。時忠の妻はついこの間出産したばかりだが、乳はもう出なくなりかけているという。

「ええ、かまいませんとも」

時子は即座に応じた。

「あれは儀式ですからね。今までだって乳の出ない乳母の例はたくさんあります。私の所にいる女房のうち、乳の出のよいのを捜しておきますから」

そのうち、中宮大夫をつとめていた藤原隆季が娘を失い、その喪によって大夫を辞退したので、権大夫時忠がその座についた。時子にとっては、むしろこの方が万事都合がよかった。少し後になるが、時子は異父弟の能円《のうえん》も彼女の環の中に引き入れている。彼は時子や時忠の母が、平時信と離婚した後、藤原顕憲《あきのり》という男性と再婚して儲けた子である。顕憲の死後、時子や時忠が何くれとなく面倒をみてやって仏門に入れ、

「小法師、小法師」

と呼んでいた彼はすでに成長して、尊勝寺《そんしょうじ》という寺の執行《しゅぎょう》（役僧）になっていたのを、後白河との縁が最も深い法勝寺《ほっしょうじ》に送りこんで執行にした。

当時のこうした寺は院政を支える存在で、執行は、僧侶といっても、上（法）皇の秘書官的な役目をつとめることが多い。さきに鹿ヶ谷の事件の首謀者の一人、俊寛《しゅんかん》

が法勝寺の執行であったのがそのよい例だ。能円の生活も半僧半俗で、そのころから後白河の身辺の女房と交渉を持ちはじめたようである。

八月、徳子はいよいよ内裏を出て、六波羅邸で出産の準備に入った。予定は十一月の初めである。徳子が内裏を出ると、高倉はかなり大っぴらに何人かの女房を身辺に近づけはじめた。その中の数人には早くも懐妊の噂が流れたが、もう時子は小督のときのように驚かなかった。今は、ひたすら徳子の安産を願うほかはない、と思い定めていたからである。

清盛も福原から上洛してきた。徳子の安産の祈りは、いよいよ熱が入ってきた。やれ『法華経』だ、『最勝王経』だ、『孔雀経』だと、それらの催しのほとんどが二位どのの沙汰だった。つまり時子が布施《ふせ》を出すのである。例の泥塔も六波羅邸に溢れるばかりとなった。清盛の弟の経盛《つねもり》が、安産祈願の不動明王を作れば、時忠が五大明王の造顕を始める。続いて一族が我も我もと発願《ほっがん》する。このころの仏師は工房システムだから分業で刻み、あっというまに仕上げてしまう。

世をあげての騒ぎに黙ってもいられなくなった後白河が非公式に来て、徳子に加持していった。鹿ヶ谷以来、清盛との間がいささか気まずくなっている後白河が、これを和睦のきっかけにしようとしているのは見えすいているが、

「いや、着帯以来、日夜、読経を続けてきたのだ」

と言われれば、

「ありがたいことで」

と平伏しなくてはならない。徳子懐妊以来、落着きをなくしている清盛は、そんな言葉にも、彼らしくもなく涙ぐんで、

「忝《かたじけな》いかぎりでございます」

眼頭を押え、それから慌てて時子の袖を引いた。

「法皇さまに、何か、お布施を」

「え？　だって、あなた」

とっさのことに時子はどぎまぎする。

「お布施などさしあげたら失礼じゃありませんか」

「う、う……しかし何もさしあげないのはもっと失礼だろう」

天皇が臣下の家に臨席すると、帰るにあたってはさまざまのものが献上される。非公式だといっても、それ相当の敬意を表する必要はあるだろう。智恵をひねって金二十両を独鈷《どっこ》の形に包みあげて献上した。独鈷は読経、祈禱の際に使われる法具で、降魔の役を果たすものとされている。法皇さまのお蔭で悪魔が退散したのを感謝する、というなかなかしゃれた趣向だが、中には、

「なに、法皇さまにお布施だと。じゃ、叡山や三井寺、東寺あたりの法師並みに扱お

うというわけか」

聞えよがしに言った者もいたという。

そういう陰口には馴れている時子である。当の後白河は自分の法力を讃えられて悪い気はしなかったのか、その後もまた気軽に徳子の祈禱をしに六波羅を訪れた。

――それならそれでいいではないか。今はただ、姫の安産を祈るだけだ。

度胸をきめている時子に比べて、不安を募らせているのは清盛だ。十月も末近くになって急に徳子が苦しみだしたときは真蒼になった。当時は、父親であっても、成人した娘に駆けよって抱いてやることはできない。いや、それどころか、

「お、お、俺もどうにかなりそうだっ」

胸を抑えて、別棟の局で、清盛は突っ伏した。

「あっ、あなた、しっかりなさって」

徳子の許へ急ごうとしていた時子は慌てて、手を握った。夫の手は氷のように冷たい。額から冷汗が流れている。

「う、ううむ」

気を失いかけているのである。

一時的な脳貧血症状らしく、間もなく平常に復した夫は、いささか照れくさそうに、

「いやあ、一時は俺もあの世行きかと思った」

口ごもりながら言った。

「それにしても、恐ろしいものだな、出産というものは。俺の命まで縮むわ」

「何をおっしゃるんです」

時子はわざと強い声で言った。

「私のお産を何度も御存じのくせに、一度だってあなたは気を失ったりはなさいませんでしたわ」

「そ、そりゃそうだが、娘のこととなるとまた話は別だ」

「案外、気が小さくていらっしゃるのね」

「な、なにを。いや、武者働きなら後には退《ひ》かんこの俺だが、うむ、どうも、こういうことは……なに、その……」

もぞもぞと語尾が聞きとれなくなった。もっともこのときの徳子の症状はまもなく収まって周囲もひと息ついたのであったが……

その後もう一度、月末に産気づきそうになって、六波羅邸は大騒ぎをした。いよいよ出産というので、太政大臣以下、左右大臣、大納言、中納言——つまり最高閣僚が駆けつけてきた。鳥羽の離宮に出かけていた後白河まで戻ってきて、非公式の形で六波羅邸に臨んだ。清盛もこのときは、前ほど取り乱しもせず、畏《かしこま》って後白河を迎えて言った。

「まだ陣痛らしい痛みは起っておりませんのですが。それに占いでは月を越えてからの予定となっておりまして」

「そうか、『法華経』を読誦《どくじゅ》してやろう。ただの苦しみなら収まりもしよう。怨霊なら退散もするだろう」

後白河はあれ以来、自分の法力に自信を持ちはじめている。その読誦の効果でもあるまいが、徳子の体調はやがて回復した。

さんざん気を揉ませた彼女が、いよいよ産気づいたのは十一月十二日の暁方だった。宮中には早速、使が飛ばされる。僧侶たちも続々つめかけて読経を始める。知らせを聞いて、前同様高官たちも集まった。

産所はすっかり様子を変え、几帳《きちょう》も壁代《かべしろ》もすべて白一色となる。お産に奉仕する女房たちも、揃って白の表着《うわぎ》、白唐衣《からぎぬ》をまとう。華やかな色彩は消えるが、あたりは白一色の神々しい雰囲気に包まれるのだ。介添には練達の二人の女房が選ばれ、徳子を抱えて励ます。帳《とばり》の外に待機する役は、洞院局《とういんのつぼね》と呼ばれる時忠の妻と、重盛の妻の彼の御方である。

「なにとぞ御心配なく」

時子にきっぱりと挨拶をして、洞院局は帳の近くに座を占めた。

後白河法皇も姿を見せ、

「どうした、どうした。経の声が小さすぎる。そんな蚊の鳴くような声では悪魔は祓《はら》えんぞ」

大声で僧侶を叱咤した。それまでもわんわん邸内にあふれていた読経の声はひときわ高くなった。

時子は眼をつぶって手をあわせている。

――やるべきことは全部した。神や仏はこの私にどういう審判をお下しになるのか、それを素直に受けるほかはない。

徳子の出産については恐れてはいなかった。すでに自分も何度か経験したことである。暁方からすでに三、四刻は経つ。陣痛が弱く、長引いている感じだが、帳の近くに侍する女房たちの動きがしだいに慌しくなってゆくので、出産の時が近づいているのがわかった。

午刻《うまのとき》が過ぎた。帳のまわりがざわめいた。いよいよそのときがきた、と息をつめた瞬間、さすがの時子も、ぎょっとして全身の血を凍りつかせた。

産声が聞えない。

帳の中は見えないが、気配で介添の女房の動きがわかる。自分も経験のある激痛の瞬間、意識を失いながらも、あざやかに耳にした産声が聞えないとはどういうことだ。

洞院局がさっと座を起ち、帳の中に入った。

一瞬、いや時子には数刻にもひとしい時が経った、と思ったとき！

弱々しげな泣き声が、やっと帳の中から洩れた。

――私、気を失うかもしれない……

時子は必死で合掌しつづけた。

「皇子《みこ》さまは、お口の中にたくさんの血を含んでおられたので、お泣きになれませんでしたの。いえ、よくあることですわ」

とは、ややあって洞院局が言った言葉である。乳付《ちつけ》の乳母の第一の仕事は、出産したばかりの嬰児が鼻や口に含んでいる羊水を拭いとることである。産婦が出血が多いと、その血を吸いこみ、声をあげられない場合がある。何度か子供を産んだことのある洞院局は冷静に手早くその始末をし、しきたりどおり、蜜や薬湯を嬰児の口に塗り、形ばかり乳を含ませてその儀式を終えた。

それに先立ち、臍《へそ》の緒《お》は重盛が切った。この後、彼が祝詞《のりと》を誦しているのを時子はぼんやり聞いていた。

「天を以て父となし、地を以て母となさん。金銭九十九を領じて命《いのち》を呪《じゅ》せしむ」

――ああ、これはもしかしたら、宗盛がやるはずの役じゃなかったかしら。

宗盛は妻の喪に服しているため、この席には姿を見せていない。

――あの子ったら、いつもこんなふうに要領が悪いのだから……

ふっと気がついて、時子はあたりを見まわす。何でそんな思いに捉われていたのか、自分でもわからない。集まっていた高官たちは口々に祝を述べて座を起ちかけていた。嬰児の三夜、五夜、七夜は、関白以下の高官を招いて、前代未聞の豪華さで行われた。もっとも清盛自身は、十六日の五夜の祝も待たないで、福原へ帰ってしまっている。徳子が六波羅邸にいる以上、たてまえとしてはここが中宮御所である。したがって皇子の祝は大夫時忠以下中宮付きの役人が行うべきもので、今は官を退いている清盛の私的な催しではない、ということなのである。

そしてその月の終りには、早くも時忠と後白河の間でこの嬰児の立太子が相談されていた。後白河もこれには乗り気らしい。

「二歳、三歳で立太子という例もあるが、これはどうも不吉だ。太子になりながら早世して皇位につけなかった例が多いからな。といって四歳まで待つのはどうもなあ」

結論としては今年の内、ということになる。とすればあと一《ひと》月の間に行わねばならない。時忠の大車輪の活躍が始まった。十二月八日、嬰児に親王宣下があり、言仁《ときひと》という名が選ばれた。十五日、六波羅邸をそのまま東宮御所ということにして立太子の儀式が行われ、春宮大夫《とうぐうのだいぶ》宗盛、亮《すけ》（次官）重衡《しげひら》（徳子の弟）、権亮維盛《これもり》（重盛の子）等、ほとんど一門で嬰児の身辺を固めた。このころ清盛も再度上洛し、蔭からさまざまな指示を与えている。

その月の二十日すぎ、健康を取り戻した徳子は言仁とともに内裏に戻った。高倉はこのとき初めてわが子と対面したわけである。その翌年の正月十一日、清盛は参院、参内し、外祖父として公式の対面を行っている。

「大きくなられたぞ、若宮は」

帰ってきた清盛は声をはずませてそう言った。次は時子が中宮母儀として正式に参内し、高倉、徳子、言仁と対面する番である。二十三日、参内のその日、時子は輦《て》車《ぐるま》の宣旨《せんじ》を得た。都大路は牛車で行くが、宮門を入ってからは男たちが曳《ひ》く輦車を許されるのは、きさきとか第一級の貴族である。わが子重衡を含む十数人の貴族が前《さき》駆《が》けをつとめるものものしさで、夕刻西八条の邸を出たが道筋には大勢の見物人が立ちならんだ。

――清盛どのの妻となったとき、私がこんな晴れがましい経験をしようとは夢にも思わなかった。

よく晴れあがったその日、夜に入って冷えこみは一段ときびしかったが、時子は寒さを感じなかった。

閑院《かんいん》内裏で対面した徳子は、子供を産んだ後の若い母親らしい落着きが加わっていた。何より嬉しかったのは、五十日《いか》の祝を終った言仁が、よく太って元気な泣き声をあげていることだった。

「もう百日の祝の用意を始めておりますの。重衡がすべて計らっております」

徳子はにこやかな笑みを湛えて、おっとりとそう言った。皇太子の母となったことが、彼女にも自信を与えたのではないだろうか。もっとも、時子が改めて言仁誕生の幸運をかみしめたのはその後のことである。徳子が懐妊して内裏を出るころから、高倉が次々と身辺の女房と交渉を持ったという噂が流れていたが、それを証拠づけるように、この年の春、次々と女房たちが皇子や皇女を出産した。中にはほとんど同時に――七日ほどの差で出産が続いたこともあって、

――これで姫が皇子を産んでいなかったら、どんなことになったか……

ひそかに胸を撫でおろさずにはいられなかった。

――姫には幸運がついている。

このとき、時子がそう思ったのも無理はない。それから間もなく、先に関白基実《もとざね》と結婚し、たちまち夫を失った清盛の娘、盛子《もりこ》（母は時子ではない）が二十四歳でこの世を去った。基実と結婚したといっても、そのころの盛子はたったの九歳、しかも十一歳で夫に先立たれたのだから、事実上結婚の経験はないまま未亡人になってしまったのだ。その後准三宮《じゅさんぐう》の待遇を与えられ、夫の基実が別の女性との間に儲けた基通《もとみち》の母として白河殿と呼ばれてはいたものの、決して幸福な生涯とはいえなかった。

――関白との縁談を聞いて、なぜ徳子と結婚させないのか、と夫に文句を言ったっ

け。

十数年前の昔を思いだし、幸不幸の差は紙一重だった、と改めて心を震わせた。

七月には義理の息子、重盛が四十二歳で病死した。肚の知れない、扱い難い息子だった。正直のところ、彼よりもわが子宗盛が夫の跡を継いでくれた方がほっとする。徳子のためにもその方がいいのではないか、というのが偽りのない本音だった。

ところが、それから間もなく――

思いがけない事件が起った。亡き盛子の所領が没収されてしまったのだ。もともと盛子が夫の所領を相続したことについては、

「他氏の女性が摂関家の所領を相続するとはけしからぬ」

という藤原氏の根強い反撥があったのは事実である。一番憤慨していたのが基実の弟の基房で、兄に代って関白になって、そっくり所領を相続できると思っていたのがあてがはずれ、不平満々だった。盛子の死についても、彼らは、

「それみろ、天罰てきめんだ」

と手をうって笑いあっていたらしい。

基房はこの機逃すべからず、と盛子の所領を没収してしまったのだ。基実の遺児基通（盛子はその義母になっている）に所領を譲らせまいとの魂胆である。

そればかりでなく、基通を追いこして、わが子の師家《もろいえ》を権中納言に昇進させてしま

った。二十歳の基通はまだ右近衛中将で、参議にもなっていないのに比べて、権中納言に昇進させた師家はたった八歳！　いかに非常識で、盛子への復讐心を露骨にしたごり押しの人事であったかはわかろうというものだ。

そのうえ、重盛の死後、彼の知行国《ちぎょうこく》だった越前《えちぜん》国も息子の維盛には相続させずにこれも没収してしまった。

じつは清盛は基通に娘の一人をめあわせている（時子所生ではない）。この基通を全く官界から締めだそうとする基房のやり口は、平家に対する挑戦以外の何ものでもない。盛子の死、重盛の死を機に藤原氏は巻返しに出たのである。

清盛は決断を迫られた。十一月十四日、数千の軍兵を率いて福原から上洛するなり、強硬な申入れをして、関白以下、これに同調した人々の罷免を要求した。基房のなすにまかせて手も足も出ないでいる高倉天皇を、強力に支え、

「こんな所へは中宮を置きまいらせるわけにはゆかぬ。東宮ともども福原にお遷《うつ》しする」

と凄んでみせた。

その武力の前に、廟堂はたちまち萎《な》えしぼみ、基房は解任され、大宰権帥《だざいのごんのそち》として九州に追いやられることになった。代って関白となったのは、もちろん故盛子の養子基通である。以下廟堂は平家に好意的な人々によって埋められた。一方、地方官も大

幅に入れかえが行われ、能登、越後、若狭をはじめ十三か国の受領に、ずらりと平家一門が顔を並べた。すでに受領に任じられていた分も併せると、まさに二十余国、国の半ば近くは平家受領の地になったのである。

　まことにあざやかな清盛の手腕だった。

　――いつか夫は、太政大臣を辞めてから、ほんものの実力者になると言っていたっけ。

　時子は、まざまざとその事実を確認したわけであった。

　――重盛が世を去っても、夫がいる限りは大丈夫なのだ。

　そう思いながらも、どこか時子の心は霽れない。何かが胸につかえている。そして清盛の眼の中の苛立ちに似た光もなぜか消えていない……。事はまだ済んだとはいえないようだ。それを裏付けるように、西八条の邸内の兵馬の出入りはいよいよ激しくなっていた。

　そして十九日の夜、月の出を待たずに、隊伍を組んだ武士たちが、続々邸を出ていった後、ついに清盛は、まともに時子をみつめてこう言ったのである。

「合戦の覚悟をしておけ、時子」

「まあ……」

　と言いながらも、時子の胸のどこかに、来るべきものが来た、という思いがあった。

「いよいよやらねばならぬかもしれぬ」

それから相手の名を清盛は短く口にした。

「頼盛だ」

時子は黙って夫の顔をみつめている。

「俺はあいつを辞めさせた」

今度解任された高官の中に、権中納言頼盛の名が含まれていたことを、時子も薄々知っている。とかく夫と反りのあわないこの異腹の弟は、最近母を亡くし、以来、いよいよ平家一門とは別行動をとる気配が強くなっていた。じつは頼盛の妻の宰相の局は、さきに鹿ヶ谷の事件で捕えられ鬼界ヶ島に流された俊寛の縁に連なる女性である。その俊寛が今年になって許されぬまま南の島で死んだことも、頼盛と清盛の間を隔てる一因となったかもしれない。

「だから今度もな、宗盛を助けて基房の横暴を抑えるどころか、あいつは向うについてしまっているんだ。あわよくば基房と手を組み、平家の棟梁になろうというつもりなんだろう」

ここで芽を摘んでしまわなければならぬ、と清盛は強い口調で言いきった。宗盛はまだ年も若いし、経験も浅い。この際、大鉈《おおなた》を振って、体制を固めねば、と覚悟をきめているらしい。

「では今夜、武士たちは池殿に――」

時子が声をひそめたとき、しかし、清盛は無言で首を振った。それから、じっと眼を据えたまま、低い声で言った。

「その前にしなくてはならないことがある」

「それは？」

清盛の眼が光った。

「法皇さまだ」

白刃がきらめくような言い方だった。

「法住寺の御所は頼盛の邸から近い。万一のときのために鳥羽にお移り願うつもりだ」

――ああ、やっぱり……

心のどこかで、そう応えている自分を時子は感じている。夫の言葉がふしぎでも意外でもなかった。この数日間、胸につかえ続けていたのは、じつはそのことだったのだ。しかも、

「合戦を避けて、お移りを」

という言葉が、じつは口実に過ぎないことも、彼女は肌で感じている。

――そうなのですね、あなた。

——ああ、それよりほかに道はないんだ。

基房に横暴を許したもの、頼盛に一門離反を企てさせたもの、それらのすべての原因は後白河にある。その後楯がなかったら、どうして彼らにそんな気儘《きまま》ができようか。

——でも、あなた……

時子の瞳はさすがに揺れる。ついこの間まで後白河と清盛の間はひどく親密だった。この年の三月、清盛が西八条の邸に厳島の巫女《みこ》たちを呼びよせて舞を舞わせたのも、歌や舞には目のない後白河を楽しませるためだった。若いころ「今様《いまよう》」に耽溺《たんでき》し、徹夜で二晩も三晩も歌い続けたという後白河は、非公式のかたちでその席に臨んで大喜びし、

「一夜では物足りぬ、御所へ参って舞え」

と言いだし、巫女たちは極秘の院参を行って妙手の限りを披露した。高倉と徳子の間に言仁が誕生して以来、とみに親密さを加えた後白河と、真向から対立してしまうことに、時子は不安を禁じ得ない。

——よろしいのですか、それで……

が、清盛はすでに覚悟をきめているようだ。

二十日の早朝、後白河は武士に護られて鳥羽殿に移り、院政は事実上停止された。それを見届けると清盛は、

「あとは帝に一切をお任せする」

といって、さっさと福原に引き揚げた。結局、頼盛との合戦は起らずじまいだったのである。そうなった後で、時子は、ふと平治の合戦の後のことを思い出してみる。

——あのときも、こんなふうなことがあったのだわ。

二条天皇の側近が、後白河を藤原顕長《あきなが》の邸に閉じこめ、政治から遮断してしまったことがある。以来、二条側と後白河側の確執は長く続いたが、その中で何とか両者の間の調整をはかって奔走したのが清盛だった。

——どちらにも憎まれまいと走りまわった清盛どのが、今度は法皇さまとこんなふうになってしまうなんて……

夫が老いて柔軟性を失ったのか、後白河の我儘が生涯なおらないのか。

時子の思考はそこで壁にぶつかってしまう。が、大局的にいえば、これは後白河の恣意とか清盛の横暴とかいう次元の問題ではない。平安末期に出現した院政という、きわめて不安定な体制が起しがちなトラブルであって、天皇と上皇のどちらが政治の主導権を握るかの争いなのだ。さきの二条天皇時代は院の近臣でもあった清盛は、後白河を擁護することも必要だったのだが、いまはともかく、高倉の外戚として、院政を排除せねばならない立場にあった。

もっとも、時子はそのことに気づいてはいない。すさまじい嵐の後に、その傷痕をいやすに足る華やかな行事が押しよせてきたからだ。例の事件の一《ひと》月ほど後の十二月半ばに、徳子と言仁が、正式に西八条の邸を訪れることになったのだ。もちろん清盛も福原から上洛し、歓迎の準備に余念がなかった。

「お召上りものに手落ちはないな。お、それそれ、お風邪を召さぬよう火の支度を」

あの事件などは忘れはてたような陽気さで邸じゅうに響き渡るような大声で指図をしている。夜が明けないうちに閑院の中宮御所を出た一行は、ゆらゆらと都大路を練り、七条あたりでしらじら明けを迎えた。

満一歳になったばかりの言仁は、中宮大夫である時忠に抱かれ、

「ばぶ、ばぶ、ばぶ……」

と終始上機嫌であった。

「おお、お泣きにもならず」

清盛はすでに声をつまらせている。宋から送られてきた『太平御覧《たいへいぎょらん》』三百巻が献上されたのは、その昔、藤原道長が娘の彰子所生の皇子敦良《あつなが》（後の後朱雀《ごすざく》天皇）を自邸に迎えたとき『文選《もんぜん》』や『白氏文集《はくしもんじゅう》』を献じた例に倣ったものである。このとき、来年正月に行われる着袴《ちゃくこ》の儀などについての相談もあったが、もちろん当の言仁は知る由もない。

「ばぶ、ばぶ、ばぶ」

いよいよ上機嫌で指を舐めては障子に突っこむ。紙が破れるのがおもしろいのだ。見ていた清盛の眼から、突然、大粒の涙があふれた。

「障子をそのまましまっておけ、家の宝だ」

言仁を抱く時忠が、薄い笑いをにじませるのに時子は気づいている。が、その瞬間、彼女の眼頭もうるんでいた。

——気丈な清盛どのが、まあ……

夫も老いた、と思った。と同時に、彼女は、暴挙に近い今度の事件をあえてやってのけた夫の心の中をはっきり理解し得たと思った。

彼は平家一門のために巻返しを行ったのではないのである。後白河とあえて対決してまでも護りぬきたかったのは、この幼児の前途なのだ。高倉が譲位し、言仁が即位すれば、そのとき平家一門は院と天皇の両側近を完全に固めることができる。そうなってこそ、はじめて言仁の前途は安泰なのである。

——でも皇子は何も御存じない……

おそらくこの日のことを幼児は何も憶えてはいないだろう。障子の指の跡も、祖父の涙も……

人の世はそうしたものかもしれない。

平家にあらずんば

ともかくも――

平家はいま頂点に上りつめようとしている。治承三（一一七九）年冬の政変の後、高倉はいよいよ位を下りることになったのだ。予定は翌年二月、跡を継ぐのはいうまでもなく徳子の産んだ言仁《ときひと》（安徳《あんとく》天皇）。清盛の血をひく皇子《みこ》である。

長い歳月だった。十七歳で入内《じゅだい》させた徳子は明けて二十六歳になる。そして時子の尼削《あまそ》ぎの髪にも白いものが目立ちはじめている。

が、道のりの長さを語りあうべき夫は、残念ながら身近にはいない。このところ福原を本拠ときめこんでいて、めったに上洛してこないのだ。

しぜん、西八条のあるじ役は時子ひとり。祝の客の応接、譲位、即位に伴うさまざまの雑事に追われている。それらの行事はむろん国家の催しであり、朝廷側で準備が行われるわけだが、中宮徳子の身辺に細々と気を遣ったり、言仁の乳母《めのと》、洞院局《とういんのつぼね》と連絡をとったり、寝るひまもないくらいの忙しさだ。

そんな時子を、弟の時忠は慰めるどころか、

「まあ、一世一代のことだ。せいぜい、しっかりお働きください」

にやにやして言う。初春《はる》を迎えて間もないころのことである。

「こんなに白髪のふえた私に、同情もしないってわけ？」

わざと時子も口をとがらせる。

「白髪はお互いさまですよ」

応じながら、時忠はてきぱきと重要事項を打ちあわせてゆく。

高倉の譲位は二月二十一日、二か月後に、言仁の正式の即位が行われる。

「まだお三つですからねえ。御即位の式でおむずかりにならなければいいけれど」

時子の心配はそこにあったが、時忠は、

「なあに大丈夫ですよ」

事もなげに言う。

「皇子は案外何もかも心得ておいでです」

「まさか」

「だって、この間この邸においでになったとき、ずっと私がお抱き申しあげていましたが、ちっともお泣きにならなかったじゃありませんか」

「そうでしたねえ」

「代りに泣かれたのは入道どのと姉上です」

「そりゃあ、時忠、涙もこぼれます。入道どのもお年ですもの、涙もろくなっておられるのです」

「それも一時のことですよ。今ごろ福原でけろりとしておられるでしょう」

言いかけて時忠は居ずまいを正した。

「それよりも姉上」

「え」

「御即位の日に帝をお抱き申しあげるのは私ではありませんぞ」

「というと」

「高御座《たかみくら》でお抱きになるのは中宮です」

高御座というのは、天皇が即位や重要な儀式のときに上る正式の玉座《ぎょくざ》である。いたいけなわが子の即位のためとはいえ、徳子はいわば天皇と一心同体になって、儀式に君臨するのだ。

――わが娘が、天皇以外上ることのできない高御座に……

陶酔が徐々に時子の胸を浸す。その日、自分の魂は、しかと徳子に寄り添い、孫と娘を支えて、玉座の中にあるであろう。

「蔵人頭《くろうどのとう》になられる重衡《しげひら》どのの責任も重くなります」

と、時忠は言う。重盛の他界によって、その妻は服喪し、乳母の座を降りた。晴れの日、乳母の役をつとめるのは、時忠の妻の洞院局と、重衡の妻輔子《すけこ》なのである。輔子は清盛と親交のある前大納言邦綱《くにつな》の娘だし、邦綱は、現在、高倉や徳子、安徳に邸宅を提供している大富豪だから、宮廷の作法などにそつはないはずであるが……

「はじめは異母妹《いもうと》たちを乳母に、と思ったのでしたが……」

乳母に関するかぎり、時子の思惑は全くはずれた。が、時忠は案外けろりとして言う。

「なあに、そんなことは時の運です、いや」

「むしろそれでよかった、とはお思いになりませんか？」

急に声を低めた。

「え？　何ですって」

「重盛どのはいいとき死んでくれたものです」

凄みのある微笑を頰ににじませ、

「ついでにいえば、盛子どのもね」

さらりと言ってのけた。

「ま、そなたは……」

時子が絶句したとき、

「そうでなけりゃ、こんなに早く、御即位は実現できなかったかもしれませんよ」

おわかりでしょう、と言いたげに時忠はうなずいてみせた。

その意味がわからないほど時子も鈍感ではない。徳子の入内以来、政治の世界に揉まれてきた身には、重盛と盛子の死が、平家一門の突破口になったことがよくわかる。そして高倉の譲位後、もちろん時忠は院の別当になることがきまっているし、重衡もその一人に加わる予定である。そのほかにも、平家一門に親しい実力者で、高倉の身辺を固める手筈がととのっているのだ。

しかも、彼自身依然として中宮大夫を兼ねている。言仁が幼帝である以上、中宮の地位はかなり意味を持つ。あえて摂政・関白の座を狙わずとも、彼は、まさしく新時代を背負って立つ実力者なのだ。なまじ藤原氏出身でないだけに過去の幻想に捉われない眼を持っている。それに、追放された関白基房に代った基通《もとみち》は清盛の娘を妻にしている。その他、中納言兼雅《かねまさ》、参議通親《みちちか》などという実力派も、じつは平家一門の女たちを妻にしているから、廟堂の守りも堅い。

「さあ、これからがわれらの時代です」

そう言う時忠の言葉には、院と天皇の身辺を囲いこんだという自信があふれていた。

それに先ごろの政変で解任された国の守《かみ》たちの後任の大半も平家一門によって占めら

れた。これまでの国の守、知行国主《ちぎょうこくしゅ》を併せれば、優に全国の半ばに達するであろう。

「基通公が一《いち》の人《ひと》になられるより、むしろこのことの方が肝腎なのですよ」

と時忠も姉の前では本音を洩らす。

「そうですね」

時子も相槌を打つが、しかし、

「まさに、平家にあらずんば人にあらず、か。ふふふ、そんなことになるかもしれん」

そこまで弟に言われると、

「大げさねえ、そなたも」

いささか慌てざるを得ない。

「いや、こりゃ冗談ですがね、しかし」

笑いを消して時忠は胸を張った。

「御譲位の後、新上皇が一番先にお詣りになるのは厳島《いつくしま》なのですぞ、姉上。やはり平家時代というべきでしょう。新上皇の母君は建春門院、まぎれもなく、われら平家の一門です。その母君が参詣遊ばされた厳島に、新院が行かれるのは当然でしょう」

建春門院滋子は、時忠や時子の異母妹だ。してみれば、高倉にとって一番血のつながりの濃いのは、時子、時忠ともいえる。そして新しく即位する安徳も、ある意味では、清盛よりも時子、時忠の血を多く享《う》けているのだ。

そのとき、もの問いたげに開きかけた時子の唇が、そのまま閉じられた。時子は弟にこう尋ねるところだったのだ。

――時忠、そうすると、そなたの言う「平家」というのは、清盛どの一門じゃなくて、この私たち、というわけ？

が、時子はとうとう口を開かなかった。しかし、時忠は、あたかも時子の言葉を聞いてしまったかのように、無言でうなずいている。

――ま、そういうことになりますな。

とでも言いたげに……

二月二十一日、高倉の譲位は滞りなく行われた。時忠の言った厳島参詣は翌月、ときまった。何しろ新院最初の大旅行である。閑院《かんいん》内裏から土御門殿《つちみかどどの》に移ると、大がかりな準備がはじまった。奉納される金銀泥《きんぎんでい》で書かれた経典、数々の施物《せもつ》、船の用意、供人の選定……。采配を振うのは、もちろん別当時忠だ。清盛は福原で一行の来るのを待ちうけている。さすがに時子の許を訪れることも少なくなっていた時忠だが、三月の十日を過ぎて、

「庭の桜がみごとですな」

昼下りにぶらりと顔を見せた。

「花曇りとはよく言ったものだ。鈍《にび》色の空では花の白さが冴え冴えとする」

勾欄《こうらん》に体をあずけて、柄にもなく風流なことを言う。

「厳島へのお供の支度で忙しいのかと思ったら……」

そののどかさを時子がいぶかしむと、

「いや、もう大体すみましたから」

膝で手拍子をとりながら、

「明石《あかし》の浦の波、浦や馴れたりけるや……」

今様《いまよう》を微吟してみせた。

「ま、こんなところですな。この波はうち寄せて、風は吹かねども……」

時子も小さく和した。

「風は吹かねども、や、小波《さざなみ》立つ……。ほんとうにお船の旅が静かだといいのですが」

「そりゃ大丈夫です。今どきの瀬戸内の海は鏡のようですから。それより姉上」

桜を眺めて呟いた。

「この花、何日くらい保《も》ちましょうか」

「そうねえ。ほら、もう池に散りはじめてますもの。よくて三、四日」

「ふうむ。じゃ、間にあうかな」

「何が？」

「上皇さまにお目にかけたい、と思いましてね」

「あら、だって上皇さまはお旅立ちの支度でお忙しいのでしょう」

「そりゃそうですが、ま、風流なお方ですから、御覧になりたいと仰せられるかもしれません。そのつもりでお支度を願いますかな」

「あら、まあ、そなた本気でそう言うの？」

時忠は微笑している。その瞳の底に何かある、と時子が気づくまで、さほど時間はかからなかった。

――どういうことなの？　それは……

「何でもありません。お旅立ち前のおくつろぎですよ」

それから呟くように言った。

「妙な動きをする奴がいましてね」

時忠は検非違使別当《けびいしのべっとう》も兼ねている。治安維持関係の総括責任者である。巨細《こさい》にかかわらず情報はすべて彼の許に集まるようになっている。後世、平家が赤い直垂《ひたたれ》を着た少年密偵を三百人も巷《ちまた》に放ったといわれるのは、彼の情報蒐集ぶりの象徴的表現である。

このとき彼は、

——後白河法皇を鳥羽の離宮から盗み出そうとする動きを摑んだ。

と時子に告げた。つまり後白河院政を復活させようというわけだ。

「でも、時忠——」

時子は首を傾げた。

「もう法皇さまのお側には役に立ちそうな人もいないはずですのに」

「ええ、そんな芸当のできる気のきいた奴はいない。動き出したのは別の口です」

「まあ、よくわかりましたねえ」

後白河の策謀好きは、鹿《しし》ヶ谷《たに》の事件で知るとおりだ。いや、自身策謀のできるタイプではないのだが、他人のおだてに乗りやすいのだ。

「種明かしをしましょうか」

時忠はにやりとした。

「法皇さま御自身が、そっと知らせてくださったのです。宗盛どのに」

「えっ、まあ」

「さすがにお懲《こ》りになったのでしょう。また担がれて手ひどい目にあってはたまらん、と。ま、おかげで手のうちがわかりました」

「というと？」

「園城寺《おんじょうじ》です」

「えっ」

「園城寺の法師たちが動いているのですよ」

園城寺は延暦寺と並ぶ天台の名刹だ。

時子の眼の光が鋭くなった。

「わかりました」

さすがに政治の波をかいくぐって、勘がよくなっている。

「それで法皇さまの代りに上皇さまを狙いはじめたのですね」

仰せのとおり、というように時忠はうなずく。後白河が駄目なら高倉を閉じこめてしまえ、というのが法師たちの計画なのだ。大体他の神社仏閣をさしおいて、譲位後最初に厳島に出かけるというのが気にいらない。その意味で、彼らの本当の狙いは、むしろ高倉にあったのかもしれない。とすれば手狭な土御門より西八条邸に高倉を移してしまう方が安全だ。時忠は法師たちの先手を打とうというのである。

彼の話では、園城寺は興福寺にも同調を呼びかけている。同じ天台宗でも園城寺と延暦寺は仲が悪いから、この方は動くかどうか。ただ、先ごろの政変にからんで、延暦寺の座主には平家寄りの明雲《みょううん》が復活した。それを快く思わない不満分子の動きは警戒すべきであろう。興福寺はもともと藤原氏の氏寺で、平家には批判的だから、やる気は十分——というのがその分析だった。

　が、彼の声音はあくまでも冷静だ。

「なに、平家の力をもってすれば何ということはありません。ただ上皇さまのお出ましにけちをつけられるのもしゃくですからね」

　たしかにこの西八条邸に高倉を迎えとってしまえば守りは鉄壁だ。ひとくちに西八条邸といってはいるが、むしろここは西八条地区といった方がいい。都の西南、とほうもない広大な地域を占め、時子の本邸をはじめ、一族の豪壮な邸宅が数知れず建つ。それを囲むように家臣団の家が群立している。つまり大兵営の中に豪邸があるという趣で、これが従来の貴族の邸宅と全く違うところである。

　時子の邸宅ももちろん一つや二つではない。さしあたっては八条坊門《ぼうもん》櫛笥殿《みくしげどの》と呼ばれる邸を高倉の御所にあてることにした。

「厳島からお帰り後もここをお住いにしていただきましょう」

　時忠はさっさと決めてしまっている。

「で、いつお移りになられますの？」

「十八日の夜のつもりです。いや、じつはね」

　肩をすくめた。

「法師ばらに一杯食わせてやるのです」

「どんなふうに？」

「御出発は二十一日、と触れを出す。奴らはそのつもりで手ぐすねひいて待ちうけるでしょう。が、その裏を掻いて、十九日には御出発していただく、っていうわけです」

「うまくゆきますかしらねえ」

　時子の不安も意に介せず、時忠は計画をたのしんでいる口ぶりである。

「大丈夫、まかせておいてください」

　池に散りこむ桜を見ながら、時子は少し不安である。高倉の厳島行きを阻止するだけが目的だとしたら、法師たちの動きは子供じみている。もう少し根深い怨念が彼らを動かしているのではないか。そこまで考えて、ふと眉を上げた。

「時忠」

「は？」

「園城寺の長吏《ちょうり》（長官、延暦寺の座主にあたる）は、円恵法親王《えんけいほうしんのう》さまでしたね」

「そうです」

「法皇さまの皇子のおひとり。上皇さまよりお年上ですね」

「ええ」

「じゃ、そもそも、上皇さまが御即位になられたときから、快くは思っていらっしゃらなかったでしょうね」

「何を仰せられます、姉上。は、は、は」

時忠は笑いとばした。

「そんな昔の話を、どうしてなさるのです」

「でも、こういう怨みは消えないものよ。その上、また上皇さまが平家の姫との間に儲けられた皇子が即位なさったのだから」

「いまさら文句は言えませんよ。それに円恵さまは御法体《ごほったい》です。即位を望めるわけがないじゃないですか」

理屈はそうだが、時子の心はなぜか霽《は》れなかった。ともかく、法師たちが高倉を狙っているとすれば、翼をひろげて庇わなければならない。清盛が都を離れ、わが子の宗盛や知盛がまだ頼りにならない現在、この平家一門を背負うのは、自分と時忠――

頰がこわばってくる。この間とは別の意味で、自分と時忠という「平家一門」が肚を据えねばならないときが近づいているような気がする。

時忠の計画はみごとに成功した。出発を二十一日と思いこんでいた法師たちの裏を掻いて、高倉が出発したのは十九日。それと知って彼らが地団駄踏んだころ、人々は福原で清盛の大歓待をうけていた。

やれ寒いの、やれ遠いの、と蔭ではこぼしきりだったお供の公家たちも、度肝をぬくような清盛の接待に、すっかりいい気持になってしまった。この旅には珍しく和文の随行記が残っている。書いているのは参議で新院別当の一人源通親《みなもとのみちちか》、やがて日本史上屈指の権謀の鬼才を発揮する彼が、優雅な文章を残しているのもおもしろい。もっとも、彼自身かなりの歌人だから、このくらいの文章が書けるのはあたりまえなのだが。

その『高倉院厳島御幸記』によれば、厳島での儀式の豪華さ、歓待の手厚さには公家たちも腰をぬかしたらしい。満潮とともに、ひたひたと寄せてくる波の中に浮かぶ神殿に、

「ほう、この世の竜宮じゃ」

さしもの彼らも夢心地だった。

高倉は四月八日帰京、続いて二十二日、新帝の即位の大礼が行われた。僧形の清盛も時子もその席に連なることはできなかったが、時忠の妻から詳しい報告をうけた。

「中宮さまは神々しいまでにお美しく、帝も、おとなに遊ばして……」

洞院局《とういんのつぼね》と名乗っていた彼女はこれを機に帥局《そちのつぼね》、重衡の妻は大納言局《だいなごんのつぼね》、または大納言典侍《すけ》と呼ばれることになった。

高倉は八条坊門で院政を開始した。不穏な動きをみせた園城寺僧徒の追及も早速始

まったが、その過程で驚くべき事実が浮かびあがった。時子が危惧していたとおり、今度の計画は単なる嫌がらせではなかったのである。

「敵もさるものでした。姉上の御眼力はさすがです」

慌しい院議の席をぬけだしてきた時忠が、ある夜、時子の許を訪れてこっそり言った。法師たちの、最初の計画は、法皇と上皇をわが手に囲いこみ、宣旨を出させる計画だったのだという。

「何の宣旨を？」

時子も膝を乗りだす。

「帝の即位は無効だと——」

「えっ」

「即位の大礼前に、その宣旨を出し、代りを立てる……」

「そ、それでは、やはり円恵さまが還俗《げんぞく》して」

「まさか、それはできませんよ」

「じゃあ、帝になる方はいらっしゃらないじゃありませんか」

「それがおられるのです」

時忠は眼をぎろりとさせた。

高倉宮以仁王《たかくらのみやもちひとおう》——

黄泉国《よみのくに》から人影がよみがえってくるような思いで、時子はその名を聞く。

——そうだ、そんなお方もいたっけ。

典型的な廃《すた》れ皇子《みこ》だ。もし彼が都大路を歩いていても、ふりむく人もないであろう。しかし血筋を辿れば、まさしく後白河の第二皇子、母は宮仕えしていた高倉三位《たかくらのさんみ》。権大納言藤原季成《すえなり》の娘だから家柄は悪くないのだが、その母が死んで以来、影の薄い存在になってしまっている。母のいた三条高倉邸に住み、高倉宮と呼ばれていた（上皇の高倉院とまぎらわしいので、ここでは以仁としておく）が、円恵とは異腹である。

それでも若いころは即位の機もないではなかったが、いつも運に見放された。いったんは仏門に入ったものの事情があって還俗、身辺はひどく寂しい。この皇子に園城寺の僧徒が目をつけたのは、異腹ながら円恵ともかなり親しいからである。

薄明の中から、廃れ皇子はしだいに人の形をとりはじめてきた。

「以仁さまねえ」

時子は吐息のように呟く。が、考えてみれば、その背後には容易ならぬ人脈が連なっている。時子の眼差がしだいにきびしくなった。

「時忠」

「は」

「以仁さまは、多分八条女院さまの御猶子《ゆうし》になっておられましたね」

「ええ、女院さま付きの女房とねんごろになって御子を儲けられたのをふびんがられましてね。父子《おやこ》ともども御猶子にされました」

八条女院というのは後白河の異母妹だ。この期に見られる特異な存在の一人で、未婚だが、その代り厖大な皇室財産を所有している。当時、全国の数多くの大荘園はほとんどこうした女性の許に集まっていた。彼女の荘園の管理を志望して、中流貴族、有力武士が身辺には常にひしめきあっている。まさに時代の盲点ともいうべき女性の一人だった。

「その女院さまも、以仁さまの後押しをなさっておられるのですね」

時子の問いを、時忠は言下に否定した。

「そんなことはありません。もちろん女院さまの御所も見張らせてありますが」

ともかくも、以仁の行動は謀叛である、と、院議で決定した。早速、王の称号が削られ、言仁《ときひと》と共通する「仁」の字も止《とど》めて、源以光《みなもとのもちてる》とし、配流と定められ、直ちに逮捕の手続がとられた（わずらわしいのでここでは以仁で続ける）。

「すぐにでも捕えてごらんにいれますよ」

胸を張って時忠は帰っていったが、しかしこの逮捕はみごとに失敗した。三条高倉の以仁宅を襲ったときはすでにもぬけの殻、何でも粗末な張輿《はりごし》に乗って物詣でを装って脱出してしまい、留守を守っていた数人の侍が抵抗の末、捕えられただけだった。

検非違使の配下が残っていた女房の衣裳をひん剝《む》き、丸裸にして追い廻したと聞いて、時忠は不興げに舌打ちした。

「それより、肝腎の宮はどうした。何をぐずぐずしているんだ」

黒幕と見られる円恵にも正面切って対決の姿勢を示した。折ふし園城寺から洛中の自邸に戻っていた円恵は、

「よくわからぬが、宮は園城寺か、それとも平等院にいるのでは……」

と逃げをうった。円恵の召使う法師を同道して、宗盛が五十騎連れて園城寺に飛ぶ。

「法皇を法師ばらに奪われるな」

時忠の下知で、深夜、後白河は鳥羽殿から八条坊門南烏丸西邸へ移され、武士たちがその周囲をびっしりと固めた。

「八条女院にも遠慮は無用だ。あの御所には以仁王の御子もいる。身柄を受けとれ」

時忠は矢継早に指令を出す。女院御所に向ったのは頼盛である。彼の妻は女院の乳母子《めのとご》で、今もその側近に仕え、宰相殿《さいしょうどの》といわれている。その女房を通じれば交渉もなめらかにゆく、と見てのことだろうが、

――それでいいのか。

伝え聞いた時子は一寸不安を感じた。この前の政変のとき、頼盛は清盛から大目玉を喰《くら》って官職の一部をとりあげられている。本官である権中納言はそのままだが、後

白河の側近に気脈を通じていたふしがあるのだ。その後、さすがに蒼くなって詫びを入れたので、今年からは朝廷への出仕も許されている。が、屈折した心情の持主の頼盛のことだ。はたして八条女院にどういう申入れをするか……。ひそかに時忠に文《ふみ》をやると、

「御心配には及びません」

　折返し返事がきた。

「もし、今度妙な動きをすれば、どんなことになるか、池どの自身が一番御存じのはず」

　時忠の読みは正しく、かなり手間どったものの、頼盛は八条女院の手から以仁の子供たちを引きとってきた。

　宗盛の方はさらに要領が悪く、時子をやきもきさせた。強気の園城寺に踏みこむことを拒否されて空しく帰ってきたのだ。

「ここに以仁王はおられない」

　と言われたというのだが、それでおめおめ戻ってくるとは何たることか。

「まちがいなく園城寺におられるのに」

　時忠は苦りきってこう言う。ここで改めて円恵に強硬な申入れが行われた。さすがに円恵は庇いきれないと思ったのだろう、役僧に僧徒たちの説得にあたらせたが、宗

盛を追い払った彼らは意気軒昂《けんこう》、

「なあにそのうち興福寺からも援軍がくる。延暦寺だって半分はその気になってるぞ」


長吏の命令など聞こうともしない。円恵も、

「もう私の手には負えない。どうなりと、院の御沙汰におまかせする」

と投げだしてしまった。そこで改めて高倉の御所で会議が開かれ、園城寺総攻撃と決定した。

「さ、いよいよ院宣《いんぜん》を戴いての攻撃だ。宗盛どの、あなたが総大将ですぞ」


ぬかるな、というふうに時忠は視線を鋭くする。宗盛以下、頼盛、教盛《のりもり》、経盛《つねもり》、維《これ》盛《もり》、重衡——平家一門総出陣である。このほか、源平揃っての攻撃という形をつけるためもあって、小勢ではあるが老将源頼政《よりまさ》も加わることになった。


はたせるかな園城寺側には動揺の色が見えはじめた。総攻撃をかけられれば寺は全滅する。以仁を出すのもやむなし、の声が出はじめたが、これを聞いた以仁は声を励まして言ったという。

「さては俺を搦《から》めとって差し出す気か。やるならやってみろ、そなたたちの手にかかる俺じゃない。さあ、放り出すなら放り出せ！」


この事件、張本は園城寺の僧徒で、以仁は象徴として担がれた気配が濃い。が、今

は孤立した以仁の意地だけがひとり輝いている感じであった。

　異変があったのはその直後、五月二十二日の深夜である。闇にまぎれて黒々とした一団が都を脱けだし、鴨河原の東に火の手があがった。が、そのときも高倉上皇の身辺の人々は、はじめは、

「え、頼政が都を出た？　抜駆けで園城寺を攻めようというのか」

とどよめいたくらいだった。その真相を知り、人々が仰天するのはその後だ。何と、頼政は以仁に同心すべく都を飛びだした、というのである。

「な、何だって、あの頼政の老いぼれが？」

　誰しもが狐につままれたような顔をしたあと、にわかに慌てはじめた。

「帝を奪われてはならぬ。帝を西八条へお移し申せ」

　安徳が高倉のいた坊門邸に入り、高倉は八条大宮邸へ移るという騒ぎになった。庶民の反応はこんなとき呆れるほどすばやい。女子供が逃げ出す。家財を運ぶ群が大路にごったがえす。その間に、頼政の援軍を得た以仁は園城寺を出て奈良に向った。興福寺の僧徒は以仁を迎えるべくすでに出発した、と伝えられ、都の騒ぎは次第に大きくなった。

　が、大騒ぎの割に、騒動の結末はあっけなかった。二十六日、宇治川を渡ったところで以仁、頼政たちは平家勢に追いつかれ、一瞬のうちに全滅してしまったのだ。そ

れもそのはず頼政の手勢五十、平家方数百、実力の違いがありすぎた。頼政やその甥で猶子の兼綱《かねつな》らの首が確認され、以仁の死も判明したころ、清盛がやっと福原から出てきた。

　時子の持仏堂で始められた高倉のための護身読経の席に坐りながら、時忠は小声で言う。

「ぬかりました。兼綱が内通していたのを知らなかったとは。三条高倉で以仁さまに逃げられたのも兼綱の密告だったのです」

　兼綱は検非違使尉《けびいしのじょう》、つまり時忠の配下だったのだ。清盛も首を傾げている。

「わからんなあ、頼政入道の気持が。さきに従三位に推薦してやったのは、この俺なのに」

　時子は頼政の屈折した心がわからないでもない。とりわけ清盛の義弟頼盛の心情に重ねあわせるとうなずけるものがあるのだ。頼盛が平家から孤立している以上に、頼政は平家全盛の中で孤立感を深めていたのではないか。

　が、彼女も夫も時忠も、まだ頼政が以仁の許に逃げこんだ大きな理由に気づいていない。その「理由」はいま、人の背に運ばれて東国へ向っている。

「全国の源氏よ起て。平家を討て！」

　以仁王の令旨《りょうじ》がそれだ。伝え下したのは頼政の子、仲綱《なかつな》ということになっているが、背後にあるのはもちろん源三位《げんざんみ》頼政。以仁逮捕で極秘の令旨のばれるのを恐れて、彼は都を逃げだしたのだ。結果的にいえば彼もまた園城寺に担がれた一人にすぎない。都ではくすぶっていても、源三位の名は地方では効用がある。園城寺はそれを利用し、形勢非となるやこの二人の象徴を寺から放りだしたのだ。そしてそのころ問題の令旨は東国へ着いている。運び役は源行家《ゆきいえ》。源為義《ためよし》の十男だ。問題の八条女院から蔵人の称を与えられた彼は、伊豆の頼朝の許で恭《うやうや》しく令旨を読みきかせていたはずだった。

海の都

都を騒がせた三井寺、以仁《もちひと》、頼政の挙兵事件に、清盛はさほど驚いていない。
——保元・平治の乱に比べれば、ものの数ではないわ。
今度の事件の張本は園城寺《おんじょうじ》、以仁や頼政は旗印として担ぎあげられたにすぎない、というのが、清盛を含めた当時の人々の判断だったし、主戦場は郊外の宇治で、保元・平治のように、都の中で血闘をくりかえしたわけではない。法師の騒動は、これまでもよくあったことだし、第一、そのころの清盛はそんなちっぽけな騒動に気をとられているひまはなかった。

いま、彼は大計画の達成に胸を躍らせている。数年来、ひそかに思い描いていた夢が実現の一歩手前まできているのだ。

それは福原遷都——。三百八十余年続いていた平安京を思いきりよく棄てさって、新世界を拓《ひら》こうというのだ。このところ彼が福原に籠りきりだったのは、この大計画をひそかに推進していたからなのである。

――平家のための、平家の都を。

清盛はそう思い続けてきた。都とは、すなわち、権力者の本拠である。大昔、蘇我氏全盛時代は、その本拠飛鳥に都があった。その後の平城京・平安京は、とりもなおさず、藤原氏の造った「藤原氏の都」だった。

それなら、平家の娘が立后《りつごう》し、平家の血を享《う》けた天皇が即位した以上、「平家の都」がなくてはならぬ。そうしてこそ、はじめて平家時代は完全なものとなる。

しかも清盛の目指した「都」は藤原氏の平城・平安京にない斬新な性格をもつ。それは福原の地が渺々《びょうびょう》たる海を抱えた「都」であることだ。古くは難波京《なにわのきょう》がその例だが、それとは比べものにならないくらい、福原の抱える海は雄大である。大がかりな船泊《ふなどまり》もある。宋船も入ってくる。まさに海の平家にふさわしい、開かれた都、海の都でもあった。

――法師たちは古い都においてけぼりじゃ。勝手に吠えておれ。

昔、桓武《かんむ》天皇は、平城京を見棄てるとき、それまで腐れ縁のあった諸大寺の移転を一切認めなかった。以後、興福寺のような例外を除けば、南都の寺社勢力は確実に地盤沈下を来した。そして今度泣きを見るのは、叡山や園城寺なのである。

以仁たちの一件が落着した直後、この大計画は公表される。人々は度肝をぬかれも

し、

「なあるほど、そうだったのか、単なる別荘造りではなかったのだな」

中には時子に尋ねる者もいる。

「二位どのは入道相国のこの御計画を、前から御存じで？」

時子はにこやかに答える。

「ええ、まあ、何となく……」

内心首をすくめている。

――他人《ひと》には言えないことだけれど。

清盛がはっきり口に出して打ちあけたわけではないのだが、時子には一種の勘が働いていた。

――福原に移られてからはあの方の身の廻りに女の翳《かげ》がささなくなった。

長年の経験で、時子は夫の周辺の女の匂いはいつも敏感に嗅ぎわけている。それが福原からは全く女の匂いが漂ってこないのだ。とすれば彼が福原に打ちこむのは別の目的から、ということになる。最近では、夫は、

――もう大体そなたも見当はついているだろうが……

というような口ぶりで福原のことを語る。それがわかるからこそ、時子は西八条で清盛の分も併せて頑張っていたのである。

が、その辛抱もあとわずかか、と思えば、時子の心も軽い。

都遷りは治承四（一一八〇）年六月。幼帝は乳母《めのと》帥局《そちのつぼね》に抱かれて輿に乗った。一《いち》院《いん》後白河、新院高倉、中宮徳子、それにおびただしい供人が続く。一応福原への「行幸」「御幸」――つまり単なる「お出かけ」を装っているが、事実上の遷都である。

一行は草津（現在の伏見区）から船に乗り、河を下って、大物浦《だいもつうら》で一泊、翌日、福原入りした。すでに中宮は中納言頼盛邸、高倉の御所は清盛邸、後白河は教盛《のりもり》邸と割当もきまっている。これまでも五条の藤原邦綱《くにつな》邸や時子の西八条邸が内裏や上皇の御所として使われていた例によるものである。間もなく幼帝が清盛の邸へ、代って高倉が頼盛邸へというような移動はあったが、新都ではすぐさま政治運営がはじまった。

ただし、福原は土地も狭いし、高官の邸宅の建設はこれからだ。日頃平家に好意的でない連中は、旧都からなかなか腰をあげなかったし、平家もそれをよいことに、気の合った人々だけで政治をとりしきってゆく気構えである。こうして、新都がまだごった返しているころ、一通の飛札《ひさつ》が舞いこんだ。

「伊豆に流されております義朝《よしとも》の遺児が謀叛を起しました」

息せききってやってきた使に、

「なに、謀叛だと……」

大げさな、と清盛は不機嫌をかくさなかった。使によれば、その遺児は、以仁の平

家打倒の令旨《りょうじ》を奉戴して動きだしたのだという。しかも以仁自身、じつは生存していて、今は甲斐にいる、と聞くに及んで、

「たわけを申せ」

清盛は一喝した。

「以仁王ならとっくに死んでいる。それが生きているなどと、まことしやかに言いふらすのはよくある話よ。それとも義朝の遺児とやらはその亡霊に踊らされているのか」

使をしりぞけた後も、清盛の苛立ちは続いた。

――義朝の遺児？　そうだ、そういう奴もいたな。

が、何しろ二十年も前のことである。

「義朝の遺児なあ。何と申したかなあ」

時子の方が記憶はたしかだった。

「頼朝《よりとも》、じゃありませんか、あなた」

「うむ、そうだったかもしれぬ」

「ええと、上西門院《じょうさいもんいん》さまの殿上始《てんじょうはじめ》（顔合わせ）のとき、お酒を注いで廻った美少年がいて、それが義朝の子の頼朝とかだって……。たしか上西門院さまの蔵人《くろうど》だったはずですわ」

そう聞いても、清盛にはその顔が思いだせなかった。ただ何となく色白の少年がいたという記憶はある。すでに三十四、五の壮男《おとこ》になっているはずだが、どうも、その目鼻立ちのはっきりしない少年が、よたよたとこちらへ歩みよってくるという感じなのだ。

――それが謀叛だと？　大げさな。

清盛にかぎらず、人々はみなそう思った。地方でそんな事件が起るのは珍しいことではなかったし、それは必ず地方の国司の手で鎮圧されている。そしてこのときも、頼朝やその同調者は、平家に臣従している伊豆・相模の武士によって、ひとたまりもなく潰滅させられた。それでも頼朝だけは何とか逃げおおせた、とは聞いたが、

――ま、これで万事が終った。

と、人々は伊豆の噂をまもなく忘れた。そして数か月後、頼朝が奇蹟的に勢力を盛り返した、と聞いても、

「大変だ、大変だ」

と騒ぎたてたのは、都に残されていた公家たちぐらいで、平家一門はたかをくくっていた。それでも叛乱軍を鎮圧すべく維盛《これもり》や忠度《ただのり》たち平家一門が出陣したが、彼らがなすところなく引き揚げてきたと聞いても、それに対する反応は鈍かった。都では、

「何でも富士川の畔でいよいよ開戦という前夜、数千の水鳥が飛びたった羽音に、さ

ては敵襲かと慌てふためいて逃げだしたそうな」

とか、

「いや、ほんとは甲斐源氏の夜襲だったんだ」

とか取り沙汰はされたが、それが時代の転換をしめす象徴的対決だったとは誰も思わなかったのである。もっとも清盛は、

「何たるざまか！」

と維盛をどやしつけはしたが、彼とて、どれほど現状を認識していたかは疑問である。この誤解、認識不足！　が、それも理由がないわけではない。何となれば富士川の向うの相手はそれなり追撃はしてこなかった。してみれば、敗戦ではない――という納得のしかたが彼らにはあったのだ。

　大体、西国と東国の間には、そのころ目に見えない境界線があった。そして西国―平家側は先進地帯であり、東国はその植民地のように考えられていた。西国はそこから年貢や労働力を奪いとって当然、と思っていたのである。いわば自分たちに臣従している東国武者どもだ。彼らには西国へ踏みこむ力はない、と誰しも考えた。そして清盛もその例外ではなかった。

　大政治家清盛にしてこの錯誤――

　しかし人はそれを嗤《わら》うことはできないはずだ。手厳しい批評は、結果を見ている後

の人間ならできるが、渦中の人物が事態を直視するのは至難のことだ。足許で叛乱が起きても、その意味を認識しなかったり、そんなものはいつでもひっくり返せると自負したり——という例を、げんに我々は見聞きしているではないか。

　新都を構えた平家一門は得意の絶頂にある。自分たちの時代はいよいよこれからだ、と意気込んでいるのだ。しかし、その得意の絶頂は転落の瞬間でもある。歴史のそうした冷酷さを如実にしめすのがこの福原遷都である。とはいうものの、後世の我々は、結果をあまりにもよく知っているために、この遷都への評価を怠りがちだ。これは世に言われるような都からの逃避では決してない。福原こそ、平家の年来の夢を賭けた海の王宮なのだ。

　清盛も陶然としている。一門は東国の戦乱を忘れるくらいこの成功に酔っている。そして時子も、うっとりとして蒼い海原をみつめている。彼らの胸に憂いはない。ただ一つのことを除いては……

　そのただ一つの憂いの種とは、新院高倉の健康が心許ないことだ。生れつきひよわで、すぐ体調を崩しがちの二十歳の青年帝王は、このところ、やつれが目立っている。それでも秋にはどうにか元気になって厳島《いつくしま》詣でも行ったが、海風の寒さが身に沁むころになると、また健康が思わしくなくなった。

　が、とにかく政治の中心は、この若き高倉上皇である。安徳はまだ年弱だし、即位につきものの大嘗会《だいじょうえ》もまだ終っていない。それをどこでやるか。やろうにも本格的な皇居がなくてはできないではないか、と公家たちの間でも議論がしきりなのだ。東国では頼朝をかついだ東国武士団の勢力が日ごとに拡大しているというのに、そしてそれは革命ともいうべき状態にたちいたっているというのに、この有様はどうしたことか。

一方、旧都にとりのこされた寺社勢力の中にも不満が鬱積しはじめている。日頃平家には好意的だった叡山も態度を硬化させた。座主明雲《みょううん》は平家派だが、抑えがきかなくなっている。その上、東国だけでなく、近江の武士たちも頼朝方へつく気配を見せはじめ、情勢は予断を許さなくなってきた。

まず平家に不満を持つ公家たちが、この動揺に便乗した。

「都遷りがいけない。早々旧都へ帰還すべきだ」

平家方の公家も浮足立つ。彼らとて福原に定住しているわけではなく、旧都との往復をくりかえしているから、噂には敏感である。

清盛はそんな噂に耳を藉《か》さなかった。

「帰りたくば帰れ。俺は動かん」

そう言われれば、誰も黙りこむよりほかはない。

ところが、その折も折、高倉の病状が悪化した。噂はたちまち、それにつけこむ。

「方角がお悪い。新院には福原は凶地なのだ。是非とも旧都へお帰りを――」

しまいには、清盛の息子、宗盛までそれに同調しはじめた。

「父上、新院のお体が大切です。なにとぞ枉《ま》げて還都を」

おどおどと言う息子を、

「何を言うっ」

清盛は蒼筋立てて怒鳴りつけた。

「いや、しかし、父上」

弱腰の息子も、今度だけは自説を枉げなかった。

「院がどうなってもおよろしいのですか」

「む、むっ」

声高な論争にはらはらするのは時子である。

――せっかく新しい海の都ができたのに。

それを棄てるのはあまりにも無念だ。時子には夫の気持がよくわかる。さりとて、ここで、高倉に万一のことがあったら？　と思うと、ぞっとする。それが偽らない時子の心境だった。そしてとうとう清盛も還都に同意しなくてはならなくなるときがきた。

「新院のお命には替えられぬ」

我《が》を折ったのである。長年の夢だった「海の王宮」を否定された彼の屈辱感が、時子の胸にもぴんぴんと響いてくる。都に戻る前に、いくつかの優雅な宮廷行事が続いて行われた。福原に都としての面目を保たせるための小細工である。それが終ると、福原は慌しく引越しの準備に入った。十一月の半ばすぎのことだ。

たった半年足らずの命の都だった。が還都ときまると、名残を惜しむどころか、妙に陽気な喧噪が福原の地に溢れはじめた。

――ああ、みんな、喜んで旅支度をしているのだわ。

それを押えることができないのが時子には淋しい。この地に別れ難い思いを抱いているのは夫と自分だけなのか……。その夫とともにいるこの奥の局にも、侍女たちの、どこかはずんだざわめきが伝わってくる。

二十一日の夜、月の出は遅い。

燭も暗かった。

時子の耳には呻き声が聞える。

――うむ、やっとここまで来たのに、ああ、何と、うむむ。

声ではなかった。燭に顔をそむけている夫の体の底から、潮鳴りのように、それは時子に伝わってくる。人に弱みを見せたがらない夫は無言である。が、言葉に出さず、夫は体全体で呻いている……

しばらくして清盛は口を開いた。

「風か」

「………」

「いや、潮騒《しおさい》かもしれぬな」

思わずはっとした。体に伝わってきていた呻き声はやみ、あたりには何の物音もしない。外は底なしの闇、庭木も立石《たていし》も、すべてその漆黒に吞まれている。その中で夫の聞いたのは何なのか。

「あなた」

思いきって時子は呼びかけた。

「また参りましょうね、ここへ」

「………」

「春先にきっと。院のお供をして」

「………」

「そのころには院もお健やかになられます。それまでに新しく内裏を作って、大嘗会も」

「うん、うん」

清盛はかすかに答えたようだ。ひどくうつろなその呟きに、ぎょっとして、

「あなた……」

言いかけて、時子は口を噤《つぐ》む。夫の顔が土気色だ。燭のためではないらしい。げっそり頬もこけている。

――まあ、私って、この方の変りように、今まで気がつかなかったのかしら。

二十三日、安徳、高倉、後白河、徳子らの行列は御所を出て、その日は福原内の前大納言藤原邦綱の家に移った。翌日、福原を出発、寺江に一泊、強風のために唐崎に泊ったりして、都入りは二十六日になった。高倉には途中の寒さがこたえたらしく、乳母の別当三位《べっとうのさんみ》が、車の中もつききりで看護する、という有様だった。

安徳を東五条へ、高倉を六波羅の池殿、後白河を泉殿に送りこんだ時忠が、西八条に落着いた時子の許に顔を見せたのは夜更けである。

「お疲れになったでしょう」

弟の慰めの言葉に時子は首を振った。

「それよりも新院は？　お疲れが出なければいいのですがねえ」

それに答えず、時忠は低い声で言った。

「姉上、中宮さまの御身辺を御注意ください」

「え？」

「御出家などと仰せ出されるかもしれませんがね」

「——時忠」

時子は絶句した。

——それでは、そなたは……院のお命はもう危ないと思っているの。

さすがに口に出しては尋ねられなかった。

思えば平家は、重態の病人を、寒風のさなか強引に都に運んだのだ。その人の健康を守るという理由で、平家は愚挙を重ねた。が、それも後世の我々が言えることであって、誰もそのことには気づいていない。もし気づいていたとすれば、この冷静な権謀家、時忠ひとり——。その彼は姉に向って、謎にみちた言葉を残して去ろうとしている。

「御出家は何としてでも思いとどまっていただかねばなりません。よろしいですな、姉上」


帰京後、病状が思わしくないながらも、まだ高倉は院政をとり続けていた。が、いよいよ衰弱が目立ちはじめて、政務を見ることもできそうもなくなった、という噂が流れはじめるころ、都では平家による南都攻撃の準備が慌しく進められていた。

興福寺は園城寺と並んで、以仁担ぎだしの張本である。それを不問にするのはよくない、この際、一撃を加えるべきだ、という主戦論が平家の内部ではとみに昂《たか》まったのだ。富士川の退却が不評だったこともあって、この際、実力のほどを見せつけておかねば、という気になったらしい。

総大将には維盛に代って時子の三男、重衡《しげひら》が選ばれた。きれもので強気の青年である。

――俺は維盛どのや忠度どのとは違う。

という自負が彼にはあった。徳子の身辺に侍し、宮廷官僚としても群を抜いて優秀だったが、彼はやはり武門の子だと思っている。時子にしても、彼は自慢の息子だ。弱気すぎる長男宗盛や知性派の次男知盛に比べると、彼には溢れんばかりの覇気がある。

「すべては私におまかせください」

胸を張って彼が出陣したのは十二月末、そしてその言葉どおり、平家軍は南都に猛攻を加え、ぐうの音も出ないほどに叩きのめしてしまったのだ。

完璧な勝利――。いや、彼らは勝ちすぎた。気がついてみると、大仏殿はじめ、興福寺、東大寺の諸伽藍のほとんどが焼け落ちていた。好んで放火したわけではないのだが、敵味方の乱闘のさなか、どちらかが火を放つというのは合戦の常である。ところが折からの風で民家に放った火がたちまちひろがり、その上あちこちに飛び火してこの始末になった。

　しかし、重衡は、

——放《っ》け火《び》は合戦の習《ならい》。

と、あまり気にもとめず、むしろ、

「無用な企てをした法師に仏罰があたったのだ」

と意気軒昂としていた。恐れを知らない若武者らしい勝利宣言だが、たしかに彼が自慢していいほど、この戦いは効果的だった。富士川の退却を聞いて、平家の戦力に疑問を持ちはじめた人々も、見方を一変させた。

——ほほう、やるときはやるものよ。

信頼感はたちまちよみがえったのである。

——重衡が一番父親似だわ。

時子には若い息子がとりわけ頼もしく見えた。

気がかりなのは、やはり高倉の病状である。むくみが出て、病の床から起きあがることもむずかしくなってしまった。院政を行うことはもはや不可能に近い。清盛もさすがに一院後白河の政界復帰を願わざるを得なくなった。後白河自身はなかなか承諾しなかったが、重衡の南都出陣前についにこれを受諾した。もっとも、それ以前から高倉の病床を見舞うという形で池殿に引き移り、実質的には院政の主宰者になっていたのであるが。

年が明けると高倉は危篤状態に陥った。すでにその前から徳子も非公式に池殿に移ってきている。同じく池殿に詰めていた時子が、疲れきって夜更けに西八条に戻ると、清盛の局には時忠が来ていて、高倉の病状を尋ねるより先に、

「姉上、お疲れでもありましょうが、この間のこと、お忘れなく」

小声で言った。

「この間のこと？」

「中宮さまのことです。御出家なさらぬように、見張っていてください。いや、もうはっきり申しあげる時期かもしれぬ。極秘でお耳に入れていただけませんか」

「御出家なさらぬようにと？」

「そうです。院の御崩御の折に、決して」

すでに高倉の死を予定のこととして語る彼の声音は震えも帯びていなかった。

「何となれば」

彼の淡々たる口調は続く。

高倉の死後はっきり後白河院政が打ちだされたとき、その政治的影響は重大だ。院の別当はじめ近臣団の顔ぶれは一新しよう。そのとき平家一門の発言力が低下するのは目に見えている。

とすれば――

いつの日か、後白河の身辺に徳子を侍らせることを考えてもいいのではないか……

「もちろん、今すぐとは申しません。が、これは平家一門の家運にかかわることですからな。ともかく中宮さまがいま御出家なさっては困るのです」

「まあ……」

時子は目眩《めまい》を辛うじて抑えた。

「中宮を一院に？　そ、そんなこと、できるものですか」

「できます」

時忠の言葉は冷静である。

「だってかりにも新院のおきさきだった方が、その父君と……」

「だって二条の帝のおきさきは、近衛《このえ》の帝のおきさきだった方ですよ」

「でも、二条さまと近衛さまは父子ではないわ」

「大して変りゃしませんよ」

たしかに近衛のきさきだった多《まさる》子《こ》は、美貌を見こまれて、二条のきさきに返り咲いて「二代の后《きさき》」といわれたものだ。

「でもねえ、それでは新院に申しわけがありません。あまりに踏みつけにしているようで」

「踏みつけにされているのは中宮です」

「え？」

「今の帝をみごもっておられる間、新院はどうされたか。次々と女房をみごもらせたではありませんか。以来、中宮は形ばかりのおきさき。仲お睦まじいとは見えませんでしたな」

時忠は坐り直した。

「いや、姉上、義理や体裁や、新院への顔向けなんかではないのですよ」

ひたと時子の眼を見据えて彼は続ける。

「一門の危機です。体を張っても、院と平家を繋いでいただきたい。もし、私が女だったら、必ずそうする」

「でも、あの子には……」

言いかけた時子の口を封じるように、ゆっくりうなずいた。

「そうです。中宮にはそういうことがわかっておられない。今までもずっとそうでした。お覚悟が足りないのは事実です。しかし、幸い、おとなしいお人柄だ、母君のお言葉なら、すなおに聞く方だから……」

「だから……だから私に、というのですね」

時子は切れ切れに言った。

「そのとおりです、姉上。お辛いでしょうが、この際、そう申しあげられるのは姉上以外にはありません」

「私が？　私が……」

うわごとのように呟きながら、時子は一点をみつめたままだった。心がそのまま凍りつきそうだ。そんなことがあっていいものか、と思いながら、時子は時忠の冷静な計算に組みしかれている自分を感じている。

――そうだ、そのとおりだ。

どこかで答える声がする。非情な政治の世界では、非情の論理が通用する。たしかに後白河を平家一門に繋ぎとめるには、それよりほかに道はないかもしれない。そのときになって、時子は、傍らの清盛が一言も発していないことに気がついた。

「入道どの……」

その判断にすがりつきたかった。

「う、うん」

かすかな呻きに似た声が聞えたような気がした、と思いながら、時子はぎょっとする。

――あのときの眼だ。福原のあのころのうつろな眼……

時忠がその中に割りこんできた。

「入道どのはすでに御承知です」

「えっ、入道どの！」

「う、う、それがいい、それがいい」

うつろな声が、のろのろと呟く。

——あ、夫は変ってしまった！

背筋に走る戦慄に耐えきれず、思わず眼をつむった時子に、時忠は感傷の余裕を与えなかった。

「そうときまれば、姉上、お疲れでしょうが」

「え？」

「もう一度、中宮さまの御所まで」

「行けというのですか、この夜更けに」

時忠は居ずまいを正して言った。

「新院のお命は、旦夕《たんせき》に迫っています」

行かねばならぬ。

心の奥の声が時子に語りかける。

——入道が老いた上は、そなたぞ、一門の大黒柱は。

時子はふたたび牛車の人となった。車のきしみが、一つ一つ針の山を渡る響きのように思われた。池殿につくと、声をしのばせて徳子を呼んでもらった。幸いまだ寝《しん》についていなかった彼女と奥の局にひそみ、きびしく人払いをさせた。

「徳子」

そう呼ぶのは久しぶりだった。

「母の言うことを聴いてくれますね」

「はい」

つぶらな瞳にみつめられて、時子の言葉は乱れた。

「いえ、母の口から言えることではありませぬ。でも、徳子、聴いてくれますね」

「はい」

娘の暖かい手をとり、時子は耳にささやくように、一語一語を歯の間から押し出した。

――わかって欲しい。これを言わねばならない母の気持を。

言い終っても、しばらく徳子は無言だった。表情ひとつ変えたわけでもない。ただ、じっと作りもののように坐っている。

「わかってくれましたか」

なおも徳子は無表情におし黙っている。

徳子、辛いだろうけれども、と言いかけたそのとき、僅かに徳子の口が開いた。

「あの、私。出家しとうございます」

静かな声音だった。

——ああ、やっぱり……

娘の静かな抵抗にたじろぎながらも、どこかでほっとしている自分を、時子は感じている。もしかすると、はじめから自分は徳子が拒否することを望んでいたのかもしれない。

——そうだろうとも、徳子……

思わずその肩を抱きしめようとして、ふとその手がとまった。娘はここに入って来たときと全く同じように無表情に自分をみつめている。再び背筋に戦慄が走ったのはこのときである。

——この子は何もわかっていない。いや、わかろうともしない。

時忠の説く政治状況は、しょせんこの子には無縁なのだ。いや、もしかすると、高倉の愛も不実も……

徳子！　肩を摑んでゆすぶってみたい。いや、ゆすぶったところで、この無表情は変ることはないだろう……

時子が起つべきときはきていたようである。新院高倉の生命《いのち》の灯が消えたのはその翌日、一月十四日のことであった。

中宮徳子を後白河の許へ送りこもうという計画はこうして闇から闇へ葬り去られる

形となったが、宮廷というところは恐ろしいところである。あれほど厳重な人払いをさせたのに、誰かが見聞きしていたのか、さる公家の日記にこっそり書きつけられた。

そして噂は噂を呼んだ。時忠が、

「中宮はしょせん役には立たぬお方だ」

と舌打ちしたとか、清盛が代りに厳島の巫女《みこ》に産ませた娘を、むりやり後白河に押しつけたとか。しかし、さすがの時忠もこのときは、いささか手ぬかりがあった。後白河の身辺には、すでに愛人がまつわりついていたのだ。

平業房《たいらのなりふさ》という近臣（すでに彼は反平家の計画に関係し、逃げたとも殺されたともいわれている）の古女房、丹後局《たんごのつぼね》がその人だ。単に身の廻りの世話をする年増の侍女と思われた彼女は、やがて後白河の子（女児）を出産する。彼女があでやかな寵姫に変身し、後白河院政を左右するのはさらに先のことであるが。

ともあれ、高倉の葬送の周辺では、徳子をめぐる一件が、おもしろおかしく噂されたが、それも一時期のことだった。なぜなら、さらに衆目を驚かせる事件が起きたのだ。

入道大相国清盛が急死したのである。

高倉の死後、二《ふた》月めにはもう彼はこの世にいなかった。急性の熱病に魘《うな》され続け、十日足らず病んで、閏二月四日、あっけない死に方をした。

このとき、時子は泣くことさえ忘れていた。どのような看病をしたのかも憶えていない。

――信ずべからざることが起った。

――いえ、嘘。みんな嘘。清盛どのがいないなんて、みんな嘘。

自分が幻覚の世界をさまよっているとしか思えなかった。夫はたしかに老いはした。しかし、永遠に、自分が死ぬまで側にいてくれる人だ、と時子は信じて疑わなかった。なのに夫は発病後数日で、ほとんど意識を失ってしまっていたのだった。

――ううっ、ううっ。

福原の都で、時子の体に潮鳴りのように聞えてきた呻き声だけを響かせて……

それでも時子は清盛の死を予想もしなかった。夫にはまだやってもらわなければならない仕事がたくさんある。高倉の死後、幼帝を支えることのできるのは、夫よりほかにいないではないか……

――あなた、福原の都も待っているではありませんか、あなた……

大きく顎が動いて息がとまる瞬間まで、時子は、清盛の胸をさすりながら、心の中で叫び続けていたのであった。

その死のあっけなさから、人々はさまざまの取り沙汰をした。

「ありゃ大仏さまを焼いた罰じゃ」

「いや、最後までしぶとくてな。葬式はいらん、頼朝の首を墓前に供えるのが供養だとわめいたそうだ」

などという人々の噂を時子は耳にもとめなかった。

——それよりも、あの海の都の夢が崩れ去ったあの日、あの方は死んでおしまいになったのかしら。

今にして彼女はそう思うのである。

この年、清盛の後を追うように、その年来の友だった藤原邦綱が二十日後に死んだ。財物をふんだんにふりまいて院や天皇の側近に食いこみ、娘を皇子の乳母として側近に密着させた彼も、その収穫を確かめる間もなく世を去った感じである。盛子に摂関家の財産を相続させるべく入れ智恵をした一代の策士もやはり病には勝てなかった。同じ年の五月、時子は母をも失っている。時代は少しずつ変りかけていたのである。

訣別の炎

二月から閏二月へ、季節の移り変りは鈍く、花の蕾《つぼみ》も、木の芽も同じ姿のままなのに、夫だけがこの世から姿を消してしまったなんて……

たった十日間のその時間さえ消してしまえば、夫は元の姿で帰ってきて、

「時子、着替えだ」

いつもの調子で、そう言うような気がしてならない時子だった。

――何も変ってはいない。何も……

必死にそう思いこもうとしていたとき、しかし現実は、冷酷なまでの早さで、様変りを見せはじめていたのだった。完全に政治を掌握した後白河は、早くも政策の転換を打ちだした。

「関東への出兵はしばらく見合わせたらどうか」

兵糧米の徴収や兵力の動員が思うにまかせない上に、全国的に飢饉状態が続出して

いる、というのがその理由であった。

「だからこの際、院宣《いんぜん》を頼朝に下し、戦闘を止めるように言ってやろうと思うがどうか」

後白河は宗盛にそう伝えてきたのである。

「は？」

宗盛は狐につままれたような顔をした。

「東国への出兵はすでにきまっております。本来なら私が出陣すべきのところ、父の死に遇って延引いたしました。代りに弟の重衡《しげひら》がすぐにも出発することにしておりますのに」

宗盛にも時子と同じような思いがあったのだ。清盛の死を挟んではいるものの、十日前と現在では状況は全く変っていない、という認識だった。

院の使が帰った後、重衡への使が飛ばされた。駆けつけてきた重衡は、眼の光を鋭くして言った。

「この重衡が直ちに出陣する――と、はっきり仰せられたのでしょうな、兄上」

「言ったとも」

「東国攻めは既定の方針なのに、なぜいまさら、こんなことを院は仰せられるのか」

「う、う」

宗盛はすこし曖昧な返事をした。

「昨日院の御所に参ってな、御挨拶申しあげた折、これまで自分は必ずしも父入道と同じ意見ではなかったが、あえて逆らわずにまいりました、今後はなるべく御心に添い奉るようにしたい、と申しあげたのだ」

「ほう」

兵糧不足のこともそこで話題になったという。後白河も、そういえば東西両軍の和平をすすめるようなことを匂わせたという。

「で、兄上は？」

鋭く重衡はつめよった。

「いや、別に、その……はっきり御返事申しあげたわけではないが――」

宗盛は口ごもる。もともと口下手で、ゆっくりしか喋れない兄の言葉がもどかしいのか、

「してやられましたな、院に」

重衡はいまいましげに舌打ちした。

「何と？」

「我々と頼朝の双方に恩を売ろうというんですよ。院のお力で和平が到来すれば、この際、第一のお手柄ではないですか」

兄に比して、重衡は早くも事態の変化を嗅ぎつけていた、というべきか。

「和平の使なら出すに及ばず、と御返事なさってください。院宣を出すというなら、東国の武士に、頼朝を棄てて、重衡につけ、と言ってくださるように。何しろ頼朝は逆賊です。こっちはその逆賊を討ちにゆくんですから」

「うん、うん」

宗盛はその意をうけた申入れをしたが、これは院やその側近をいぶかしがらせた。

「宗盛は何でも院の御意向に従うはずではなかったのか」

宗盛は儀礼的な挨拶のつもり、院側は宗盛の降伏と見たところに認識の差があった。が、この場合、宗盛の考え方は少し甘かったようである。重衡は後白河身辺のこうした動きに激しい反撥をしめした。

「父上が亡くなると、すぐこれだ、なあに！」

時子の許を訪れても、

「いまに目にもの見せてやりますからね、母上」

すこぶる元気がいい。前の年の冬、奈良を襲って潰滅的打撃を与えた実績のある若い息子の、この言葉が空威張りでないことを時子も知っている。それでも、

「東国の武者は向う見ずだといいますからね。奈良の法師とは違うかもしれませんよ」

と、おのずと息子を気遣う口調になったが、

「御心配には及びません。私は維盛《これもり》どのとは違います」

富士川畔でろくな戦いもせずに引き揚げてきた重盛の息子、維盛には、許せないものを感じているらしい。そんな息子を、時子は、

——頼もしい。清盛どのに一番似ているのは、やはりこの子。

ひそかにそう思ったりする。宗盛は長男らしくおっとりしているが、夫の身からあふれ出ていた覇気が彼にはない。むしろ重衡と宗盛の順が入れ替っていたら、という気がしきりにした。

重衡は時子に誓ったとおり、その数日後、東国へ向って出陣した。清盛の死後、半月とは経たない時期だったが、

「いまは、いたずらに涙に沈んでいる時ではありませんから」

と言いきって、萌黄威《もえぎおどし》の鎧姿も凛々しく、馬上の人となった。そして一《ひと》月も経たない三月十日、尾張墨股川《すのまたがわ》での合戦に、圧倒的な勝利をものにした。もっとも、このときの対決相手は頼朝ではない。以仁王《もちひとおう》挙兵の折、蹶起《けっき》を呼びかける令旨《りょうじ》を東国各地の武士団にばらまいて廻った源行家《ゆきいえ》。紀伊の熊野の育ちで、新宮《しんぐう》十郎とも呼ばれている。頼朝の祖父の為義《ためよし》が、熊野水軍ゆかりの女性に産ませた息子だから頼朝には叔父にあたる。かなり山気の多い人間で、このときは頼朝の異母弟の義円《ぎえん》と手を組んで

戦った。義円は、義経《よしつね》のすぐ上の兄——つまり幼名乙若である。行家は頼朝がなかなか誘いに乗らないのに業を煮やし、

——さらば異母弟を、

と八条院に仕えていた義円を引っぱりだしたのである。この作戦が図にあたれば、行家は、頼朝よりも義仲《よしなか》よりも早く、都入りをし、天下の覇権を握れるはずだった。

このとき、重衡側一万三千、行家五千、と公家の日記にはある。重衡があげた敵の首級は一千余、さらに三百余人が川に流されたという。合戦の最中、義円は討死、したたかな行家は風を喰《くら》って遁走してしまったが、まず、重衡側の徹底的勝利というべきであろう。重衡はまんまと後白河の思惑に肩すかしをくわせたのである。

——平家なお強し！

都の人々は、平家への認識を改めはじめたというものの、時子の耳にはこんな噂が聞えてくる。

「親の中陰《ちゅういん》（四十九日）も過ぎないうちに出陣とは、何と罰あたりな」

それも市井の悪口ではない。そう言ったのは右大臣藤原兼実《かねざね》なのだという。宗盛よりも二つも年下のくせに、年寄りじみた、もったいぶった顔付で、またそれにふさわしい意地悪老人ふうの心情の持主である彼らしい言いぐさだ。

——あの方は清盛どのの在世中から、当家を白い眼で見ておられた方だもの。

胸のむかつきを、やっと時子は抑えた。が、重衡が圧倒的勝利をおさめたからには、さすがの兼実も文句を言えまいと思っていると、

「南都を焼いた重衡が勝つとは……これじゃあ神仏の祟《たた》りもあてにはならぬというわけだな」

皮肉たっぷりにそう言ったという。

——また、あの方らしい意地悪を。

と思いながらも、こんな噂が大っぴらにまかり通る世の中になったことを、時子も認めざるを得ない。気がついてみると、いつか変化は始まっているのだ。夫の死後、何事も変っていない、と思ったのは錯覚だった。やはり、夫のいない平家は昔の平家ではない。その死によって大きくあけられた穴は埋めようもないことを、感じなければならない時はきていたのである。

そのころだったろうか。宗盛がポツンとこう言ったことがある。

「やはり、あのまま福原に止《とど》まるべきだったかもしれませんな」

高倉の身に凶地であると言われて、慌しくもとの都へ戻ったものの、高倉に続いて清盛を失うのだったら、福原にいても同じことだったのではないか、と思ったらしい。

「でも、しきりにあそこから引き揚げようといったのはそなたですよ」

時子が言うと、

「それはそうです、あのときはその方がいいと思ったのですがねえ。先のことはなかなか予測がつかないものですなあ」

宗盛はちょっと微笑した。こうした正直さに、時子は一瞬ほのぼのとしたものを感じてしまう。清盛がもう少し健在で、あの福原の基盤がゆるぎないものになっていたら、後継者としての彼のこのおおどかさは、まんざら棄てたものではなかったはずだ。古い体質のこの都の煩わしさを切り棄てて、空の広い、海のまぶしいあの福原の地で、平家はもっと豊かに、力に満ちた存在になっていたかもしれない。同じ思いが宗盛の中にもあったのだろう。

「いや、もう一度、帝を福原にお連れしてもいいかもしれませんね」

呟くように言った。

行家が惨敗した後、東国では頼朝も鳴りをひそめている。同じ東国の中、木曽で挙兵した源義仲も、周囲の平定に忙しく、それ以上に手をひろげる気配はない。歴史はこのとき、奇妙な小休止に入るのだ。

その理由はしごく簡単である。飢饉状態がさらに深刻化し、動きたくとも動けなかったのだ。その間に頼朝は巧妙なゼスチュアで後白河に接触してきた。

「私は全く謀叛の心はありません。君の御為《おんため》に、敵対する者を討つことだけを考えております。ですから、平家を滅亡させるべきでないと君がお考えならば、昔のように源平二氏がともに相並んでお仕えすることに異存はございません。関東は源氏、海西《かいさい》（西国）は平家にお任せあってはいかがでしょう。もちろん、それぞれの国の守《かみ》は朝廷が任命なさってけっこうでございます」

　じつは挙兵の初期段階で頼朝は東国の国司やその代官を追いだしたり、殺害したりしている。伊豆の目代《もくだい》、山木兼隆《やまきかねたか》を討ち取ったのがその例である。が、頼朝は、その後まもなく、

「それは以仁王の令旨を院の仰せだと思ってやったまでのことで」

と態度を変えた。今度の申入れもその線に沿ったもので、東国で築きあげた地盤を既成事実として認めさせると同時に、流人の身分を脱却しようという狙いから、手をさしのべてみせたのである。平治元（一一五九）年、官職を剝奪されて伊豆に流されて以来、彼はまだ赦免されず、正確にいえば、罪人のままだったのだ。

　後白河からこの意向を内示されたとき、宗盛はこれを拒否した。

「故入道の遺言でもございますので」

　いつになく、きっぱり意志を表明したのは、さきの重衡の圧勝を踏まえてのことである。

　かくて、一年、二年、不気味な平穏は続く。年号は治承から養和、寿永へとめまぐ

るしく変ってゆくが、中宮徳子の院号が定められたのは養和元（七月改元、一一八一）年の十一月、それも半年あまりあれこれ延引を重ねた後での決定だった。候補に上ったのは、

　五条院　春花門院　修明門院　坊門院　建礼門院　宣陽門院……

ああでもない、こうでもない、と議論を重ねた末、建礼門院にきまった。女院となった徳子は、以来、上皇なみの待遇をうけることになる。

　こういう議論は公家たちの得意とするところだ。市中には餓死者の屍体が転がっているのに、である。そして世情を慨歎し、平家を批判しつづける右大臣兼実も、専《もっぱ》ら十五歳になる息子の良通《よしみち》の昇進工作に眼の色を変えて走り廻ったり、その息子が笛の稽古を始めたといっては眼を細めているていたらくなのだ。まさに台風の目に入ったようなふしぎな平穏のひとときだった。歴史はときどき、思いがけないいたずらをしてみたくなるものらしい。

　しかし、時間は全く停止しているわけではなかった。その間も北陸に派遣された平家勢は苦戦を重ねている。例の大飢饉で、兵糧の調達が思うにまかせないから、動くに動けないのだ。この北陸路も寿永二（一一八三）年になると、俄然様相が変ってくる。

　飢餓がおさまったのか？　そうではなかった。いよいよ危機的状況が爆発したのだ。

人々は体制側の支配に見切をつけはじめた。そしてちょうどそのとき、木曽義仲が、じりじりと北陸路を進んできたというわけなのだ。

人々には、義仲が救世の英雄に見えた。

――この人についてゆけば何とかなる。

義仲が風雲児であるというより、飢えが彼を風雲児に仕立ててあげてしまったともいえる。そして、義仲は飢えた軍団がふくれあがるにつれて、加速度的に進撃をはじめる。いや、止まっているわけにはいかなかったのだ。止まれば飢えと対決しなくてはならない。やみくもに前進あるのみ！

飢えた軍団が、やみくもに走りだしたと聞いて、平家方も維盛を総指揮官に追討軍が編成される。一門の通盛、知度、経正らその数十万余、と公家は日記に書いている。

つかの間の平和は終ったのだ。人事異動に眼の色を変え、宗盛の内大臣就任、時忠の権大納言就任にけちをつけていた兼実も、戦況に神経をとがらせはじめる。

五月一日　官軍越前へ攻入ルト云々。

五月十六日　去ル十一日、官軍ノ前鋒、勝ニ乗ジテ越中国ニ入ル。木曽冠者義仲、十郎蔵人行家、及ビ他ノ源氏等迎戦、官軍敗績。過半死ニ了《ヲハン》ヌト云々。

六月四日　北陸ノ官軍、悉ク以テ敗績。

六月五日　四万余騎ノ勢、甲冑ヲ帯スルノ武士ハ僅カニ四、五騎許《バカリ》。ソノ外過半死傷。

十万の勢が五千騎になってしまったという噂が流れて、都の人々は真蒼になる。これがすなわち倶梨迦羅《くりから》峠《とうげ》、および加賀篠原の合戦なのである。義仲の作戦の成功というより、これは飢餓集団のパワーのすさまじさなのだ。

このときの飢饉は、天候不順もさることながら、根本には平家を含めた王朝政権の地方政治の不在がある。中央の支配者のみが富み、民力が極度に低下したとき、力も竭《つ》きはてたはずの地方勢力が、ときには逆転、すさまじいエネルギーとなって、歴史の根幹をゆさぶることもあるという、これは見本のようなものだ。義仲は飢餓を最大の援軍として、平家を降したのである。

七月、いよいよ義仲勢は近江の勢多《せた》（瀬田）まで進んできた。総崩れになった平家には、すでに態勢を樹てなおす力はなかった。その上、さきに逃亡し、今度は義仲に呼応していた例の死にそこないの源行家が、大和から北上してくると聞いて、残りの兵力を掻き集め、重盛の息子、資盛《すけもり》を大将に追討軍を進発させた。その数七、八千騎と称したが、

「じつを言やあ、千八十騎ぴったしよ。俺たちの眼に狂いはないぜ」

と巷間で言いあったというから、民衆はすでに平家の実力の程を見ぬいていたらしい。

平家内部でも、重衡は、総大将資盛の力量を疑問視している。

「あの資盛どのに何程のことができるか」

できれば自分が代りに出陣したそうな重衡を宗盛はなだめた。

「そなたは都に止まってくれねば困る。院や帝、女院を守護しまいらせるのはそなたしかいないのだから」

はたせるかな資盛が行家に立ち向うこともせず、及び腰で引き返したと聞いて、重衡は、

「小松どの（重盛系）一家はあてにはなりません。本気でやろうとしていないんだ」

ずばりと言いきった。

その間に、義仲は叡山の抱きこみに成功していた。ここにも宗盛たちの大誤算があった。彼らは従来のよしみを頼りに、叡山を義仲阻止の強力な防塁に、と考えていたのだ。たしかに座主明雲《みょううん》は平家とのつながりも深い。しかし、一般僧徒はむしろ平家への反感を強めていたし、それを後楯に、上層部まで明雲の指示に従わなくなっている、という実態を、宗盛は把握していなかった。そんな認識の甘さから、この期に及んで、

「叡山を平家の氏寺にしたい」

などという申入れをしている。これを鼻であしらわれたと聞いたときも、重衡は歯

ぎしりをしてくやしがった。

「俺ならひと揉みに揉みつぶしてくれるのに」

単なる強がりではなかった。一年ほど前に、後白河が日吉《ひえ》神社に詣でたとき、僧侶の中の武力集団である僧兵たちが後白河の身柄を取り籠め、これを人質に、平家に圧力をかけようとしたことがある。このときも、重衡は後白河を奪還する総大将に選ばれた。幸いこのときの騒ぎはすぐにおさまり、重衡が実力を行使するまでには到らなかったが、

「今にして思えば、あのとき、叩きのめしておけば」

と重衡の悔いは深いのである。

そのころになって、宗盛は、時子に洩らす。

「やはり、早く福原に戻るべきでしたな」

口はいよいよ重くなり、それだけ言うにも息を切らせている。すでに秋風が立ちはじめているというのに、しきりに汗を拭う大兵肥満の息子の困惑しきった表情に、時子は苛立ちを抑えかねる思いである。

――清盛どのはこうではなかった。

思わず口にしかけて、はっとして沈黙する。

すでにわが子とはいえ成人した彼の前で、かりにもそれは言ってはならない言葉だ

った。その間にも鼻の頭に噴き出る汗の玉を、拭きもあえぬ宗盛の顔を見ていると、むしょうに腹が立ちながらも、一方では哀れにもなってくる。

——何という不器用、要領の悪さよ。

福原への再度帰還も、ずっと前に彼は考えていたのだ。着想はいいのである。が、彼はみすみすその機を逃したのだ。叡山との対決も、機会はあった。重衡の言うように、あのとき叩いておけば、僧徒もぐうの音も出なくなっていたろう。頼朝との和平も好機であったかもしれない。形の上だけでも手を握っておき、頼朝に義仲の背後を衝《つ》かせるという手もあったはずなのだ。ここでも宗盛は最も要領の悪い選択をしてしまった。

すべての機会を取り逃し、最も悪い道を選んでしまうこの運のなさ。

——清盛どのはこうではなかった。

またしても頭に浮かんでくる思いを、時子は、強《し》いて払いのけようとした。もう、この運のなさ、要領の悪さをかれこれ言っている場合ではないのである。せめて最悪の道を逃れるべく、この息子を支えてやらねばならない。そして、その後は、息子の不運に、とことん付き添ってやるほかはない。

なぜに？　それはわが子だから……

人々がすべてこの不運に見切をつけて離れてゆこうとも、自分は、彼とその不運を見棄てるわけにはいかないのだ。時子の瞳の中の苛立ちが消え、いつかおだやかな光に変っていた。

「は？」

「宗盛どの」

おそらく、宗盛は時子の瞳の色には気づかなかったのではなかろうか。

「福原に戻るのはよい考えかもしれませんね」

「しかし、今となっては……」

自信なさそうに宗盛は眼を伏せた。

「やるだけやってみてはどうですか」

「は、はい」

「大納言どのとよく打ちあわせをなさって」

どうやら、最悪の事態は免れたかもしれない、と時子は思った。

最悪の事態——

それは一族が義仲の蹄《ひづめ》にかけられ、屍《しかばね》を天日の下に晒《さら》すことである。

そして義仲の軍勢の馬の蹄は、その間も砂塵を巻き、礫《いしころ》をはねとばし、刻々と都に近づいていたのであった。

都脱出の計画は、慌しく進められた。その間にも、義仲の蹄の音は迫ってきている。

「もう先陣は都入りしたぞ」

「いや、それはまだだ」

風説の乱れ飛ぶ中で、七月二十三日、後白河は法住寺《ほうじゅうじ》の御所に移った。周辺を堅固な壁に守られた此処は城砦の趣がある。続いて幼帝安徳も、母后建礼門院徳子ともども、法住寺に移ってきた。広大な御所の中で、それぞれの殿舎は隔たってはいるが、やはり城砦の中に身を置いたのである。また、天皇のいる所、必ずその象徴である三種の神器を伴うというしきたりに従って、神器すなわち内侍所《ないしどころ》（鏡）、剣、玉璽《ぎょくじ》もここに移された。法住寺は、当時の観念では洛外（都の外）である。洛外に神器を運びだしていいのかどうか、前例にこだわる公家の間には議論があったが、火急の場合、やむを得ないだろうということになった。しきたりといえば、上（法）皇と天皇が同居することも許されないのだが、この際、そのようなことは言っていられなかったのである。

大納言時忠の眼が光ったのは、これらの非常の措置が終ったときである。

「よろしいな、ぬかられるな、宗盛どの」

六波羅の宗盛邸にやってきて、言葉短く彼は言った。

「帝と女院は俺にまかせておいてくれ。宗盛どのは、ひたすら院のことだけ考えておられればいい」

「わかりました」

宗盛は汗を拭った。

「武者の手配りを厳重にな。法住寺殿に入ってからは、俺の方には手勢はいらぬが、院の御身辺には小うるさい鼠どもも多い。いざとなったら、そいつらを蹴散らしてでも院に近づき奉れ。おお、その前に、女院からも、御動座を願われるがいい。帝の御身を守られるために、是が非でも、とお袖に取りついて申しあげることだ。帝は院の御孫だ。女院が涙ながらにお願いになれば、院とて御孫を見棄てることはなさるまい。宗盛どのから、女院にそのあたりのことをよくお耳に入れておくように」

そして七月二十五日——

時忠の行動はあざやかだった。暁闇にまぎれて、突如法住寺の安徳の殿舎に駆けつけると、あっというまに三種の神器をまとめ、幼帝ともども、六波羅の泉殿（故清盛のいた六波羅本邸）に移してしまったのだ。

すべては時忠の作戦どおりだったといえる。法皇と天皇が同居するという異例の措置によって、平家は兵力を分散させることなく、集中的に行使することができたのだ。三種の神器にいたっては、平時には鏡は温明殿《うんめいでん》に、玉璽は帝の身辺に、といったぐあいに、それぞれありかが隔たっている。非常措置によって法住寺に移されていなかったら、これを一手におさめるのは容易なことではなかった。後白河、安徳、そして神器を抱えた法住寺は、まさにこのとき、小さな宝石箱であった。時忠はその宝石箱にむずと手をかけ、宝物を造作もなく取り出してしまったのである。

西八条邸で首尾を待つ時子の許には、朝霧をかきわけるようにして時忠から使が飛びこんできた。

「うまくいきました。御安心を」

乳母《めのと》の帥局《そちのつぼね》からも、

「急なお出ましにもかかわらず、ひとことのおむずかりもなく」

と言伝《ことづて》があった。脱出作戦の成功は、時忠、帥局の連携によるところが多いのである。

ほっとしながらも、

——宗盛の方は？

思わず法住寺の方を見やる時子であった。周囲は平家の精鋭が、がっちり固めているはずである。よもや仕損じはしないだろう。後白河をうまく連れだすことができたら、いったん六波羅へ落着き、さらにこの西八条邸へ集合して、福原を目指すことになっているので、邸中には武者たちがひしめきあっている。ほかの一門、教盛《のりもり》、経盛《つねもり》、頼盛、あるいは重盛の子の維盛、資盛らはそれぞれの邸で手勢を集め、妻子ともども出発の準備を完了して待機中なのだ。

が、宗盛からの連絡はなかなか来ない。

「首尾はどうですか」

不安になった時子が、六波羅の時忠の許へ使を飛ばすと、

「もう少々お待ちを」

という返事だった。その間に霧は霽《は》れ、都を取り囲む山々の姿もくっきり見えてきた。朝霧にまぎれて都を出るという当初の計画は大幅に遅れてしまっている。

そのうち、

「いよいよ六波羅を出ます」

という知らせがもたらされた。

——では院をお迎えできたのだわ。

胸をなでおろす思いで、時子は牛車《ぎっしゃ》の用意を命じた。すでに出発の準備はととのっている。まもなく、六波羅あたりに大きな黒煙のあがるのが見えた。出発と同時に平家の居館はすべて焼き払う手筈になっている。侵入してくる義仲に思いのままに使わせまいための、作戦計画の一つである。夫との生涯を刻みこんだ泉殿に火をかけることは情においてはしのびなかったが、

「なあに、またここに戻ったときは、前に倍する邸をすぐ作りますよ」

時忠は武者以上に思いきりがよかった。その言葉を思いだしながら、

――やがて、ここも……

炎の館になるのだ、と時子はあたりを見廻した。そのうち、門前が騒がしくなった。

「母上」

肥満した宗盛は、肩で息をするようにしながらやってきた。

「御出発の御用意は？」

「万事ととのっています。それより」

時子は身づくろいをした。

「法皇さまに、まず御挨拶申しあげなければなりませぬ」

「そ、そ、それが」

宗盛がまぶしげな表情で口ごもる。

背筋に水をかけられるような思いを味わわせられたのは次の瞬間である。

宗盛は後白河を連れだしそこねたのである。

法住寺に彼が着いたとき、後白河の居処はすでにもぬけの殻であった。

「え、えっ！　法皇さまはいらっしゃらなかったのですか」

「……」

宗盛はのろのろと汗を拭く。

「ど、どこにいらっしゃったのです」

「そ、それがどうもわからなくて……」

不器用きわまるこの男は、最も重要なこの時期に、またもや大失態をやらかしたのだ。

「手分けでお捜ししたのですが、どうもわからず、すでに時刻も移りましたので、ともかく、女院と帝のお供をして福原に向うことにいたしました」

「で、女院は？　女院からも法皇さまにそのことはよくお願いしたのでしょうね」

「はあ」

宗盛の答えはひどく頼りなかった。

――ああ、宗盛も徳子も、この大事なときに、揃いも揃って、大失敗をしてくれた。

さすがに宗盛は面目なげに眼を伏せている。

――詫びてすむことではない。その力量のなさを目のあたりに見せつけられて、母がどんな思いでいるか、そなたはわかっているの？

異母妹《いもうと》の建春門院滋子だったら、こんな失敗はしなかったろう、という思いが時子の胸をかすめる。滋子はその魅力と強い意志によって、後白河を思いのままに操っていた。滋子がいたら、後白河の袖を押え、有無を言わさず連れだしていたろう。

が、徳子にはその力はなかったのだ。ふと、徳子を後白河の後宮に侍らせる話のあったことを思いだした。もしそれが実現していたとしたら、事態は少しは変っていたかもしれない……

　このとき、近づいてきた時忠が、

「さ、とにかく出発です」

　さばさばと言った。

「宗盛どの、摂政の身辺をぬかりなく」

　摂政基通《もとみち》は、清盛の娘の一人（時子所生ではない）の婿になっている。彼を連れてゆけば、ともかく、天皇と神器とともに、朝廷の体裁は保てるはずであった。

「御出発を待ってここにも火をかけます」

　言われるまでもなく、時子もすでに覚悟をきめていた。西八条邸を出発したのは巳《み》の刻（午前十時ごろ）、安徳と同乗する建礼門院徳子の車を中心に、時子のそれが後に続いた。それぞれの邸から出発する平家一門の軍勢はさすがにおびただしく、全員が都を離れるまで一刻以上もかかった。

　そのころ、じつは後白河は叡山にいた。宗盛の手をするりと逃れて、前夜おそく、近臣数人とひそかに登山してしまったのである。しかも、この情報は思いがけない早さで公家の中を奔《はし》りぬけた。例の兼実も、逸早《いちはや》くこれを知った一人である。

　このことは公家仲間にすばやい反応をもたらした。まず摂政基通は、平家に同行すると見せかけて途中から逃げだした。いや、公家だけではない。平家一門の大納言頼盛も、池殿を出発したという知らせはありながら、ついに姿を見せなかった。

「兄上」

重衡は鋭い眼付で宗盛に問いかけながら、顎を池殿の方向へしゃくった。

「やりますか、出がけの血祭に」

「う？」

宗盛はとっさには答えられない。

「もう魂胆のほどは見えましたよ。多分、そんなことじゃないかと思った。あの叔父上はいつも父上に楯ついてきた。父上だって一度は本気で戦おうとなさったじゃありませんか」

「う、それはそうだが……」

「やってしまいましょう。父上だって、よくやったとおっしゃいますよ」

もう重衡は馬に一鞭あてようとしている。

「ひと戦さしてすぐ戻ります。なあに池殿の手勢は三百騎足らずでしょう。蹴散らしてやります」

逸《はや》りたつのを、知盛《とももり》がやっと抑えた。

「まあ待て、去る者は追うな。それより先を急ぐことが第一だ」

「そ、そうだ。急ごう」

宗盛はぼそぼそと言う。

「そうですか。後に悔いを残しますよ」

重衡はひどく無念げである。しかしその重衡をはじめ、人々はこのときの頼盛の行動の底にかくれている秘密を知らなかった。すでに先年、池の禅尼が死んだとき、鎌倉の頼朝から、ひそかに悔み状が届けられ、以来、再三にわたって両者の間に交渉の持たれていることを……

重衡はなおも宗盛、知盛の二人の兄にささやいている。

「資盛どのにも御注意ください。じつは立ち渋っているのを、首に縄をつけるようにして連れてきたのです。維盛どのだって、妻子を連れていない。いずれ都へ戻られるつもりなんでしょう」

異腹の兄、重盛の息子たちに、重衡の疑念は霽れないらしい。もともと重衡は義仲と一戦も交えずに都を退くことには不賛成なのだ。

「平家の手のうちを見せてやる好機なのに」

ぶつぶつ言うこの勇気ある若者をやっとなだめて、一行は西を目指す。しばらく行ったところで、車の中から時子は声をかけた。

「とめてください、車を。ちょっとだけ」

簾をあげさせると、彼方の空に煙が立ちのぼっている。まぎれもなく、西八条のあたり、時子の日頃の住処《すみか》にも、かつて高倉、安徳を迎えた殿舎にも、火はかけられたらしい。昼日中《ひるひなか》の火事はむしろ煙の動きさえのどかであったが、時子には、その煙の下にたけりたつ炎と、身もだえしつつ焼け落ちてゆく邸が見えるような気がした。

——私の一生が燃えている。

時子は静かに目を瞑《つむ》った。

西国往来

都落ちは平家の大失策だったのだろうか。

そうではあるまい。

宗盛の判断は正しかったのだ。それ以後の歴史を見るならば、いかに平安京が守りにくい地形であるかははっきりしている。やがて攻めこんでくる木曽義仲や鎌倉武士だけではない。承久の乱でもあっけなく攻撃軍に席巻されたし、後に足利尊氏に攻められた鎌倉幕府の六波羅探題勢は最初から都の中での戦闘は諦めている。その足利勢もその後の動乱の中では、守勢に廻ると忽《たちま》ち都を手放してしまう。八方破れの隙だらけ、こんなに手に負えない所はない。腑甲斐ないどころか、宗盛はむしろ賢明な道を選んだのだ。ただ一点の失策を除いては……。そしてその一点が、やがて彼らの命取りともなるのであるが。

不運の星を背負った彼の宿命——というよりほかないその失策とは、すなわち、脱出にあたって、後白河を手の内から取り逃がしてしまったことだ。

何で機先を制して後白河の身辺を固めてしまわなかったのか。法住寺《ほうじゅうじ》の御所にいないとわかったら、なぜ草の根を分けてでも探し出さなかったのか。

義仲勢が今にも飛びこんできそうだったから——というのは理由にならない。いつも機会を摑みそこねる、この目を蔽いたくなるほどのぶざまさ！　しかも悪運はたちまちこの醜態に喰《くら》いつく。

平家が都を離れて十日後の八月六日、後白河は一門を解任するのだ。福原の旧清盛邸に落着いた時子たちは、義仲勢の洛中乱入の報とともにこの知らせを聞く。

前内大臣従一位宗盛の除籍、その弟権中納言知盛《とももり》、末弟左中将重衡《しげひら》、そして清盛の弟の教盛《のりもり》・経盛《つねもり》、さらには重盛の子の維盛《これもり》・資盛《すけもり》、宗盛の子の清宗らの解官《げかん》。

「まあ——」

さすがに時子は顔色を変えた。

——院は、ひとしずくの情もかけられず、昨日までの側近を切り捨ててしまわれたのか……。いや、もし、院御自身が一行に加わっておられたら、こんなことは起らなかったはずだ。

宗盛は肥った体を小さくし、しきりに汗を拭っている。取り返しのつかない失態のもたらした事態の重大さに、口もきけないらしい。

「いや、何の」

こともなげに言うのは時忠だ。

「官位が欲しくてうずうずしている連中ばかりですからね。一人でも辞めさせて、自分たちの坐る場所を広くしようというだけですよ。それより、義仲たちがなだれこんでくる前に、この多人数が無事に都を出ることができただけでもよかったではありませんか、なあ宗盛どの」

「う、う、左様で」

このときになって、時子は、解任された顔ぶれの中に時忠が加えられていないことに気がついた。

「と、いうと、そなたは？」

「そうです、私は依然として平大納言《へいだいなごん》時忠です」

にやりと笑った。

「ま、どうして」

「院もどうやら私のことまでは辞めさせるわけにはいかなかったとみえますな」

わかりますか、というふうに時子の眼をのぞきこんでから、昂然と彼は言った。

「ま、辞めさせられるものなら辞めさせるがいい」

時忠が解任を免れた理由が、時子にもあきらかになったのはその後間もなくである。

後白河側は、時忠の許にこう申し入れてきたのである。

「内侍所《ないしどころ》（神鏡）、剣、璽《じ》ともども、帝の早期御帰京を」

天皇と神器が手許にない以上、都方は下手《したて》に出るふりをするよりほかはなかったのだ。宗盛以下を解任してしまったものの、後白河側は、柔軟な交渉のできる窓口として、時忠を残しておいたわけなのである。

「そうれ、おいでになった」

時忠は鼻先でせせら笑った。

「そちらの手で都をもとどおりの姿に返していただきたい。田舎武者の群れているような物騒なところへ、お幼《いとけな》い帝をお連れするわけにはゆかないのでな。しばらくこちらで様子を見たい。都が平静になったところで、前内府（宗盛）にそのことを仰せられたらよろしい」

これが使への返事であった。義仲たちを追い払えるかどうかお手並拝見、という意思表示である。宗盛を性急に解任してしまったことへの皮肉もこめられている。

「自分の所へ言ってくるとはお門違いだ。本来なら、宗盛どのを除籍なさらず、そちらへ話を持ってゆくべきではないか」

相手の手のうちを承知の上で、時忠はしらを切ったのである。

「時忠卿の言いそうなこと」

と都に残った連中が苦い顔をしたという噂が折返し伝わってきたその夜、当の時忠をはじめ宗盛、知盛、重衡たちは、時子の許に集まって、簀《す》の子《こ》（縁《えん》）で酒を酌みかわしていた。

「さて、次はどんな手を打ってくるかだ」

もの静かに言うのは次男の知盛である。

「ともあれ、帝も神器も我らがお守り申しあげているのだからな、向うもうかつには動けまい」

都の困惑ぶりを伝え聞いて、宗盛はやっと胸の痞《つかえ》がおりたようだったが、

「いや、いや」

意外にも首を振ったのは時忠だった。

「帝の還御がないとわかれば、向うは次の策を考える」

「というと」

「別の帝を立てようと……」

「や？　しかし――」

宗盛は解せない面持である。

「げんに帝はここにおいでだし、神器だって――」

「さればよ」

時忠はあくまで冷静だった。

「今度の使は、まず瀬踏みしたわけだ」

「瀬踏み？」

「神器を返せ、帝は御帰京と同時に御退位。その代りこの時忠の命は保証——という謎と俺は読んだ」

ふうむ、という呟きが一座に流れた。まず時忠と平家一門の間に楔《くさび》を打ちこもうという作戦を、時忠は嗅ぎとったらしい。

「が、その手には乗れぬ。餓狼のごとき義仲がいてはな。そこであああいう返事をした。うっかり神器は手放せぬ。これが勝負の鍵だ。たとえ都で次の帝が立たれるにしても、こっちの正統性が主張できる」

「しかし」

知盛が口をはさんだ。三兄弟のうち、彼が一番理性的で、的確な情勢判断のできる人間である。

「神器なしの即位などできるでしょうか。今までそんな例は聞いたこともない」

「まず、ないだろうな」

時忠はゆっくりうなずく。

「それを強行できますか。故実先例を重視する公卿たちに」

「知盛どの」

「は」

「理屈ではそのとおりだ。が、公家というものは、ときには筋の通らんことにも、ぬけぬけと屁理屈をつけるものでな」

彼らに大事なのは、実質より形式なのだ、と時忠は言った。天皇が不在ではすべての政治が止まってしまう。もちろん現実に政治権力を握っているのは院であるが、その政策実施にあたっては、太政官が文書を作成し、天皇が認証するという形式をとらねばならない。

「だから、向うは焦っている」

と時忠は言った。

「さて、どなたが神器ぬきの帝になられるか」

が、時忠の炯眼《けいがん》をもってしても、このとき都が直面している難題は見ぬけなかった。たしかに彼の感じたとおり、都では安徳の帰還が見込み薄とわかると、直ちに次の帝選びに入っていた。

候補にあげられたのは故高倉の二人の皇子だったが、ここに思いがけない横槍が入った。義仲が、

「以仁王《もちひとおう》の御子こそ」

と言いだしたのだ。

「我々は以仁王の令旨《りょうじ》を戴いてここまでやってきた。王は亡くなられたけれども、功績のすべては王にある。そのお忘れ形見をぜひ」

公卿たちは呆気にとられた。

――下臈めが。皇位のことなどに口出しできる身分でないことがわからんのか。

が、相手は武力を持っている。何をしでかすかわからない、というので、これをなだめすかすのに智恵を絞らなければならなくなった。結局占《うらない》というかたちをとって義仲を押え、高倉の第四皇子尊成《たかひら》（後鳥羽）が選ばれるのは数日後のことだから、この時点では、福原には、まだそこまでのいきさつは伝わっていない。

しかし、平家一門と入れ代り都に入った義仲の不評はすでにここでも話題になっている。

「何しろひどい連中のようだな」

時忠は都からの使から聞いたのだろう、義仲麾下《きか》の軍団のすさまじい掠奪ぶりを語った。

「おかげで都は大混乱らしいぞ」

もともと義仲の手勢はごく僅かである。北陸路を進撃しはじめると、義仲の名をはじめて聞いたような連中がわっとばかりに軍団に加わった。数年来の飢饉に悩まされていた彼らは、義仲についてゆけば何とかなると思ったのだ。じじつ彼らの飢餓感は、義仲勢の起爆力になった。北陸路の未曽有の勝利は、彼らのお蔭であり、雪だるまのようにふくれあがった飢餓集団に運ばれて、義仲は、都になだれこんだのである。が、都にも彼らの胃袋を満たすだけのものはなかった。領地の不作で、手持ちの食糧が尽きかけていたのである。幻想を打ち砕かれた飢餓集団はいよいよ狂暴になって、手あたりしだい財宝を掠奪しはじめた。驚いた後白河側は、義仲に、

「ただちに士卒の狼藉《ろうぜき》を停止《ちょうじ》させよ」

と命じるのだが、すでに義仲は彼らを統制する力を失っていた。

「とすると、静かなのは、この福原だけということになりそうですね」

時子は呟くように言ってあたりを見廻す。ここ清盛の邸は、雪の御所とも呼ばれ、遷都したころは、高倉の御所として、ここで院政が行われた。

――そういえば、昔のままだわ。

西八条の邸を預かって、福原にはめったに足を運ばなかった時子だが、磨きこまれた白木の柱も床も、かつての記憶どおりだった。急いでかけ替えたのだろう、秋風のかすかに揺れる御簾《みす》の青さも匂いたつようだ。

その秋風に乗って、静かに笛の音が聞えてくる。

「敦盛《あつもり》か、吹いているのは」

宗盛が呟いた。経盛の息子の敦盛は十五歳の少年だが、子供のころから笛が巧みだった。池の辺の薄《すすき》の穂がそよぎ、虫の音が草の蔭でしきりである。

眼をつむれば、福原は三年前と全く変っていない。今にも床を踏みならして夫が姿を現わし、

「お、どうした、みなのもの」

元気のいい声でそう言いそうだ。

しかし、ここで月を眺め、楽《がく》に興じた夫も高倉も、すでにこの世にはいない。

――それからの変りよう……。あなた、空の彼方から、今の有様を眺めていらっしゃいますか？　いえ、そうでない方が、むしろおしあわせ。

そのとき、宗盛の声が、時子の追憶の思いを破った。

「ほう、とすると、義仲が……」

思わず宗盛の声は高くなっていた。都の使から得た話とは別の、自ら放った諜者のもたらした情報を、時忠が披露したのである。

「左様、おっつけこれへ寄せてくるかもしれない」

後白河側は、義仲をけしかけているのだという。

「それも狼藉をするわ、帝のお跡継に口出しをするわで、すっかりうんざりしてしまったのでな。追い出しの口実にしているのよ」

こんなことなら、平家にいてもらった方がましだった、と庶民も思いはじめているという。すでに数万の平家勢が都へ近づきつつある、という噂まで流れていると聞いて、

「じゃあ、むしろ好機じゃありませんか」

口を切ったのは、重衡だった。もともと義仲と一戦を交えずに都を立ち去ることが不満だった彼は、もう眼を輝かせている。彼は南都攻めでも東大寺や興福寺の僧兵を徹底的に叩きのめした。尾張《おわり》でも、源行家《ゆきいえ》と義円《ぎえん》を敗北させている。戦いへの自信を、彼は兄たちの前でも隠そうとはしなかった。

「浮足だっている義仲を討つなら今です」

「む、む……」

宗盛は眼を伏せてから、そっと時忠を見やった。が、時忠は黙って眼を閉じている。

「しかしな、重衡」

ややあって、口を開いたのは知盛だった。

「現実には我々の手勢は僅かだ」

「そりゃそうですが、都の人々がそう思っていることじたい、平家への支持と見ていい」

「いや、そうではあるまい。数万の平家勢という噂そのものが、平家追討の宣旨《せんじ》を下

して義仲を戦いに向わせるための謀略、と見るべきだ。そうじゃありませんか、時忠卿」

　時忠が眼を閉じたままうなずいたのを見て、彼は続ける。

「そこまで脅しをかければ、義仲も黙っているわけにはいくまい。臆病風に誘われたと思われてはいよいよ不利になるからな。そこで我々と戦わせて、互いに手傷《てお》い武者になるのを、見物しよう、というのが院の側近の肚じゃないのか」

「……」

　一座に重苦しい沈黙が流れた。

「つまり……」

　宗盛が顔をこすりながら訥々《とつとつ》と言った。

「いまここで義仲勢を引き受けて戦うべきか否かだが……」

　ちらりと時子を見やった。

「何しろ、帝も女院もおいでになるしなあ」

　戦いに馴れた義仲の軍団とは違う。子供や女たち、非戦闘員を抱えての対決は不利としか言いようがない。解任された彼らに大義名分を保証する唯一の存在である安徳と徳子は、一方では、この上ない足手まといでもあった。

「それに……」

知盛は続ける。

「福原はやはり京の都に似た地形だ。守りにくいな。手勢が今の五倍もあれば話は別だが」

たしかにそうだ。都にしては狭すぎるにしても、山裾の平地はかなりのひろがりを持つ。全体に防備線を敷くことは、今の手勢では不可能だ。

「とすれば、やはり、ここを立ち退《の》いた方が安全だな。帝と女院を危ない目におあわせするわけにはゆかない」

というのが宗盛の結論だった。この消極的な決定に重衡はいかにも不満そうだが、帝と女院を持ちだされてはどうにもならない。それにこの結論は理由のないことではないように思われた。元来、平家の本拠は西にある。播磨《はりま》から、備前《びぜん》、そして安芸《あき》。西に行くほど平家色は濃厚になる。安芸は清盛が国の守をつとめた国だし、現在も備前は重衡の、長門《ながと》は知盛の知行国《ちぎょうこく》である。さらに西に行けば、宝庫大宰府《だざいふ》では、かつて清盛が大弐《だいに》をつとめたし、それ以後も地元を抱きこみ、根強く勢力を張りひろげている。

この平家王国のどこかに安徳と徳子を置き、周囲を厳重に固めた上で、地元の精兵を率いた重衡以下が、足手まといを振り払った純粋な軍団として義仲と対決する。これ以上の作戦は考えられなかった。

「そうときまれば、早い方がいい」

時忠もきっぱりと言った。

「明日にでもここを発とう。宗盛どの」

「そ、そういうことにしますか」

「船は十分あるだろうな」

「それはもう」

福原は海の平家の根拠地でもある。

「都と同じく、ここにも火をかけて――」

と言ったのは知盛だった。

「えっ、ここもですって」

思わず口走る時子を、彼はなだめる口調になった。

「やむを得ません。義仲たちを利することになりますから。母上、われらが心をこめて作った邸を彼らの土足で踏み荒させないためにも……」

「そう……そうですね」

それよりほかに道はない、と時子は自分に言いきかせるように呟いた。

ここ清盛の雪の御所。あるいは、大納言邦綱《くにつな》が造り、安徳の里内裏《さとだいり》となった御所風の邸。その他大小さまざまの邸宅――。数えるともなく、それらを胸に浮かべるうち、時子は、一瞬、頭の血が退《ひ》いてゆくような衝撃を味わった。

——ああ、そうだわ。頼盛どのの邸も。

福原に都遷りした当座、一時は高倉の御所に定められたほどの豪邸であったが、そこにいるべき彼の顔は一行の中にはない。彼の実母の宗子《むねこ》、池のおばばが、斬罪になるべき頼朝の命乞いをしたこと、反りのあわない義母の顔を立てて、夫が気に染まないながらもそれを受けいれたときのことを、時子は今もよく憶えている。

——保元の乱のその昔、重仁《しげひと》の乳母《めのと》でありながら、崇徳《すとく》上皇方にはつくな、と頼盛どのに言いふくめた池のおばばどの。そのときから、裏切りの味を知っている頼盛どのだもの。

そんな邸なら、今すぐ焼いてしまうがいい、と思ったとき、時子は、はっきり決心がついたような気がした。そして翌日からの船旅の苦を耐え忍ぶ覚悟もきまった。

時子は船は苦手なのだ。二条帝の典侍に急遽選ばれて、八十島使《やそしまづかい》に発ったとき、淀川下りの船の中でさえ、めまいを起した彼女には、今度の福原下りも難行苦行だった。清盛在世中も、めったに福原に来なかった理由の一つはそこにあった。

——その私が船で、鎮西まで行くなんて。はたして体が保《も》つだろうか。

胸の底の思いは消しきれなかったが、船の中では物も食べるまい、水も呑むまい、と覚悟をきめた。

そしてその夜のしらじら明けに、平家一門は福原の邸のすべてに火をかけ、百余艘の船に分乗して西に向った。

「尼御台さま、お足許にお気をつけください」

女房に手をとられて、船泊《ふなどまり》につながれた大型の船に乗り移った時子は、ふりかえって福原の炎を見た。

薄明の中の炎は、ちろちろと思いの外の遠さに見えた。豪奢な邸宅をむざんに焼きつくす劫火《ごうか》というよりも、音もなくくりひろげられる夢幻の炎の絵巻――。都落ちのあの日の光景を見て以来、時子の心はどこか醒めてしまっていたのだろうか。何ものかに祈るように手をあわせると、二度と炎の福原をふりかえることはなかった。

船中で、一つ、思いがけない体験を時子はした。ひどい船酔いを覚悟していたのに、気がついてみたら、まるで陸の上にいるのと変りなかった。

「もう船は漕ぎだしているのですか」

ふしぎに思って念を押したくらいだ。

「まあ、ようございました、尼御台さま」

周囲の女房たちも顔を輝かせている。

「じつは一番御案じ申しあげていたのは、尼御台さまのことでございましたの」

「私も」

「私も」

女たちはさざめきあった。

「お船が大きいからではございませんか」

「何しろ帝や女院をお乗せ申しあげている御座船《ござぶね》でございますもの」

そうかもしれない。が、それ以上に、自分自身、何かが変りかけている、と時子はひそかに思った。

しかし、船の中のさざめきはひとときのことだった。これを思いがけない喜びとするならば、さらに数倍する予想外の困難な事態が一行の行手に待ち構えていたのである。

はじめ、重衡の知行国である備前に向い、海上交通の要地である児島《こじま》から上陸しようとしたが、行ってみると地元の対応はひどく冷やかだった。

「む、む、知行主の俺の言うことを聴かぬ気か」

重衡は苛立ったが、すでに中央で解任された以上、知行主でも何でもない、というのが地元の返事だった。

やむなく一門はさらに西を目指す。周防《すおう》は一応の協力姿勢をしめしたが、いざとなると幼帝の御所建設のための材木などは出し渋る。それならいっそ経済力豊かな九州へと大宰府を目指したが、地元の武士の動きが不穏で、とうてい根拠地にはできそうもなかった。反転して長門に入国を計ったが、備前同様、ここも元の知行主、知盛にはきわめて冷淡で、あからさまに受入れを拒否した。

「これはどうしたことか」

宗盛は事の意外さに焦りだした。やっと讃岐《さぬき》の田口重能《たぐちしげよし》という武士が平家に味方したので、屋島に落着き先を見出したのが閏十月、長期の放浪生活に、すっかり自信を喪失していた。

瀬戸内沿岸と九州こそ平家の牙城と思いこんでいただけに、落胆は大きかった。

「こんなはずではなかった」

「恩知らずめが。どいつもこいつもわが一門の恩恵にあずかってきたというのに、すこし風向きが変るとすぐこれだ」

憤慨しつつも、人々の頭に浮かぶのは宗盛の失策である。正直のところ、彼らの多くはまだ自分たちが敗者だという意識はない。藤原氏の誰もが手にし得なかった栄華と武力をわがものにした平家一門ではないか。乱暴者の義仲の難を避けるため、女院と帝のお伴をして都を出ただけだと思っている。だから、

——宗盛どのが、院をお連れしていたら、こうはならなかったろう。

と考えてしまう。

——そうすれば我々の解任はもちろんなかった。

それぞれが現在の知行主で、しかも後白河を奉じての西国行きなら、人々は喜んでその命令に従ったろう。すでにこの時点で平家の所領は新帝（後鳥羽）と後白河の命令によって没収されている。宗盛の最初の失敗が、徐々に大きな傷口となって、平家の生命を蝕みはじめたのだ。

　その中にあって、重衡だけは意気軒昂たるものがあった。安徳と徳子が急造の御所に落着くのも待たず、

「さ、行くぞ！」

　早くも備前攻撃に出発しようとした。元の知行主でありながら、地元に受入れを拒否されたのが、よほど癇にさわったのだろう。闘志をむきだしにしている息子に、

「大丈夫ですか、重衡」

　時子はおろおろせざるを得ない。

「なあに、御心配には及びませんよ、母上」

　事もなげに重衡は言う。平家追討の宣旨をふりかざして、義仲側の先鋒が早くも備前入りしたと聞くと、いよいよ彼は逸《はや》りたった。

「ようし、この一戦、目にものみせてくれる」

「でも……」

　不安げな時子の瞳に、決然と彼は答えた。

「母上、母上はこの重衡を何と思っておられるのです。南都攻め、墨俣《すのまた》合戦、一度だって敗れたことのない重衡ではありませんか」

「ええ、でも、今は事情が違います。平家は追われる立場です」

時子の眼だけは誰よりも冷静に事態をみつめている。

「それを一挙にくつがえそうというのですよ、私は」

お委《まか》せを、というように、このときだけ重衡は、ちょっと微笑した。

――やさしい瞳だ。

時子は胸をつまらせた。いくらその身を案じたところで、彼の出陣を止めることはできない。このまま逃げ廻っていれば、一門はいよいよ疲れ、力を失ってゆくばかりなのだから。

――考えてみれば、平家を支えるのはこの子しかいないのだ。

気がつけば、重衡のやさしい眼差は、

――そうです。維盛どのなどはあてにはなりません。

と言っているように見えた。

その間にも、義仲の先鋒は早くも備中《びっちゅう》まで進んだ、という噂が伝わってきた。

「いよいよ出陣いたします」

紫裾濃《むらさきすそご》の鎧を着て御座船に挨拶にきた重衡に、傍らから妻の大納言《だいなごん》典侍《のすけ》輔子《すけこ》が兜をさしだした。

「御武運を」

大納言邦綱の娘である彼女は安徳の乳母として、日夜この船にある。公家の娘らしく、馴れない手つきで兜をさしだす妻に、重衡はちょっと微笑してみせた。その微笑がゆっくりと時子の方へ廻ってくる。

――母上、妻を頼みます。

と言っているようでもある。

「武運を祈ります」

静かに言いながら、時子は、保元の合戦のときのことを、ふと思いだしていた。

――あのときの私ったら、動顛して、御武運を、と言うことさえ忘れていたのだわ。

が、それでも武運は夫の上に輝いた。今はそのとき以上に、息子の武運を祈らずにはいられない時子である。

重衡はさすがに勇敢だった。備中の水島で義仲の部下の矢田《やた》義清、海野《うんの》行広《ゆきひろ》らと激戦を展開し、ついに彼らを敗死させた。

「備中はすでに平家の手中に入りました。さらに備前、播磨を目指して進撃中」

という報告に屋島は沸いた。勢いに乗じて重衡勢は播磨の室津《むろのつ》に上陸、その背後にある室山に布陣し、西下してきた源行家と対戦した。じつは行家はこのときすでに義仲との仲がうまくゆかなくなっている。

――義仲の部下なら討たれもしようが、俺は違う。

ここで一挙に平家を降し、戦功を独り占めにして、義仲に取って代ろうという魂胆である。

このときの重衡の戦いぶりはあざやかだった。まず軍勢を五段に分け、突入してきた行家勢を避けきれない態を装って、まず一陣がさっと左右に散った。勢いづいた行家がさらに進撃すると、第二陣、第三陣、第四陣も簡単に浮足だってみせたので、いよいよ得意になった行家は、平家の懐《ふところ》深く侵入する形になった。

と、そのとき、重衡勢は猛然、反攻に転じる。散っていた第一陣から第四陣までが、袋に包みこむように行家軍に蔽いかぶさった。それでも行家が囲みをかいくぐって、身一つで脱出できたのは、彼のしぶとさのせいとしか言いようがない。生きて戻れた手勢は数えるばかり、まさに行家軍は潰滅したのである。

そのころ義仲は、行家とは別に屋島攻撃を準備中だった。備中あたりから船を仕立てて屋島を襲う作戦だったが、そんな余裕はなくなった。重衡の圧勝によって、瀬戸内沿いの諸国はすべて平家側に寝返った。たとえそれが「点」の把握にすぎなかったとしても、たしかに重衡は風向きを変えたのである。

「平家、さすがに強し」

の情報は西国筋を駆けぬけ、都に達し、後白河側の側近を震えあがらせた。

――平家追討の宣旨は引っこめねばならぬ。

――それより義仲をどう始末するかだ。

こうした動揺ぶりを伝え聞いた義仲は急遽取ってかえす。そして都に着くなり、彼は、

「む、む、む……」

体中の血も止まるほどの事態を見せつけられる。

――うっ、う、裏切りおったな！

後白河は義仲の留守に、ひそかに頼朝と取引し、義仲追い出しを画策していたのだ。もっとも頼朝は後白河の招きに応じて、すぐにも兵を動かそうとしたわけではない。この機を捉えて、東国における一種の自治権のようなものを、ついに認めさせてしまったのだ。

それまでの頼朝を担ぐ東国武士団の動きは現実には叛乱行為である。頼朝も流人のままだし、武士たちは力ずくで東国の公領、荘園を押えてしまっている。先にも朝廷との妥協をほのめかしていた頼朝は、これを機に、これらの公領や荘園を返還するかわりに、その地の治安に関する支配権を確保し、彼自身も流人から元の従五位下の位

に復帰した。強奪したものを気前よく返してしまったのだから、二歩も三歩も後退したように見えるが、合法的な存在として認めさせたという意味で、東国側は戦わずして莫大な実利を手に入れたことになる。

ところで問題はその支配の及ぶ範囲だった。頼朝は、東海・東山両道のほかに義仲の地盤である北陸道をも要求したが、さすがに後白河は、北陸道は認めなかった。が、義仲は、法皇が北陸道の支配権まで頼朝に与えたと聞いてしまった。いや、北陸道が除外されたにしても、この決定じたい許せることではない。

「鎌倉の頼朝が何をしたというんだ。実際に働いたのは俺じゃないか」

怒った義仲はついに法住《ほうじゅう》寺《じ》殿《どの》を襲撃し、後白河を捕え、院の近臣たち四十余人を解任した。十一月十九日に行われた法住寺合戦がそれである。戦乱に巻きこまれて、天台座主《ざす》の明雲《みょううん》大僧正や、以仁王の弟、円恵《えんけい》法親王が殺された。

屋島にこの報が伝えられたとき、

「まあ、明雲さまが……」

一番驚いたのは時子だった。夫とともに出家したとき、授戒の師となってくれたのがこの明雲だったからだ。

「天台座主ともあろう方が、まあ……」

この先どんなことが起るのか。

「義仲は今にも攻めてくるのじゃないかしら」

幼帝安徳の髪をそっと撫でながら、不安を押えきれずにいる時子に、

「なあに、義仲はこれで墓穴を掘りましたよ」

時忠はさらりと言った。

「今度は頼朝の出番です」

後白河は頼朝に助けを求めるに違いない。頼朝としても、都入りの絶好の口実を得たことになる、というのが彼の見方だった。都を出てからも、情報蒐集は恐ろしいまでに正確な時忠なのである。

はたせるかな、義仲のその後は蹉跌《さてつ》続きだった。関白の首まですげ替えてみたものの、政務は渋滞し、都人の義仲への不満は募るばかりだった。北陸路からお祭騒ぎでくっついてきた連中も、ろくな戦利品もない、と見切をつけて、潮の退くように姿を消しはじめている。命からがら逃げ帰ってきた行家は、再度手勢をかき集め、いまや義仲を討とうと隙を窺っている。

騒然たる中で寿永二（一一八三）年は暮れた。やがて翌年正月、頼朝の弟の範頼《のりより》と義経が二手に分れて、じりじり都に迫っている、という噂が伝わると、時忠は言った。

「さあ、いよいよ時節到来ですぞ、宗盛どの」

幸い平家勢も勝に乗じて播磨を東進している。

「都では、源氏よりも平家の大軍が先に入ってくる、と思っている連中もいるくらいだ」

時忠自身、ぬかりなく、そんな噂を流しているのであろう。ここで義仲に一撃を加えればよし、そうでなくとも、みごとに実力を回復した平家の威容を誇示し、帰京の機を摑もうというのである。義仲で懲《こ》りたはずの後白河は、よもや鎌倉勢と平家の合戦は望むまい。

「源平相並んで朝家に仕える昔に戻りたい」

と、かつて言ったことのある頼朝である。お互い名誉ある和平の可能性は十分ある。

宗盛も慌しく屋島を発った。満を持して東進を続ける重衡と合体するためである。入れ違いに鎌倉勢が都になだれこんだ、という知らせが屋島に届いた。勢多《せた》と宇治の二手に分れて乱入してきた精鋭の前に、義仲は、ほとんどなすすべもなかったという。

それでも義仲は、北陸路への逃走にあたって、力ずくでも後白河を抱えこんで都を立ち退こうと、戦線を放棄して法住寺御所に取って返したが、御所の扉は堅く閉ざされて、彼に応えようとしなかった。いや、その扉を蹴破れないほど、義仲は力竭《つ》きていたのである。そして、後白河連れだしにかかずらっていたことが、逃走の機さえも奪った。すでに護衛の武者の影もないむざんさで、義仲は粟津ヶ原で首を射られて馬から転げ落ち、彼の安否を気遣いながら防戦につとめていた乳母子《めのとご》、今井兼平《いまいかねひら》がその後を追って自決した。数万の木曽勢は、一年足らずの間に、たった二人の戦死というかたちで終りをとげたのである。

——運というものは、いったん悪い方に傾きだすと、止めようがないのだわ。

時子は胸を凍りつかせる。これに比べれば都を離れても、どうにか勢いを盛り返しつつある平家は、まだ運にも見放されていないのかもしれない。

——宗盛を不幸な人と思うのはよそう。

と、思ったとき、当の宗盛から使がきた。

「福原に到着しました。一門の意気は熾《さか》んです」

それを追いかけてまた使が飛びこんできた。

「帝を奉じて、ただちにおいでを。和議が成立したのです」

時子は何度その書状を読み返したことだろう。

「まあ、私たち、都へ戻れるのですね」

屋島の仮の御所は喜びに沸き立った。

「都入りにはこの唐衣《からぎぬ》にしようかしら。この表着《うわぎ》、古びてしまったわねえ」

女房たちは、早くも衣裳選びをはじめている。

あたりを取りかたづけながら、時子は福原に出迎える宗盛の、人のいい笑顔を思い浮かべている。

――重衡はさぞ誇らしげに、一別以来の戦いを語ることだろう。

気の強いくせに、眼許のやさしい息子なのである。幼帝安徳の髪をいそいそと梳《くしけず》っている輔子も、夫のその瞳を胸に描いているのではないか。

春靄《はるもや》の修羅《しゅら》

新月はすでに落ちている。

陰暦二月の初め、時子たちは暁闇の屋島の浜辺を後にした。船縁《ふなべり》を洗うおだやかな波には、かすかに春の香があった。乳母《めのと》の大納言《だいなごんの》典侍《すけ》輔子《すけこ》に抱かれた幼帝安徳は、まだ眠たげに眼をこすっている。

「いつもなら、まだお寝《やす》みの時刻でございますものね」

輔子は幼帝の肩にかかる髪を撫でながら言った。

「帝、お眠うございましょう。でも、今お発ちになりますと、夕刻には福原にお着きになれます」

「ふくはら?」

「ええ、前にお過しになった福原の御所を憶えておいででございましょう」

幼帝は、曖昧なうなずき方をした。半ばはまだ夢の続きの世界にいるらしい。

「ま、しばらくはお寝み遊ばせ」

時子は微笑した。

「外はまだ暗うございますねえ」

女房の一人が呟いた。数十隻の船団が呼びかわすように振る舳《へさき》の灯《ひ》も、またたくうちに闇に吸われた。その闇が、わずかに藍の色を帯びはじめたかと思うと、それは春《はる》靄《もや》に変っていた。

「見通しはききませんが、この時期の海は静かでございます。手だれの水夫《かこ》が漕いでおりますから、行く先を間違うようなことはございません」

総指揮官である知盛《とももり》が船縁から降りてきてそう言ったころ、幼帝は輔子に抱かれて、すやすや寝息をたてていた。なぜこの日船に乗らなければいけないのか。なぜ福原に行くのか。前途に待ちうけるものを、幼児は知らない。いや、知らないという意味では、時子も徳子も輔子も、幼児と何ら変ることはなかった。彼女たちも、春靄の海の向うにある修羅《しゅら》には何ひとつ気づかずに、屋島を発ったのである。

船の旅はおだやかだった。日が更《ふ》けても、海の果ては霞んでいた。そしてふたたび夕靄があたりを包みはじめたころ、人々は須磨・明石の灯の色を見た。

船が錨を入れるとまもなく、宗盛や時忠、重衡《しげひら》たちが御座船に挨拶にやってきた。

「院からのお使が、まもなく都を発ちます」

修理大夫《しゅりのだいぶ》藤原親信《ちかのぶ》という者からの知らせだから間違いあるまい、という宗盛の頬には安堵の色があった。慌しく都を出て半年余り、ともかく帰京の機を摑んだのである。

「といっても、油断はできないのです」

と言うのは重衡だった。

「義仲を討って勢いに乗じた鎌倉勢は、げんにこちらに向っているのですから」

「いや、だからこそ」

宗盛は重衡をたしなめる口調である。

「双方とも無用の合戦はくれぐれも慎めと——。正式の院の仰せではありませんが、御内意は都の公卿方から伝えられているのです。公卿方も帝と神器が無事にお戻りになることが一番いいとお考えのようで」

「でも、ふしぎですこと」

時子は首を傾《かし》げた。

「和平をお望みなら、なぜ院は鎌倉勢をお止《とど》めにならないのか……」

ひと足先に福原に着いていた時忠は、

「ちょっとそのあたりを探りたいので、いま親宗《ちかむね》に使をやっているのです」

と言った。都に止まっている異母弟に連絡をとろうとしている様子である。

「時忠どの」

時子は膝を進めた。

「女院からも院にお使をさしあげてみては？　こうして福原に着かれたことですし」

徳子は黙っている。もともと、もの静かなたちの彼女が、このところ、めっきり無口になってしまったことに時子は気がついている。やってみようというのか、嫌だというのか、反応が摑めない。

宗盛が取りなすように言った。

「それもよろしいですな。院のお使がおいでになったとき、そのお使に添えて、女院さまのお使をさしあげては」

それについても徳子は否やの返事をしなかった。ときどき、わが子ながら、この娘が何を考えているのか、時子にも摑めないときがある。が、そんな思いに捉われたのも一瞬のことだった。精悍な頰を輝かせた重衡の主戦論が始まったのだ。

「だから、今こそ、と申しあげたいのですよ、兄上」

平家は上げ潮だ。勝に乗っている。しかも鎌倉勢は長途の旅と合戦で疲れている。討つなら今だ、と彼はあくまでも強気だった。

「まあ、勝を急ぐこともあるまい」

宗盛はしきりに重衡をなだめている。

「まず帝と女院を無事に都にお帰しすることを第一に考えるべきだ。それに我らも頼朝追討の院宣《いんぜん》をいただいているわけではないのだからな。戦うのはまずい」

「しかし、兄上」

　重衡は不満そうだ。

「もし戦いになったら、福原は不利ですよ。広すぎて守りきれない。思いきって出撃してしまった方がいい」

　ともかく鎌倉勢に一撃を加えて平家の実力を見せつけておく方が、これからの立場を有利にする、と重衡は主張したが、

　――まあ、和平も近づいていることだから。

　と、おおかたの意見は対決回避に傾いた。

　目の前にぶらさがりかけている和平から、人々は眼を逸《そ》らすことができなかったのだ。それも屈辱の投降ではない。西国を抑えた実力を背景にしての、いわば凱旋である。さもなくば戦って実力で天下にしめすのみ。

　このときの平家一門の頭の中には、和平か勝利――この二つの構図しか浮かんではいなかった。敗北などということは全く考えられない。その夜の福原は、遅くまで笑いさざめく声が絶えなかった。

　そして翌日も、その翌日も……

　その間にも、鎌倉勢はひたひたと福原に近づいていたのであるが。

二月四日は清盛の命日だった。この日の法要は、幼帝安徳の御座船で行われた。

「こんなことなら、大相国《だいしょうこく》のお邸など焼いてしまうのではなかったな」

そんなささやきも傍らから洩れた。臨時の砦のようなものは急ごしらえで作ったものの、安徳や女院の住むような構えではない。八日には、後白河の使が都を発つという。とすればここに着くのは十日。それまでには安徳や徳子のために、ある程度見苦しくないしつらえを完成させねば……。宗盛たちの関心はこの時期、専《もっぱ》らそのことに集中していた。

何という情勢判断の拙劣さ！

しかしそれは後世からの批判である。渦の中にあるものにはそれは見えない。まして平家は自分たちが勝機を摑んでいると確信しきっているのだ。半年の試練に耐えて、いま都は手の届くところにある。堂々と院の使を迎え入れるだけ——と思いこんでいたのだった。

後になってみれば、このとき、時子たちが安徳の御座所のできるまで船で待機していたのがまだしも幸いだった。二月七日の早朝、時子は慌しく錨を巻きあげる音に目を覚ます。

「敵が、敵が押しよせてまいりましたっ」

「えっ、何ですって」

とっさに起きあがると、

「帝、女院……」

叫びながら、時子は安徳の寝所にあてられている胴の間の奥の一画に走った。乳母の輔子は、やっと半身を起したところである。幼帝はまだぐっすりと眠っている。

「水夫《かこ》っ、楫取《かんどり》っ。集まれえっ」

「急ぎ船を出せ。楫《かじ》とれっ」

ぎぎぎっ！　楫の音がして、大きく船が傾いた。

「ああっ」

蔽いかぶさるようにして、輔子が帝を抱きあげる。そのときになって、かすかに雄叫びのようなものが時子の耳に伝わってきた。

急いで船縁に上ってみたが、つい目と鼻の先なのに、靄に包まれて陸上の様子はわからない。

――これはどうしたこと。

宗盛、重衡！

大声で叫びたかった。が、船は左右に大きく揺れながら、海辺を離れつつある。時子がいくら叫んでも、その声は陸には届かなかったろう。

――院のお使が、今にも着くはずではなかったか。

——そのお使が、鎌倉勢の暴走に歯どめをかけるという話はどうしたのか。日を繰ってみれば、今日はまだ七日。まだ院の使は都を発っていない。

——ああ、すべては狂ってしまった。

強気に決戦を主張した重衡の顔が思い出される。あのとき彼は福原での守りは不利だと言っていた。こんな形で合戦が起ってしまうのだったら、いっそ彼の言うように出撃すればよかったのである。

その間にも慌しく船は沖を目指している。

——もう、何も見えない！

時子は船縁を摑んで顔を伏せた。

しかし、もし霧が霽《は》れていたら、時子は気を失うほどの地獄図を見せつけられることになったろう。霧の向うでは、平家は、未曽有の組織力を持つ鎌倉勢——東国武者とはじめて対決し、その一撃によって、見るもむざんに崩れたっていたのである。

それまでの対戦相手、義仲の麾下の矢田義清、海野行広、あるいは行家《ゆきいえ》の手勢は動いた兵員の数も少なく、いわば局地戦だった。が、今度の相手は、大規模の野戦を想定し、作戦を練って出撃してきたのである。

軍兵の数もだが、ここで凄みを発揮したのは組織力であった。東国武士団はそれぞれの領主が配下をがっちり握っている。しかも大小の武士団が功名争いを起さないように、全軍に厳しい統制が行われていたのだ。大将は大手が範頼《のりより》、搦手《からめて》が義経、それぞれに軍奉行（軍監）として土肥実平《どいさねひら》、梶原景時《かじわらかげとき》がつく。全軍は配備、出陣の順番について、すべてこの軍奉行の指揮に服さねばならない。その統制を逸脱した行為があれば、たとえ敵を打ち負かしても戦功とは認めない……

　これは東国武士団にとっても、西国ではじめて体験する作戦行動だった。木曽義仲との戦いではすでに相手が崩壊寸前だったから、彼らはその組織力の凄みを発揮するにも及ばないうちに戦いは終っている。

——今度こそ！

　東国武士団は、だから闘志を燃やしていた。戦意はおそらく平家を凌ぐものがあったことに、さすがの重衡も気がついていなかったのである。

　二月七日の朝から始まった鎌倉勢の攻撃は執拗を極めた。一軍をやっと追い払ったと思うと二軍が、次に三軍が、平家軍に息もつがせず攻め寄せてくる。その防戦に追われているところに、背後から鬨《とき》の声があがった。義経の別働隊が、山側から攻めおりてきたのである。

——よもや。

　と思っていた方向からの新たな攻撃に平家勢は総崩れになった。世にいう鵯越《ひよどりごえ》の坂落《さかおと》しがそれだが、この奇襲は勝敗に大いに影響があったとはいえ、このときの合戦の歴史的意義は大手の対決――源平両兵団が四つに組んで、西国の古代的兵力と東国の中世的兵力が覇を競ったところにある。

が、その勝負を見届けないうち、時子たちの船は、一路西を目指していた。つい数日前、希望にみちて渡ったこの海に、いまは浮かんでいることさえ心許ない。

「宗盛は？　知盛は？　重衡は？」

尋ねても舳《へさき》の見張りは、

「それらしき船の影は見えませぬ」

と言う。

――では、私たちだけが屋島に戻るというのか。

ぞっと背筋が寒くなる。幼いながらも、安徳も事の異常さを感じているのか、むずかりもせず、ちんまり坐り続けている。そして、徳子も……

その顔を見やって、時子はぎょっとした。あまりにも無表情なのだ。驚いてもいない、悲しんでもいない。いつものとおりの表情で、端正に坐り続けている。

――母后らしい落着きともいえる。けれど……

ふと手の届かないところにわが娘がいってしまったような気がした。

屋島に帰りついてしばらくすると、落武者を乗せた船が二隻、三隻と辿りついた。ほとんどの武士たちは息も絶え絶えである。ざっくり割られた肩先を、裂いた直垂《ひたたれ》の袖で辛うじて縛って呻き続けるもの。

「水を、水をくれ」

仲間の肩にもたれて譫言《うわごと》のようにくりかえすもの。傷のない連中も顔色がない。

「目の前で二隻も沈んでしまったからな」

「乗りすぎよ。一度にどっと船縁にしがみついてくるんだから」

「無理もないさ。置いてゆかれりゃ命はないもの」

時子はおろおろと人影を探す。

「内府（宗盛）は？　中納言（知盛）は？」

「あ、御大将でございますか」

誰かが遠くで答えた。

「お船に召されるお姿をしかと見ております。おっつけこれへ」

報告どおり、やがて宗盛が姿を見せた。砂浜に足をめりこませて、一歩一歩、大儀そうに歩いてくる。

福原の港のあちこちには、かなりの船が繋いであったが、我勝ちに乗って顚覆したものも多かったし、先廻りした鎌倉勢に焼かれたものもあり、足を奪われて孤立した連中は日暮れまで山蔭にひそみ、海伝いに西に逃れ、地元の船頭を拝み倒して小舟を譲りうけ、やっと屋島に辿りつくというていたらくだった。

知盛や時忠も何とか無事に帰って、時子の許に集まったのは八日の夜。灯影に映し出される人々の頬の翳は濃い。当然ここに顔を見せるべくしてその姿のない人々は、越中《えっちゅう》前司盛俊《もりとし》、薩摩守忠度《さつまのかみただのり》。教盛《のりもり》（清盛の弟）の子通盛《みちもり》・業盛《なりもり》。経盛《つねもり》（清盛の弟）の子経正《つねまさ》・経俊《つねとし》。そして知盛もわが子知章《ともあきら》を失っていた。かつて福原で笛を吹いていた敦盛《あつもり》（経盛の子）も姿を見せない。いやまだ足りない顔は何人かいる。

集まった人々は、それらの人々のことに触れようとはしない。あまりに明白な敗北。多くの人々の戦死。一つそのことを持ちだせば、止《とど》まりがつかなくなってしまうだろう。

その沈黙を破ったのは時忠である。

「知盛どの、あなたも見られたでしょう」

時忠と知盛は、同じ船で屋島へ逃れてきたのである。

「はあ」

「何を見られたのですか？」

時子が尋ねたとき、はじめて時忠は、ここにいない人物に触れたのである。

「維盛《これもり》どのですよ」

「えっ」

「我々は見てしまったのです。みごとな退《の》きぶりでしたな。すばやく手勢をまとめて船に乗せた。まあ、三十艘もあったかな」

「それで？」

「しばらくは我々の船と見えつかくれつ、一団となって漕いでいたと思ったら――」

「……」

「俄かに方向を変えたのです」

「えっ」

「あっというまのことでした。もちろん声は届かない。あの方向ではさぞかし」

時忠の言葉を知盛が遮った。

「紀州でしょう」

む、む、む……という低い呻き声が一座に流れた。

「我々の先途を見限ったのですよ」

さばさばと時忠は言った。

「前から、小松どの（重盛系）の一族は、我々と解けあわぬところがあったな」

重盛は時子の実子ではない。そのせいか、その生前もどこかしっくりしないところがあったし、その死後、維盛たちも、叔父である宗盛や知盛にも、心を開かない様子が窺えた。それに維盛は大事な合戦に何度か失敗している。鎌倉勢と最初に対決した富士川の陣、そして木曽攻め――。そのために彼はいよいよ一門の中から孤立していた。

「が、それにしても、この時期に、これ見よがしに船団を率いて逃れ去るとはな」

誰かが呟くように言った。

今日のこの日のあることを、いち早く勘づいていたのは重衡だった。あの一族はやる気がない、油断がならない、と度々言っていた。自分は維盛とは違う、とも言った……

そう思ったとき、ついに時子はこらえきれずに、その名を口にしてしまった。

「あの……重衡は？」

はじめから気がついていたのだ。当然ここにいるべくしていないわが子のことを。勇敢な武将として、誰よりも頼りにしていた彼が、いまだにここに帰りついていない、ということはどういうことなのか。

誰もが押し黙って、時子の視線を避けている。

答はあまりに明白だからだ。

その名を口にしたことで、時子は、心に蔽いかぶさっている危惧が単なる思いすごしでなかったことをたしかめる結果となった。

「いや、もしかすると、どこかに潜んでおられて……」

誰かが呟くように言ったのは、慰めでしかないことはわかっている。

――こんなことになるのだったら、あの子の思うままに出撃させてやるのだった
……
術《すべ》もない後悔とわかっていても、そう思わずにはいられない時子だった。

一日二日経つうちに、都の情報がしだいに摑めてきた。すでに、一月二十六日、範頼、義経は平家追討の院宣を受けていたのである。

「自分たちの真の敵は義仲でなくて平家だ。平治の乱の屈辱を自分たちは忘れてはいない。このまま兵を退《ひ》けと言われたら、自分たちは何の面目があって鎌倉に戻れよう」

彼らはそう主張したという。義仲の乱暴に懲《こ》りている後白河はじめ公家たちは、たちまち弱腰になった。義仲よりも強力な鎌倉勢の申し出を拒んだらどういうことになるか。

「それに、こういうとき、すぐ同調する連中が法皇のお側にはいるのですよ」

時忠は苦りきった口調で言う。

「しかも、姉上、呆れたことに、その中に親宗も入っているんです」

「えっ、親宗が私たちを討てと？」

時子は絶句した。

「そうです、はっきりそう申しあげたそうですよ」

「だって、あの子は……、親宗は、私たちの力添えで、あそこまで出世したんじゃありませんか」

「ま、そうですが。しかしいざとなれば自分がかわいい。やはり母の違う異母兄弟《きょうだい》は、あてになりませんな」

そうかもしれない。いま屋島にいるのは時忠と時子、二人は父も母も同じくしている。その傍らには異父弟能円《のうえん》もいる。彼は時子たちの母が平時信と別れてから別の男との間に儲けた子だが、こうして屋島まで行をともにしているのだ。

じつは能円の妻は藤原範子《のりこ》といって、今度新しく都で擁立された新帝後鳥羽の乳母なのだ。その側にいれば、能円もけっこう羽振りをきかすこともできるわけだが、新帝をめぐる噂が伝わってきても、

「ああ、そうですか」

というだけで、いっこう都に帰りたそうな気配は見せない。維盛が戦線離脱した今、屋島は、時子を中心として、その子供たちと兄弟たちが立て籠る城になった感がある。

「が、それにしても――」

と屋島では後白河を恨む声は高い。

「わが一族追討の宣旨を出しておきながら、我々には手出しをするなとはどういうこ

とだ」

「結局、我々を謀《たばか》られたのだな」

　そう考えるのは当然のことだ。

　しかし、歴史的に見るならば、これは院政権力の堕落と頽廃の結果にほかならない。そして溯ればその因子は、すでに保元・平治の乱のときに育まれていたのである。

　院政はそのころもう実力を失いつつあったのだ。握っているのは官僚の任免権と宣旨の発行権、事あるごとにそれは周囲に利用されてきた。院じたいも、唯一の特権である宣旨にしがみつく。だから義仲が平家追討の宣旨を強要すれば簡単にそれを出す。その後、頼朝に要求されればこれも出さねばならない。突っ張って撥ねのける気力も実力もない以上、限りない現状追認が続き、院宣は全く筋の通らないものとなってしまう。

　それでいながら、院もその周辺も、この頽廃には気づいていない。院宣の効力への錯覚がある。だから、

「範頼・義経が強要するからいったん平家追討の院宣を出しておこう。その後追いかけて両者に和平の使を出せば、彼らの面目も立つ」

　院宣の朝令暮改は棚にあげ、自分たちに両者の調停役がつとめられると自負していたのか。この一見高度な政略に見える小細工がすべて裏目に出た。そのあおりを喰っ

て崩壊した平家こそ、じつは院政政権にまつわりついて急成長した一族だったというのも歴史の皮肉というべきかもしれない。

当時、院の周辺でも、平家追討には両論があった。ともかく、鎌倉の要求を容れて、彼らが義仲のような暴徒になるのを抑えるのが先とする立場と、神器の帰還が第一だから、平家を追討すべきでない、とする立場と。後白河は結局、その中間をとったつもりだったのであろう。

と、そのうち、都からの情報は、ぱったりとだえた。

「ははあ、みんな平家との繋りがあるのを隠しはじめたようですな」

時忠は皮肉な笑みを口許に浮かべた。今までは比較的好意を寄せ、帰洛を待っている、と書き送ってきた連中も、口を閉ざしてしまったらしい。多分、都では平家に情報を送っていた人々を厳しく詮索しはじめたのだろう。一番関連を疑われる親宗が、積極的に平家追討を主張したというのも、この日を見越してのことではなかったか。

生き残った平家一門にもしだいに焦りが見えてきた。このままではいよいよ孤立してしまう。そんな重苦しい雰囲気の中で、幼帝安徳ひとりは無心である。そのあどけない瞳に胸を塞がれる思いをしていた時子の許に、宗盛が息を切らせてやってきた。二月の二十日すぎのことである。

「母上」

見れば、書状のようなものを手にしている。

「来ました」

「何が――」

「書状です。重衡からの」

「えっ、生きていたのですかっ」

走りよって、その書状を胸に抱きとった。

重衡は捕虜になっていたのである。須磨まで逃げのびながら、乗馬を射られたところに、東国武者が殺到した。

――もはや、これまで。

鎧の上帯を引きちぎり、高紐《たかひも》をはずして切腹しようとしたところを抱きすくめられた。

「お待ちくだされ。御自害など、とんでもない」

朝からの戦いに疲れきっていた重衡は、すでに抵抗する力を失っていた。むりやり馬に押しあげられ、鞍にくくりつけられるようにして、源氏の陣営に運ばれた。

鎧をもぎとられ、褐《かち》色（濃紺）の直垂《ひたたれ》に小袴《こばかま》というみじめな姿で彼が入京したのは九日。書状はその数日後の日付になっている。

「きびしい詮議をうけております。大仏を焼き奉った罪は万死にあたると。また、父を梟首《きょうしゅ》された頼朝の積年の恨みを思えば、斬罪は免れまいと。ただ、重衡ひとり捕虜の辱《はずかしめ》をうけたことを、院も哀れに思召し、もし、三種の神器の帰洛のことがあれば、一命を赦《ゆる》してやってもいいと――」

読んでいるうちに、時子の手は震えてきた。もうその先は涙に霞んで読めなかった。

「帰れるのですね、重衡は――」

「は、まあ……」

宗盛の返事の曖昧さに彼女は気づいていなかった。

「すぐに返事を書いてください。ああ、大納言典侍にも知らせなければ……」

黙って幼帝にかしずき続けている重衡の妻、輔子は、どんなに辛かったろう。その胸のうちを思うと、声をかけようにもかけられない数日だった。

「ま、とにかく事は重大です。一門にはかって決めねばなりません。広間においでいただけませんか。女院にもお出ましを願いたい。それに典侍にも――」

言いおいて、宗盛は去った。

徳子や輔子を促して時子がそれへ臨んだとき、人々はすでに顔を揃えていた。

改めて重衡の書状が読みあげられ、

「そういう次第だが――」

宗盛があたりを見廻したときの周囲の反応は、およそ時子の期待とはうらはらなものだった。

誰もが沈黙している。時子の視線を避けて、無表情を装っているのだ。少なくとも、

——生きていて、よかった。

と、喜びをともにしてくれる者は一人もいない。

——そなたたちはどうしたの？

不可解な沈黙に、時子が苛立ちはじめたとき、知盛がやっと口を切った。

「問題はその書状だが……、はたして重衡のものと考えていいのかどうか」

「まあ、何を言うのです」

急いで宗盛の手から書状をもぎとるようにして、時子は一座の前にふりかざした。

「この花押《かおう》を見てごらんなさい。まごうかたなき重衡の手です」

「いや、母上、そういうことではないのです」

「え？」

「書きたくないものを書かされているのかもしれません」

「まあっ、そんなことが……」

「重衡は勇敢な奴です。捕虜になったときから覚悟はできているはずだ。何をのめのめ、命を助かりたいなどと——」

——まあ、何て冷たいことを言うの、知盛。そなたは血を分けた弟を見殺しにするつもりなの。

叫びかけて時子は気づく。一座の空気が、何となく知盛の言葉に同調しかけていることに……

——これはどうしたこと。

ひるんだそのとき、時忠がうなずきながら呟いた。

「うむ、これはむずかしいぞ。重衡どのは何としてでも取り戻したいが、しかし条件が神器とあってはな」

「私が憂えるのもそこなのです」

知盛が相槌を打った。

「たしかに」

時忠は腕を組んで宙を見すえる。

「都はあくまで神器が欲しい。そこで重衡どのを囮《おとり》にして誘《おび》き出そうという計画かもしれぬ」

「神器だけを取りあげて、重衡は返さない、ということも十分考えられる」

議論がだんだん逸《そ》れていくような気がして、時子はいても立ってもいられなくなった。ともかく重衡は命の瀬戸際に立っているのだ。そのことをなぜ誰もわかってくれないのか。重衡の悲痛な叫びが時子には聞える。

――母上、助けてください。

「お願いです」

時子は人々を遮るようにして言った。

「重衡の命がかかっているのです。何とか助けてやってください」

「お気持はよくわかります」

時忠がなだめるようにうなずいた。

「しかし、事はあまりにも重大ですから」

「ああ……」

――あなたたちにはわからないのだ。子を持つ母の悩みが。子供の命を奪われようとしている母の胸のうちが……

そう叫びかけて、はっと時子は気づく。先刻から一言も発言しない人物がいることを。教盛、経盛――いずれも清盛の弟で一座の長老格の人間だ。そしてその二人は、今度の合戦で、子供を失っている。教盛は通盛と業盛を。経盛にいたっては、経正、経俊、敦盛の三人までを――。思えばわが子知盛も、知章を死なせているのだ。

――ああ……

目の前が暗くなった。それと気づいた今、何で自分の口から、重衡を助けよと言えるだろう。そのとき、知盛が寄り添って肩を抱くようなやさしい口調で言った。

「母上、お悲しみはよくわかります。が、お考えください。神器あっての帝です。もし神器を取りあげられてしまったら……、都を出て以来の苦心は無になってしまいます。私たちは義仲を恐れて逃げたのではありません。帝の御安泰を願えばこそ、こうして西海をさすらうことになったのです」

都では新帝尊成《たかひら》（後鳥羽）を立てはしたが、まだ即位の礼を行っていない。神器なしで天皇になることがためらわれるからである。が、神器を手にすれば、向うは安徳を偽帝呼ばわりするかもしれない。

「そうなってもよろしいのかどうか、これは帝の、いや、女院の御意によることですが」

知盛の視線を追って、傍の徳子をふりかえったとき、時子は思わず背筋を震わせた。徳子は全く無表情だった。経盛や教盛のように、強いて無表情を装っているのではない。何を考えているのか、いや、何も考えていないことはあきらかだ。

――これが娘の顔か。

心を凍りつかせたそのとき、

「さあ……」

というような、かすかな声が徳子の唇から洩れた。考えぬいた末、結論が出せないというのではない。はじめから自分で結論を出すことなど放棄しているのだ。

——私は今の今まで、この娘に錯覚を懐《いだ》いていたのではあるまいか。

生来の口数の少なさを、中宮あるいは女院としての気品と思ったのは買いかぶりだったのかもしれない。栄光の王冠が頭上から転がり落ちかけている今、徳子はまともな判断もできない無能ぶりをさらけだしている。

——異母妹の滋子（建春門院）ならこうではなかったろう。

そんな思いが一瞬頭をかすめる。彼女だったら一座の中心になって事を進めてゆくだろう。たとえ窮地に立ったとしても、最後まで諦めず、事態に挑戦するだろう。それに比べて、今の徳子の呟きはむしろみじめすぎる。

——眼を蔽いたい。それより、人々の眼から徳子そのものを蔽い隠してしまいたい。

胸の中で何かが音を立てて崩れてゆく。

——私はいま、重衡という子を失おうとしている。が失うのは重衡だけではないのだ。いえ、もう徳子という娘を失ってしまったのかもしれない……

しかし泣き伏している場合ではなかった。時忠が言ったように、いまここにいるのは、母を同じくする自分と時忠と能円、そして自分の子供たち——。重大な局面にぶつかった今、それらのすべてを背負いきって、ゆくてを決めなければならないのは自分なのだ。幼帝が偽帝扱いされ、一門が大義名分を失うとすれば……

――母上、助けてください。

耳の底に重衡の声を聞きながら、時子は眼をつぶった。

傍らで啜《すす》り泣きが聞えたのはそのときである。輔子は幼帝を抱く腕を震わせながら、きれぎれに言うのだった。

「私……福原では……重衡どのとゆっくりお話する暇《いとま》がございませんでした」

にじり寄って時子が幼帝を抱きとると、輔子は顔を伏せてくずおれた。安徳はふしぎそうに黒髪を震わせる乳母を眺めている。

「そ、それでも、これで重衡を見限るというわけじゃない」

宗盛は、はじめて口を開き、不器用に言った。

「まだ、道はあるかもしれん。各々方、思うところを申し述べられよ」

時子にはその声がひどく遠いもののように聞えた。それよりあざやかに耳の底に響き続けるのは、

――母上、助けてください。

重衡の叫び声だった。

――許して、重衡……

口の中で、そうくりかえすよりほかない時子であった。

議論はその後も長く続いた。結局、交渉の余地を残しながら、言うべきことはこの

際言おう、というところに落着いた。なにしろ今度の申入れは、重衡からの私信のかたちをとっている。院の内意が伝えられたにすぎず、そこに不安がある。宗盛の返事には、先の合戦の折の肚に据えかねる思いも述べてあった。

「都に帰還すべく福原まで出向いたところ、源氏の軍勢が押し寄せてきました。しかるに八日に院のお使が下向する、それまでは合戦をせぬよう東国武者にも申しつけたから、平家勢にもそう触れるように、というお話がありました。それで合戦を差し控えておりますところへ、七日に東国武者が攻撃を加えてきました。やむを得ずこちらも戦いましたが、戦いはないものときめておりましただけに多大の痛手を蒙りました」

「これはいったいどうしたことか。戦うなという院宣を東国武者には下されなかったのか、それとも、東国武者が院宣に従わなかったのか。あるいは、はじめから平家をだますつもりでそういうお知らせをくださったのか、そこを承りたい」

つまり、こうしたいい加減な話ではまともな返事はできない、というのである。

「帝はもちろん都に帰る御心をお持ちですが、いざ御帰還となると、義仲が、そして今度は東国武士団が行手《ゆくて》を遮ってしまうのです。この際、はっきりした院宣による保証を賜わりたい。平和は望むところ、源氏に対して私怨を含むものではございません」

院及びその側近への不信をはっきりしめした返事である。重衡と神器の交換については答を留保している。幼帝の名誉ある帰還がすなわち神器の帰洛を意味することを匂わせる形をとった。読みようによっては、神器だけの返還は考えられない、という拒否の答でもある。

「院からの正式の御返事を見て、そのことの諾否を申し上げましょう」

と宗盛は言ったが、時忠は、

「今はこれよりほかの返事は考えられません」

よろしいでしょうな、と時子に念を押すように言った。院への全面的降伏でない以上、覚悟はしておかなければならない、と言いたげな時忠の前で、時子はうなずくよりほかはなかった。

はたせるかな、院の使はなかなかやってこなかった。そして三月の二十日すぎ、時子は重衡が頼朝の許に送られたことを知った。院側は重衡をだしに神器を取り戻す作戦を諦めたとみえる。不用の人間となった以上、なぶり殺しにしようと頼朝の勝手だ、というのであろう。義朝《よしとも》が梟首された恨みをはらすために、都では忠度、通盛以下の首の「大《おお》路《じ》渡《わた》し」がすでに行われたことも屋島に伝わってきている。「大路渡し」というのは長槍刀の先に首を突き刺し、名前を書いた赤札をつけて都大路を練り歩くことだ。極悪の罪人についてのみ行われるこの残酷な儀式を、さすがに後白河は拒否した。

「かの一門は自分の縁に連なる者たちである。大路渡しをさせるとは余りにも非礼ではないか」

公卿たちの多くも不賛成であった。

「そんなことをすれば、平家は態度を硬化させる。今は神器を取り戻すことが第一なのに、いたずらに彼らを刺戟すべきではない」

が、義経は譲らなかった。

「我々の父、義朝は同じ屈辱をうけております。その恨みは今もって消えておりません。平家の首の大路渡しこそ、我らの悲願でございます」

後白河はついに押しきられた。すでに面貌の崩れかけている一門の首は、高々と槍刀の先に掲げられ、大路を練り歩いた後、獄門に架けられた。東国武士団はこの日中央権力を威圧した。その勢いに乗じて、頼朝は屋島の平家に止めを刺すべく、改めて宗盛以下への追討の院宣を要求してきた。後白河は簡単にこれに屈してしまう。神器返還の交渉の結論も出ないうち、事態はまた変転しはじめていたのである。

屋島にいる平家はそこまでの経緯は知らない。が、大路渡しが行われた後、鎌倉に呼びつけられる重衡の前に、苛酷な運命が待ちうけていることだけは察しがついた。

――あの子は、二十数年間の源氏の恨みを一身に引き受けなければならないのだわ。

覚悟はしていても、時子の心は動揺する。

——あなた、あなた。

呼びかける相手は故清盛しかいない。

——あなたがいいと思われて築かれた二十年のこの時代、その責任のすべてを負ってあの子は死んでゆくのです。

重衡には何もしてやれなかった。若年のうちに三位中将にまで昇進させてやったとしても、それに何の意味があろう。ひきかえに負わなければならなかった宿命は余りにも重い。

——もし、あのとき、神器とひきかえにあの子を迎えいれてやっていれば……

思うまいとしても、そのことが頭に浮かぶ。それどころか、笑顔で手を振って歩いてくる重衡の姿が眼裏《まうら》に明滅するのだ。時子は重衡を死に追いやる決定を自分の責任において下さなければならなかった宿命を呪いたかった。誰かの決定に服したのなら、その人を恨んで泣き叫ぶこともできる。が、そんな甘えや逃避は許されないのだ。徳子に是非を判断する能力のないことがあからさまになってしまった以上、残りの平家一門の運命は自分の肩にかかっているのである。

風の便り、というよりほかない頼りなさで、やがて、重衡に関するやや詳しい情報が屋島に伝わってきた。それによると彼は、悪びれた風もなく、毅然として東へ向ったという。

「まあ、それはまことですか」

　知らせを伝えた知盛は、

「ともかく剛毅な性格ですからね。取り乱さなかったとは見上げたものです」

　母を慰めるように言った。向う気の強さだけではあるまい。平家に課せられた宿命を分け持って歩もうとしているのだ、と時子は思った。

　じつをいえば、このとき、重衡はいまひとつ深いところで、宗教的な悟りの境地に近づきつつあった。この世の修羅をとことんまで味わいつくした彼に、ひとすじの光明を与えたものは、そのころ日本に深く根付きつつあった浄土思想――。修羅の果てに、重衡は罪業を犯した人も念仏によって救われるという宗教的確信を摑み、死をも恐れなくなっていたのである。

　が、彼は時子にそのことを知らせるすべを持たない。時子もまた、彼の苦悩と悟達の軌跡には気づかない……。そうなのだ。たとえ親子であっても、魂の世界はそれぞれ異なるのだ。徳子の魂の世界に分け入って底にあるものを揺すぶることができないように、重衡の世界に時子はついてゆくことはできない。人の魂は、孤独に、それぞれの道を歩む。今の時子は重衡が毅然として東国に向ったことに僅かの慰めを見出し、それにすがりつくよりほかはなかったのである。

重衡はしかし、東国で直ちに処刑されたのではないらしかった。院側から身柄を預けられ、処分を委《まか》されたことが、かえって頼朝をためらわせたのだ。世の評判をとりわけ気にかける彼は、性急に重衡殺しの責任を取ることを避けたのである。

屋島では重衡についての消息は、なかなか摑めなかったが、彼らはその後間もなく、一門の一人が鎌倉へ向ったことを知る。

池大納言頼盛である。

ともに都落ちすると見せかけて、ぎりぎりになって馬首を翻《ひるがえ》して都へ駆け去った頼盛は、客人として頼朝に招かれたのだという。

「かの日、禅尼どのが命乞いをしてくれなかったら、今日の頼朝はなかったのだから」

と扱いは、甚だ鄭重であった。鎌倉に着いてからは、しばしば船遊びや小笠懸《こかさがけ》などで大歓待が行われたが、すでにこのとき頼朝は平家領として没収されていた諸国の荘園のうち、頼盛とその妻の所領である三十四か所の荘園を返還すべきことを院に申し入れている。待遇は平家時代と全く同じ、というわけだ。さらに帰京にあたっては盛大な別宴が催され、金《こがね》造りの剣をはじめ、砂金、駿馬、色とりどりの錦繍《きんしゅう》数十巻など、頼盛自身も腰をぬかしそうな餞別が贈られた。それを聞いて、

「池のおばばどのの寝返り伝授が、みごとな花を咲かせましたな」

皮肉に笑ったのは時忠である。この歓待とひきかえに、頼朝が、ぬけめなく平家追討の促進を頼みこんだ、という情報を手にして、彼は決戦の近いことを感じたようだ。院側が宗盛追討をためらっているのは、神器にこだわっているからである。二月の戦いではやたらに殺傷をくりかえすだけで神器を奪いとれなかったという意味で、義経の働きに対しては必ずしも評価は高くない。もちろん頼朝もその辺のことは心得ている。

「もちろん、神器と帝を無事にお迎えするように申しつけます」

頼盛にもそう言ったし、少し後のことだが、彼自身、範頼にわざわざ手紙を書いている。

八（屋）島に御座《おは》す大《おほ》やけ（安徳）、並びに二位殿、女房たちなど、少《すこし》もあやまちあしざまなる事なくて、向（迎）へ取申させ給《たまふ》べし。

院側はこのときかなり焦っていた。とりあえず帝位につけた新帝後鳥羽に、いよいよ即位の儀式を挙げさせねばならない。その時期を七月末と定めて準備が着々進行中なのだが、何といっても、そのときまでに神器が欲しい。神器なしの即位などという前代未聞のことを敢行する度胸はないのである。

頼朝はこれにつけこんだともいえる。

「だから、全力を尽します。しかしそれには正式の保証が欲しい、いざとなったら宗盛以下を叩きのめして神器を奪いとってもいい、という具体的な御裁許を」

それを許しながら、院側はここでも小細工をくりかえす。七月初め院の使が屋島にやってきて、こんな申入れをした。

「義経以下が逸《はや》りに逸ってここを襲うといっている。が、戦いは一門にとって得策ではあるまい。何とか調停をするから、その代りに神器を渡して欲しい」

宗盛はこのとき動揺の色を見せた。

「神器、帝、女院はお帰ししよう。が、自分は戻らない。息子の清宗が付き添ってゆくから、自分にはこの讃岐《さぬき》の国を賜わりたい」

宗盛のこの弱気の提案を無視し、院使を、

「もう言うな！」

一喝したのは時忠だった。

「今度もうまうま謀られる我らだと思うのか」

院使についてきた十数人の雑色《ぞうしき》の首を刎《は》ねた。当の院の使には、

「長の旅路を御苦労だったな。さ、これでも喰《くら》え」

額に焼型を押しつけて追い返した。

が、鎌倉勢の攻撃はすぐには行われなかった。当の義経が無断で恩賞にあずかって頼朝の機嫌を損じたりしたのも原因の一つだが、都や大和、伊勢などには、まだ平家

に心を寄せる武士が多く、所々で叛乱を起し、その鎮圧に手を焼いていたからである。そして結局、後鳥羽の即位の大礼は、神器なしという異例の形で行われたのであった。

その翌年、また春靄の季節がやってきた。清盛の法要を行うにつけても、先年の福原の一夜が思いだされる。一年のうちに海の向うがひどく遠くなってしまったような気がする。

悪夢のような七日が近づいてくると、時子はよく魘《うな》された。

髭面武者が刀を振りかざしてくる。逃げようとするのだが足が出ない。雄叫びが前からも後からも聞える。幼帝の姿は見えない。徳子だけが重たげな足取りで前を歩いてゆく。

——徳子、帝は？　ああ、駄目、そんなふうに裳《も》を引きずって歩いていては、走るのよ、早く早く！

が、のろのろ歩く徳子にも自分は追いつけない。ついに後ろから羽交いじめにされた。

——ああ、あっ。

のけぞりかけて、

「尼御台《あまみだい》さまっ」

気づかわしげに覗きこんでいる女房の顔がおぼろげに見えてきた。

「ああ、夢だったのね」

冷たい汗で、ぐっしょり体じゅうが濡れていた。

そんな夜が、二晩おき、三晩おきに続いた。

そしてその暁方も――。

「ああっ、あっ」

胸をかきむしろうとして、

「尼御台さまっ」

悲鳴に近い女房の声で我にかえった。

「敵が、敵が……」

「えっ、何ですって」

時子は半ば夢の中にいた。

「すぐに、すぐにお船に……」

気づいたとき、あたりはすでに大混乱に陥っていた。

「敵が攻めてきたのですか」

急いで身じまいをして、縁《えん》に走り出た。が、眼の前に開ける海は、春靄に包まれて、おだやかに凪ぎ、波音さえも響かせてはいない。慌しげに走り廻っているのは平家の手勢だけだった。

「どこに、どこに敵の船はいるのです」

「いえ、尼御台さま……」

女房は震える指先で背後の陸地を指ししめした。

「あ、あ、あそこから」

「えっ」

予想もしない事態が起ったのだ。来襲に備えて前方の海には警戒を怠らなかったのだが、敵は意表を衝いて、背後を廻って攻めてきたのである。

「帝、帝」

輔子に駆けよって、幼帝を抱きとった。

「私がお供します。そなたは神器を」

縁から飛びおりるようにして砂浜に走った。その先を徳子が歩いている、と思ったのは夢か錯覚か。

びゅうん。

耳の側を鏑矢《かぶらや》がかすめていったような気もする。

「さ、お早く」

郎従らしいのが、屈《かが》んで背を突き出すようにした。背負ってゆくというのだろう。

「私はよい、帝を頼みます」

そこへもう一人駆けよった。

「さ、尼御台さま」

獣じみたおめき声に追われながら、時子は郎従の背に突っ伏した。

時子たちの乗るのを待ちかねたように御座船は大きく傾《かし》ぎながら岸を離れた。後から乗りこんできた知盛や宗盛の顔に気づいたのはしばらくしてからである。

「御無事で……御怪我もなく？」

「女院は」

もどかしげに尋ねると、女房に手を曳《ひ》かれて無事に乗りこんだという。

――してみれば、さっきの姿は幻ではなかったのだ。

「もうかなり沖へ出ました。御心配はありません」

船縁に立つと源氏の白旗が小さく揺れているが、雄叫びはもう聞えない。

――この先どこへ行くべきか。

誰の顔にも不安が漂っている。

すでに時子たちは住むべき土地を持たなかった。

二年前まで、国の半ばをわがものにしているといわれていた平家が、いまや最後の根拠地だった屋島を逐《お》われて波に漂い、身を休めるところもないとは……

極限状況に追いこまれたとき、人間は泣くことさえも忘れてしまうのだろうか。いま、時子は、船縁《ふなべり》に身をもたせて、ぼんやりとはてしない空のひろがりを眺めている。

――あなた……

虚空にその面影が浮かんだわけではない。が、夫の死以来、これほど身近に彼の存在を感じたことはなかった。

――あなたが亡くなられたあのとき、数年後にこんな境涯に置かれるなんて、考えてもいませんでした。

いや、今の自分を予見できたら、恐ろしさに気を失ってしまったかもしれない。未来を見透す力もないゆえに、こうしてついに地獄の果てまできてしまったのである。

——でも、ふしぎですこと、あなた。その地獄の果てで、気を狂わせもせず、私は生きているのです。どうして私は昔のままの私として生きていられるのか……

想念は、近づく人の気配で遮られた。

「母上」

重い足取りで近づいてきたのは宗盛だった。

「御無事で何よりでした」

そういう彼も取るものも取りあえず小舟で逃れ、やっと御座船に追いついたのである。

「お疲れでございましょう。下でお寝《やす》みになられては？」

「ありがとう、宗盛。大丈夫です、私は。いま、私、こうして、そなたの父君のことを思い浮かべていたのです」

「父上のことを？」

「ええ、今まで生きていらっしゃらないでお幸せだったと……」

言葉に出してしまってから、時子は、自分が亡き夫に言いたかったことはそのことだったと、改めて気づかされていた。

——そうだわ、私は清盛どのに今の不幸を訴えたかったのではないのだわ。しみじみと感じられるのは、人間の運命のふしぎさ。恨むでも歎くでもなく、そのことを語りあえるのは夫だけ。苦しみを突きぬけたところで、早く亡くなられてようございましたね、と言える心境に私はなっている。

　宗盛は答える言葉もなく、眼をしばたたかせている。あるいは母の言葉を、残されたものの詠歎と取ったのかもしれない。しかし時子は敢えてその思い違いを打ち消す気にはなれなかった。

――宗盛、心やさしいわが子。この危機のさなかにあって、私のために眼をうるませてくれている。むしろ、宗盛をこそ、支えてやらなければならないのに。勇気ある弟重衡《しげひら》を失い、徳子が何の力にもならない現在なのだから……

　しかも、残ったただ一人の弟、知盛は折あしく屋島を離れていた。長門《ながと》の彦島――自分のかつての知行国《ちぎょうこく》である長門の一画に、基地を設定すべく、みずから彼の地に赴いていたのである。

「昔なら、知行国主の言うことですから一も二もなく引き受けるはずなのに、それもままならないので――」

　部下に命じただけでは頼りにならないのだ、と言って彼は出かけたのだった。彦島は島と言っても長門とほとんど陸続き、対岸の九州も目の前にある要衝である。そこを拠点に平家の再興をはかろうという計画は、緒についたばかりだったが、

「ひとまず、その彦島へ」

と宗盛は言う。大海を漂うほかはないと思っていたところに、爪をかけるほどの土地にしても、ともかく落着く所があるというのは救いだった。

早舟が急を知らせたのだろう、彦島に辿りついたとき、浜辺に知盛は迎えに出ていた。

「御無事で何よりでした」

宗盛によく似た知盛の瞳はやさしかったが、事態の急変によって島全体がきびしい雰囲気に包まれていることが痛いほどよくわかった。

「兄上、手勢はこれだけですか」

時子たちの船に従ってきた船数の少なさに、知盛は意外そうな面持である。

「いや、そうではない。じつは――」

このときになってはじめて時子は、今度の戦いの全容を知らされた。奇襲を受けた平家はいったん海上に逃れたが、義経の手勢が少ないと見てとって、主戦力は屋島の東側の志度《しど》浦に逆上陸し、背後から義経勢を衝く作戦に出ているのだという。

「しかし、帝や女院は万が一にも合戦に巻きこまれたら困るので――」

宗盛の話に知盛はうなずいた。

「なるほど。うまく行けば、義経はまた海に追い落されるわけですな。ともかく屋島を本拠にするに越したことはない。ここは御覧のとおり、小さな城砦です。帝をお迎えするような所ではない」

が、その翌日あたりから、敗残者を乗せた船が何艘か辿りついて、志度の逆上陸作戦が完全に失敗したことが明らかになった。

「そうか、四国も敵の手に落ちたか」

知盛は急遽呼び集められた首脳部を前に、

「私の計画は、すでに齟齬《そご》を来しています」

率直に現状を分析してみせた。

彦島からの反撃は、あくまでも山陽道を進んできた範頼《のりより》を総大将とする鎌倉勢に対するものだった。いや、山陽道だけではない。源氏勢の一部は海を渡って九州へ進出しているが、彼らの作戦も必ずしも成功はしていない現状である。

第一、地元の非協力が目立っている。ということは、それだけ平家に思いを寄せる人間も多いということだ。それらの勢力を糾合し、食糧補給もままならない鎌倉勢を一気に叩く。屋島にある平家に対して強力な掩護射撃になるとともに、反撃の機会が摑めるかもしれない。

この作戦の中には、義経による屋島急襲といった事態は全く計算に入れていなかった。少なくとも四国と、それをとりまく海上の主導権を握っての上での作戦計画だった。

「が、義経が四国も制してしまったとすれば」

知盛の計画は意味を持たなくなる。四国の、そして屋島の本拠あっての山陽路反攻だったのだから。いやそれより認識を新たにすべきは、彼らの海上兵力の強化である。義経の率いる奇襲部隊は、ほんの数隻だったらしいが、梶原景時《かげとき》に率いられた本隊、数百隻が後からやってきた。

「それで急いで引き揚げてきましたわけで」

志度へ逆上陸した平家勢が浮足立ったのはそのためだったと報告した。

「彼らの船数も侮れぬな」

四国の水軍も続々投降したらしい。最も有力な熊野水軍も、今は義経の味方だという。去年の維盛《これもり》の脱落で、熊野水軍の湛増《たんぞう》らは平家の前途に見切をつけたのであろう。

「作戦を変えましょう」

知盛はきっぱりと言った。もう山陽路の鎌倉勢を叩いている余裕はない。相手はしだいに組織化されつつある鎌倉勢の水軍である。幸い、九州の山鹿《やまが》党、松浦《まつら》党等、平家に心を寄せる水軍はまだ数百隻の兵力を温存している。それに長年培ってきた長門、周防《すおう》、瀬戸内の水軍、屋島で平家を支えてくれた田口重能《しげよし》の手勢——

「併せれば、よもや急編成の鎌倉勢にひけはとるまい」

　しかし彦島は余りにも狭く、守りも手薄だ。海戦の隙を狙って、長門から九州から鎌倉勢が押し寄せてくるかもしれないから安徳帝や中宮をここに置いておくわけにはゆかない。

「みなさま方も船に乗っていただくほかはありませんな。もちろん私どもが周囲をびっしり固めてお守りいたします」

「しかし、それは」

　宗盛は不安げだ。

「御座船があると知ったら、敵はそれを目指して攻めよせてくるだろう」

「御心配は御無用。囮《おとり》を使います」

　知盛は言いきった。

「囮？」

「大きな唐船《からぶね》を御座船に仕立てあげるのです。いかにもそれらしく雑兵をたくさん乗りこませて、周囲もびっしりと固めるのです」

「なるほど、で、その唐船は？」

「松浦党に話をつけさせましょう。言い値で買い取ると言えば、簡単に手に入るはずです」

　よろしゅうございますな、というふうに、知盛は徳子の方を見た。

が、例によって、徳子は無言である。軍船に乗るという動揺も恐怖も躊躇もない。

時子が急いで、

「ええ、それより道がない、というならそうしましょう」

と答えたのは、無表情な徳子に注がれる人々の視線を逸《そ》らさせるためであった。判断力を失ってしまっている娘を衆目にさらすことを避けるためには、代って自分が答えるほかはない。

「むごたらしい戦陣にお連れするのは畏多《おそれおお》いかぎりですが」

知盛の声はむしろ静かだった。

「今は、帝をはじめ皆さまをお護りするには、これが最上の策なのです」

「そなたがそう考えるならば――」

「それが海の戦さと陸の戦さと違うところかもしれません。陸の戦さならば、なるべく遠くに離れていただくのが一番安全なのですが、いや、私どもにもっと力があれば、今度だって、海の彼方に警固の船をつけてお立ち退き願うことも可能かもしれませんが」

集める兵船のぎりぎりまで、戦闘に投入しなければ、この危機を突破することはできない。自分たちはそこまで追いこまれている、ということを、知盛は時子たちに知らせようとしたのだろうか。もの静かな声音だけに、かえって、切迫した事情が、くっきりと浮かびあがってくるのだ。

「知盛、心配には及びませんよ」

時子はつとめて冷静に言おうとした。

「かりに、私たちだけ、海の彼方に逃れたとて、そなたたちがいなくては生きている甲斐はありません。陸の戦さと違って、足手まといにならないのがせめてもの幸いです。生きるも死ぬも一緒に――」

「いや、母上」

知盛は、むしろおだやかに遮った。

「死のうというのではありません。必ず勝ってごらんにいれます。そのつもりで御一緒願いたい。私なりの成算はございます。私は命のぎりぎりまで、死ぬの、負けるのなどと考えないことにしているのです」

――まあ……

心の中で時子は呟く。夫とも重衡とも違う息子がここにいたのだ。いつももの静かで、血気に逸《はや》る重衡の蔭で、とかくくすみがちだった知盛は、いまあざやかに彼独自の道を示してくれた。

急いで花と散ろうというのではない。自分たちの取りまかれている状況は絶体絶命ともいうべきだが、その中でも、最後まで力をふり絞ろうとしているこの息子こそ、平家が最も必要とする人物ではないのか。

――あなた……

時子は虚空の夫に呼びかけた。

――私は重衡を失いました。が、代りに知盛を私の側においてくだすったのですね。

気がつけば、知盛が人々に作戦を説明している。

「我々は海の平家だ。早鞆《はやとも》の瀬戸の潮の満干は知りぬいている。味方は船軍《ふないくさ》の手だればかり。潮の流れを味方につけるすべも心得ている」

知盛自身、清盛に従って何度も瀬戸内の海を往復し、この地独特の複雑な潮の流れを何度も漕ぎ渡っている。とりわけ、彦島に根拠地造りをはじめた今は、地元の水軍の有力者とともに、毎日の潮の満干を眺め続けてきた。

「海は生きものだ」

それが知盛の実感だった。

「日ごと夜ごと海は息づく。その息吹《いぶ》きにあわせなければ勝つ戦さにも負ける、とこのあたりの者は言うくらいでな」

では潮がわが味方についてくれるのはいつか。そのとき、自分たちはどこに位置するべきか。

まず言えるのは、九州と長門の間、早鞆の瀬戸から内側に陣を構えること。海水が狭い瀬戸を潮の満干に従って通りぬけるときに生れるすさまじい潮の流れを利用するためである。

　けれども、瀬戸内の潮の流れは、いわゆる、満潮、干潮の時刻からかなりずれて向きを変える。しかも満潮のときは瀬戸内から外海へ、干潮のときは外洋から瀬戸内へ流れるところが鳴門や由良の海峡と違っている。

「この潮の動きを捉えるのだ。が、田《た》ノ浦《うら》のあたりの潮の流れはさらに複雑でな」

　軍議はさらに続いている。

「それを利用すれば、我々は三方から源氏の船をとりかこむこともできる」

「というと――」

　誰かが聞き返した。宗盛は知盛の背後にあって無言である。現場の地形にも、潮の流れについても何ひとつ知らない彼は、すべてを知盛に任せるよりほかはないのだ。が、そのことに、時子はむしろほっとしたものを感じている。

生きることすべてに不器用で、不運につきまとわれ続けている宗盛。生れつき「時」を捉えることのできないこの息子に、いや彼の不運に、付き添って行こうと覚悟をきめてきた時子だったが、いまここに、その不運な息子に代る総師を見出した感じである。

　とことん追いつめられたとき、ふいに方向が変ったような……

——知盛の言う、潮の流れの変り目というのはこういうことなのかしら。

「いいかな、潮の流れをよくみつめるのだ。ひととき、潮が静止し、東へも西へも流れないように見えるときがある。それから徐々に変り目が現われる」

知盛の声はなおも続いている。

「やがて一刻も経てば、潮の流れはすさまじい速さになっている」

——そうだ、潮の流れは、いま変りつつあるのかもしれない。

と、時子は思った。

三月二十三日、平家の船団は、田ノ浦に着いた。幼帝安徳は船団の中に混じるひときわ大きい唐船に目を奪われ、

「あの船は何？」

しきりに乳母《めのと》の大納言典侍《だいなごんのすけ》輔子《すけこ》に尋ねる。

「唐船と申しましてね、遠い唐の国から、大きな海を渡ってくるのでございますよ。外海は波が荒うございますから、ああいう大きな船でなくては乗りきれません」

「ふうん」

幼児の眼には屈託がない。何のために船上生活を強いられているのかを考えもしないし、むしろ日ごとに、船に対する興味を募らせているのだ。

「じゃ、今度はあの船に乗るのね」

自分たちのための新しい船なのだ、と思いこんでいる様子である。

「いえ、いえ、帝はこのお船でございます」

「あの船がいい、あの船に乗るんだ」

「そ、それはお待ちください」

「いやだ。あの船だ」

「困りましたこと」

輔子は、とほうに暮れている。

「だって、そなたは、あの大きいお船は外海でも平気だ、って言ったじゃないか」

「はい、でも、この海では、こちらのお船の方が安全なのでございますよ」

幼帝はまだ納得しない顔だった。

そのころ、義経を総大将とする鎌倉勢は、根拠地としている周防の国の大島から船団を組んで西進しつつあった。さすがに西国は平家に心を寄せる者が多いから、そうした情報は、いち早く田ノ浦にもたらされる。

「いよいよだな」

平家側も満を持して待っている。

「すれば、合戦は明日。潮の具合は？」

「辰の刻（午前八時ごろ）を過ぎたころに潮の流れがとまります。それから、しだいに東へ流れはじめます」

答えているのは、知盛の麾下の長門水軍の一人であろう。

「最も潮の流れが急になりますのは、午の刻（正午）少し前」

そこが戦いのやま場だ、と口には出さないが、誰しも肚に刻みこんでいるようだった。

「ゆるりと朝餉《あさげ》をつかえ。戦いはそれからだ」

知盛からの命令が全軍に伝えられた。

「さ、帝、女院も――」

時子は女房たちを促して、念入りに支度をさせた。思えば、はじめて戦さというものの中に身を置くのである。一の谷も屋島も、辛うじて戦いの外縁《がいえん》をかすめるようにしてその場を逃れたにすぎない。が、今度は、まさに戦いの中に、自分たちの身をみずから滑りこませてゆくのだ。

朝まだき、紺糸威《こんいとおどし》の鎧を着た知盛が御座船に挨拶にやってきた。

「戦いは昼までにかたをつけます」

静かだが、力のこもった声だった。かたをつけねばすまない、という意気込みが窺えた。

「潮の流れの変りはじめるのは、辰の刻を過ぎてからでしたね」

時子の問いに知盛は微笑する。

「そんなことまで御存じなのですか」

「その潮目を、私の眼でたしかめたいのです」

「わかりました。ただし、合戦の間は、御身を船底にひそめておいでになりますよう。どこから流れ矢が飛んでくるかもしれません」

それから、知盛はふっとかたちを改めた。

「万一の場合、これがお目にかかる最後になるかもしれません」

時子は即座に答えていた。

「そのときは私も生きてはおりません」

必ず勝つという信念と、ひどく冷静に、予期される最悪の事態まで見据えようとする沈着さと――。それがせめぎあうのではなく、知盛の中で、ふたつながらたしかな位置を占めている。

そのことが、緊張しきった時子の心を、そっと和らげてくれる。重衡とも宗盛とも違う一人の息子がここにいる。おそらく、知盛の心を宗盛は理解することはないだろう。

――が、私は……

ともかく、この息子とともにある。そしてその心に添い続けようとしている。そしてそのことに慰められているのは、息子の彼ではなくこの自分なのだ。恐ろしい戦場への門出が、むしろ静かな旅立ちのように思えてきた。

――いざ……

生と死を見据えつつ、ふしぎな安らかさで知盛は手をさしのべてくれているのだ。

辰の刻が過ぎた。

陰暦三月二十四日の空はすでに夏の色を濃くしている。その色を溶かしこんでか、海も群青色だ。かなり高く上った太陽の光を乱反射させた小波《さざなみ》がいきいきと光って、海風はひどく新鮮だった。

しかし、海面を見守る時子は、潮の変化を見極めることはできなかった。小さな歓声をあげてきらめきたつ小波のどこに変化が起きたというのか……

「ここでは潮は渦を巻きますので、必ずしも東から西へと流れるわけではございません」

そう答える御座船の水夫《かこ》は、この地の海に馴れたものばかりだった。

「では……」

一礼して立ちあがりかけてから知盛は言った。

「昼までに勝負をつけるつもりではございますが、万一、見込みが外れましても、御心配なく」

そのときは退《ひ》き潮に乗って難を避けつつ主力は後退し、前面に進んだ九州勢と左右に別れて、敵を懐《ふところ》深く誘い込む。それを後詰の田口重能たち四国勢が待ちうけ、戦いを挑むとき、左右から敵船を押し包む……

「そのときが決戦と、二段構えで考えております」

　法螺貝が吹きならされている。船は互いに呼びあいながら、ゆっくり進みはじめた。中でひときわ唐船は堂々としている。平家の赤旗を吹きなびかす船団にかこまれ、太い水尾《みお》を残して、田ノ浦の入江を離れようとしていた。時子たちの船はその蔭にかくれるようにして後に続く。一方の端には宗盛、時忠、そして一方の端には神器と幼帝と徳子、時子、女房たち――。かくてこの日、時子たちは、女性として日本史上それまでの誰もが遭遇しなかったような稀有の体験をすることになるのである。

　彼女たちはもともと非戦闘員なのだ。古代以来、女性が直接戦場に臨むということはほとんどない。壬申の乱に運命を賭けた鸕野《うの》皇女（後の持統女帝）といえども、直接戦場に身をさらしたわけではない。しかしいま、時子たちは、平家の兵船の中に組みこまれ、決戦水域に赴こうとしている。

　その決戦場が海上だというのも未曽有のことだ。大きな戦さといえば常に陸上の戦いであって、海戦が敵味方の命運を決するということも、きわめて稀なことだった。

　壇ノ浦の海峡を挟んで、平家は西に、その東方の満珠、干珠の両島のあたりに源氏が、満を持して向いあったのは、午の刻（正午）前後、潮流は激しく東へ向って流れていた。その勢いに乗って、平家の船が源氏勢に突っこむ。

雄叫び、矢唸り、海風に鳴りわたる法螺の音……。耳を塞ごうと身を伏せようと、否応なしに、戦さの響きは時子の身近に迫ってくる。それがどのくらい続いたか、時間の経過は全くわからなかった。

「みごとな矢衾《やぶすま》でございますぞっ」

舳に立つ見張りが声を限りに叫んでいる。

「あっ、やりましたっ、源氏の侍が、もんどりうって海へ逆さまに落ちましたっ」

舳と艫《とも》を一直線に並べ、わざと船の横腹を見せながら、数十本の矢が楯の蔭からいっせいに射こまれる。危うく楯の後ろに身をひそめた源氏側が態勢をたてなおして、矢をつがえようとすると、第二陣の矢衾が……

「あっ、敵の船を分捕りましたぞっ」

勇敢に敵船に躍りこんでゆく者もあるらしい。先鋒の山鹿党、松浦党は九州の荒海で鍛えた猛者ぞろいである。

「勝ち戦さです。お味方、まぎれもなき勝ち戦さでございますっ。海の戦さを知らぬ東国武者、何ができますものか」

が、それから間もなく、

ぐえっという獣じみた悲鳴を時子は聞いた。そして、それきり、見張りの者の声はしなくなった。

——もしや……

腰を浮かしたとき、船は妙な揺れ方をしはじめた。

それから、どのくらいの時間が経ったか、時子は知らない。

びゅっ、びゅっという不気味な矢唸りが、いっせいに襲いかかってくるかと思うとぴたりと止む。

「楯を、楯を！」

慌しげな声がする。

輔子はしっかり幼帝を抱きしめている。傍の徳子は、ほとんど無表情で坐っているだけだ。

——母として、わが子をかえりみることも忘れているのか。

その存在がひどく不気味だった。

船はいま東へ向けて走っているのか、西へ向けて走っているのか、見当もつかない。ただ、ときどき妙な揺れ方をする。船じたいが、自身の行く先がわからなくなって、立ちどまったり、よろめいたりしているような感じである。

雄叫びはまた一段と高くなった。

と、そのとき、何人かの人影が、ゆらゆらと近づいてきた。宗盛や時忠、そして知盛の紺糸威の鎧も見える。

「あっ、知盛……」

時子は立ちあがろうとして大きくよろめいた。船がまた不気味な揺れ方をしたのである。

「生きては二度とお目にかかれないと思っていたのでしたが」

知盛は時子を支えながら言う。

「いいえ、知盛。よかった、会えてよかった」

知盛が生きている以上、負け戦さではない――時子はそう思いたかった。

「で、戦さの首尾は？」

知盛は戦いのさなかとは思われないやさしい眼差を時子に向けた。

「はじめは作戦通りでした。流れに乗って、いまひと息というところまで敵を追いつめたのですが――」

知盛の声に乱れはなかった。

今日の平家が目指すのは敵将義経ただひとり――と彼は全軍に触れを出していたのである。

「が、義経の船を見つけ得ぬうちに、潮の流れが変ってしまったのです」

　敵を追う平家の船脚は思うようには進まなくなった。

「まあ、では……」

「そうです、潮はすでに西へ流れております。もちろん、それも作戦の中に入っていました。潮の流れに乗って、逃げると見せて、彼らをおびき寄せる二段構えはしたつもりでしたが、それが――」

　先鋒の山鹿、松浦党の犠牲も大きかった。

「しかし、それより誤算は――」

　ほとんど感情をこめず、知盛は一語一語をゆっくりと口にした。

「後詰の四国勢の裏切りです」

「えっ、何ですって」

「気がつくと、田口重能が、すでに戦線を離脱しようとしていたのです」

　屋島では献身的に奉仕してくれた重能がどうして？　時子には信じられないことだった。

「四国で行方不明になっていた息子が、義経に捕えられて生きているとか聞きました。それが重能の心を弱くしたのかもしれませんが、しかし、今となっては、そのことを言いたてたところで何にもなりません」

　西流しはじめた潮に乗って行われるべき最後の作戦は水泡に帰したのである。

　このとき、ふたたび船が妙な揺れ方をした。

「あ、またしても――」

　呟くように知盛は言ってから、時子をみつめた。

「母上」

「え？」

「船が揺れたのにお気づきでしょう」

「ええ」

「渦に巻かれかけているのです」

「まあ！」

「流れが急だというだけでなく――」

　いったん口を閉ざした彼は、短く言った。

「水夫《かこ》、楫取《かんどり》が次々に倒れております」

「何ですって」

「敵は彼らに狙いを定めて矢を射かけてくるのです」

「まあ、何ということを」

　当時、船戦では、水夫や楫取は非戦闘員と見なされていた。戦うのは海賊――つまり水軍の武士たちであり、漕ぎ手は絶対に殺さない、というきびしい掟があったのだ。

それを無視して、義経は漕ぎ手に狙いをつけてきた。

無法だ！　卑劣だ！　という声は戦場では相手方には届かない。船戦さを知らない厚顔と非常識が、水軍では一日の長のある平家の虚を衝き、戦況は意外な展開を見せはじめたのだ。

「すでに何艘かは潮に流されました。漕ぎ手を失って顚覆したもの数を知らず――」

心が逸っても、漕ぎ手がいなければ、相手の船に近づくこともできない。

「む、む……」

宗盛は肩で息をし、呻くように言う。

「何たることを――」

「しかし、これも今となってはどうにもなりません」

すでに唐船は自由を失っているという。敵は船縁をよじ登って中へ侵入してきたが、たちまちそれが御座船でないことを見破ってしまったらしい。

「とすれば、捕えたものの口を割らせ、やがてこのあたりを目指して押し寄せて参りましょう」

「まあっ……」

小さな叫びが女房たちの口から洩れたとき、知盛は幼帝の前に両手をついていた。

「すべての責任はこの知盛にあります」

幼帝安徳はその意味を理解したかどうか、眼をみはってただ無言である。知盛が顔をあげたとき、

――死ぬつもりだ、知盛は。

とっさに時子はそう思った。重能の裏切り、義経勢の非道な殺戮行為――。すべてを作戦の責任として、知盛は死のうとしている。

よろめきながら、時子は幼帝に近づき、片手を、その細い肩にかけながら、声を励まして言った。

「帝に代って私から申します。中納言知盛、よくぞ今日一日を戦いました。もう何も思い残すことはありません」

――そなたが死ねば、私も生きてはおりません。

朝まだき、彼に向って言った言葉を時子は思い出していた。いまは誰ひとり言葉を発するものはなかった。

――兄の不運を身に引き受けて、運命に向って挑戦したわが子、知盛よ。そなたの不屈の勇気と、沈着が、今日一日の私の支えでした。

そう言ってやりたかった。が、そんなことを口に出さずとも、息子はすべてをわかっていてくれるに違いない。いや、平家の最後の日を迎えたとき、自分と知盛が運命

を分け持つことが、以前からきまっていたような気さえする。

「敵がもし乗りこんできたとき、あまり見苦しくないように……。今ならまだ間にあうはずだ」

最後の指示を与える知盛の前で、女房たちは悲鳴に似た叫び声をあげる。

「ほ、ほんとに、東国武者が、この船に飛び乗ってくるのですか、まあっ」

「東国武者とて鬼ではない。まさか取って食いもすまいよ」

「こわいっ」

すがりつこうとする女房の手をふり払うというのでなく、静かに知盛は立ちあがり、さりげなくあたりのものを取りかたづけはじめた。

気がつくと、時子は幼帝を抱きしめていた。

——東国武者とて鬼ではない。

知盛はたしかにそうは言ったが、彼らの憐みを乞うて生き長らえる気は全くなかった。

——そして帝も……

王者たるものは栄光とともにあらねばならない。私たちはたしかに東国武者に敗れはした。が、その栄光まで彼らに踏みにじらせる気はないのだ。

「神器を、これへ」

時子は幼帝から手を離すと、輔子をふりかえった。

「はい」

立ちあがって、捧げられた太刀をしっかりと腰に差し、玉璽《ぎょくじ》を懐に納めた。もう一度幼帝を抱きあげようとしたときだけ、時子の頬にためらいの色が走った。帝の側に坐っている徳子の姿が眼をかすめたからだ。

――帝は徳子の腕に任せるべきだろうか。

栄光の王妃こそ、わが子の栄光を守る唯一人の人であるかもしれない。が、徳子は母の視線に気づかないのか、無表情に坐り続けている。

――ああ、この子は……

いま死ねといえば死ぬだろうし、生きていよといえば、十年でも二十年でもこの姿勢のまま坐り続けているだろう。

しかし、絶望の時はすでに過ぎているのだ。想念をふり払うように、時子は表情を改めて幼帝を抱き上げた。

――知盛が宗盛に代って平家の運命を担いきったと同じく、私も徳子に代って、わが家の運命を担わねばならない。それが宗盛や徳子を産んだ私の責任なのだ。

船の揺れも、もう気にならなかった。きっと前方をみつめて歩き出そうとしたとき、

「姉上」

低く声をかけたのは時忠である。

「早まることはありませんよ」

いつもの声音だった。

「知盛どのの言うとおり、東国武者も鬼ではない。お姿を見れば、畏多さにひれ伏すことでしょう」

見ればふだんの狩衣姿で気楽にあぐらを組み、慌てる気配も全くない。

「そういうそなたは」

「もちろんここにいます」

それが当然のことであるかのように、微笑さえ含んで言う。

「お気づきになられませんか、姉上」

「何を」

「今日敗れたのは武門の平家です。私たちはいずれも平時信の血を享《う》けた公家平氏じゃありませんか」

時子はかすかにうなずいた。

そのとおりだ。自分も帝も、このままでいれば命は助かるかもしれない。まさしく自分も時忠も、平時信の子なのだから……

時忠らしいしぶとさだ。平家一門が総力をあげて戦い、そして敗れた相手に、臆することもなく素手で立ち向おうとしている。

――そなたらしい生き方ね。

それを詰《なじ》る気はない。が、いま、自分は別の世界にいる。清盛が築いたこの時代をともに生きた自分とその子供たちは、それぞれの運命を分け持って生きてきた。そして、その最後の幕をひくのは自分しかないではないか。

たったの二十余年、はかない栄華だったな。

もしそう語りかけるものがいたら、むしろ時子はいぶかしげな眼差を向けたことだろう。

栄華？　そんなものがあったろうか。平治の乱に勝利して以来、二十余年の歳月は、一日たりとも心の安まる日はなかった。

――が、もしそれを栄華と呼ぶのだったら？

時子は微笑して答えるだろう。

――たしかに、私は誰もが経験したことのなかったような栄華の時代を生きました。その二十余年は、決して短くはなかった。そしていま、私たちは栄華の過ぎ去ったことを歎いて死ぬのではない。ただこの先、生き長らえてゆく自分が想像できなくなったから、わが手で静かに人生の幕を閉じるのです。

時子は輔子をかえりみた。

「内侍所《ないしどころ》（神鏡）の御唐櫃はそなたが」

「はい、尼上さま」

輔子も唇をひきしめた。

船の揺れも、耳許をかすめる矢唸りも、今の時子は恐れてはいない。敵船はすぐそこに迫って、東国武者のわめき叫ぶ表情まではっきり読みとれる。

「尼……」

腕の中で、幼帝がふいにあどけない声で言った。

「大きなお船、いなくなってしまったね」

「ああ、そうでございますね」

堂々と船団の中央を進んでいた唐船は、潮に流されたのか、海底に沈められたのか。

「どこへゆくの、尼……」

尋ねられたとき、ほとんど無意識に時子は答えていた。

「海の都に……」

夫が精魂傾けて作った福原の海の都はむしろ幻だったかもしれない。

しかし、波はいま語りかけているではないか。二十余年の記憶のすべてを抱《いだ》きとり、永遠の安息を得るべき真の海の王宮はここなのだ、と。

鈍《にび》色の法衣が吸いこまれるように海に消えたとき、

「うっ！」

呻きに似た声をあげたのは敵船の侍たちだった。

気がつくと、海面にべったり赤い血が――。いや、血ではなかった。どこかの船から引きちぎられ、投げ棄てられた平家の赤旗がゆらゆら波間に揺れているのだった。が、それもひととき、ぐるりと渦に巻かれたかと思うとたちまちその色は消えた。

群青色の海は朝と同じく太陽をうけてきらめき続けている。

怒号、矢唸りはまだ続いていたが、それらがすべて終りを告げ、あたりを夕闇が蔽ったとき、あとには規則的な波の音だけが残った。

全集版付記

史料を読んでいて、思いがけない事実に気づかされる――。これは歴史ものを書く人間にとっては、この上ない喜びだが、ときには、道の行手を塞ぐ巨岩にぶつかってしまったような戸惑いを感じる場合もないわけではない。

『山槐記《さんかいき》』の中に描かれた平時子像を発見したときが、まさにそれだった。なんとここには時子が、二条天皇の乳母《めのと》で、八十島使《やそしまづかい》をつとめた典侍《てんじ》として登場するのだ。清盛の妻である彼女が、こうした公的な活躍をしていたことは、これまでの辞典には載せられていないし、眼に触れた物語類でも読んだ憶えがない。

『山槐記』は内大臣中山忠親《ただちか》の日記で、彼は平家一門と親しく、この日記は、平家時代の記録として最も信憑性の高い史料の一つである。ここで時子を典侍の乳母としている以上、これから眼を背けるわけにはいかない。しかし困ったことに、私の力不足のせいか、時子が乳母だったという史料はほかには発見できなかった。これをどう書くかは、本編の思案のしどころの一つであった。

『山槐記』によれば、永暦元（一一六〇）年十二月十五日、八十島祭の使として、典侍が都を出発した。八十島祭は大嘗《だいじょう》会《え》と肩を並べる重要な即位儀礼の一つで、巻末に掲げた岡田精司氏の論文に詳しい（456ページ参照）。典侍（多くは天皇の乳母でもある）が天皇の衣服を捧げて難波《なにわ》に向い、海の諸神に加護を求める大がかりな行事で、典侍にとって一世一代の晴れの舞台であり、莫大な費用もかかるが、これをつとめた乳母には賞として位が授けられる。

もっとも『山槐記』は、誤記であろうか、この典侍を「右衛門督清盛卿女子」と注しているが、清盛の娘はまだ幼く、これは当然、清盛の妻と解すべきであろう。じじつその後の二十四日の日記には「従三位平時子」という授位の記事があり、ここには「典侍御乳母、左（右の誤写？）衛門督清盛卿室」と注しているから、このときの八十島使が時子であったことはまちがいない。

この典侍時子をどう扱ったかは「八十島への道」の章をお読みいただきたい。付け加えておくと、この年の二月、二条の側近である参議・検非違使別当《けびいしのべっとう》藤原惟方《これかた》が政争にからんで解官《げかん》させられており、従って彼の母である二条の乳母も、宮廷を離れざるを得なくなった、と見て、その代りに時子が八十島使に立った、と考えたのである。

が、これは私の試案にすぎない。二条治世の途中で突然乳母として時子が登場するのはいかにも不自然だが、二条誕生以来乳母だったという史料がない以上、そこまで踏みこんで書くのにはためらいがあった。

　ところが、藤原兼実《かねざね》の『玉葉』を読み返していたら、この時期とあまり隔たっていない寿永二（一一八三）年八月二十日の後鳥羽上皇の践祚《せんそ》の記事の中に「御乳母事、未定候」とあるのが眼についた。後鳥羽にそれまで乳母が全くいなかったはずはなく、ここは、践祚にあたって、公式に乳母とすべき女性はまだ定まっていない、ということなのではないだろうか。とすれば乳母の任命は後からということもあり得るわけで、八十島使発遣にあたって、新たに典侍の乳母が任命され、時子が選ばれた、ということがあってもいいのかもしれない。

　ともあれ、この『山槐記』の記事によって、時子が清盛の家をとりしきるだけの「家庭の主婦」的な存在ではなかったことは裏付けられた。清盛の時代は院政期であり、摂関に代って院の近臣団と呼ばれる人々が院の側近にあって活躍することはよく知られているが、もう一つ見落せないのは、彼らの母や妻の多くが天皇の乳母であるという事実である。この時代、夫婦や母と子が手をとりあって院や天皇の周囲をひしと取り囲んでいたわけで、清盛・時子も、一時期、典型的な院の近臣団夫婦として生きていたのである。

　より注目したいのは時子の出自だ。彼女は夫と違って公家平氏の血をひいている。院政を泳ぎ渡ったきれものの弟時忠《ときただ》も、もちろん武士ではない。異母妹は後白河上皇の寵愛をほしいままにした美貌の滋子《しげこ》——のちの建春門院《けんしゅんもんいん》。武門の匂いは全くしない。

この公家平氏の時子と、武門平氏の清盛が結ばれて、歴史はおもしろい展開を見せる。清盛の栄華は、滋子と後白河の結びつきをぬきにしては考えられず、時忠の活躍は、背後に清盛がいたからこそ光を放つのである。

時子は、だから、清盛という出世男の単なる添えものではない。私が、時子を書いたのは、平家の時代を女の側から見て書く、といった、いわゆる「女人平家」的な発想とは別のところからきている。これまでとかく見過されがちな公家平氏が、この時期どんな位置をしめていたか、それを見定めることによって、平家政権の性格を問いなおしてみたかったのだ。

『愚管抄』に有名な文章がある。

　保元元年七月二日、鳥羽院ウセサセ給テ後、日本国ノ乱逆ト云コトハヲコリテ後ムサノ世ニナリニケルナリ。

この慈円の言葉を引いて、平家の登場を武者の時代の始まりとする見方は多いが、私の中にはそう言いきれない思いがある。

平家時代の二十年は大きな過渡期なのではないだろうか。そのきらびやかさも無残さも、過渡期ゆえの光と影とはいえないか。公家平氏出で、武門平氏の妻となった時子は、その過渡的な性格を、最もあざやかに体現しているように思われるのであるが。そして平家が滅亡した後で、本格的な武者の世は始まるのである。

『波のかたみ』の執筆にあたっては、歴史学者の高橋昌明氏、舞台となった各地を案内してくださった同じく歴史学者の朧谷寿氏にいろいろ御示教をいただいた。参考文献に関して、あるいは理解の行届かない点があるかと思うが、それらはすべて著者である私の責任によるものである。

なお本文に挿入した系図は『尊卑分脈』『一代要記』等から作成したが、これはあくまでもその部分の理解を助けるためのもので、作成の都合上、配列は必ずしも年齢順によらず、また他の部分に登場する人物や、歴史上著名な人物でも、そこに必要でないものは省略してあることを付け加えておく。

参考史料・参考文献

『吾妻鏡』（新訂増補『国史大系』）吉川弘文館
『吉記』（増補『史料大成』）臨川書店
『玉葉』国書刊行会

『山槐記』（増補『史料大成』）臨川書店

『台記』（増補『史料大成』）臨川書店

『兵範記』（増補『史料大成』）臨川書店

上横手雅敬　『平家物語の虚構と真実』　講談社

岡田精司　『古代王権の祭祀と神話』　塙書房

岡田精司　『古代祭祀の史的研究』　塙書房

高橋昌明　『清盛以前』　平凡社

竹内理三　『日本の歴史・武士の登場』　中央公論社

角田文衞　『王朝の映像』　東京堂出版

村井康彦　『平家物語の世界』　徳間書店

安田元久　『日本の歴史・院政と平氏』　小学館

（著者名五十音順・敬称略）

新連載予告　小説　波のかたみ

のちに元暦と改元される寿永三年二月、源平両軍の間に有名な一の谷の合戦が行われました。この戦いでの決定的敗北によって平家の運命は大きく変転するのですが、この年こそじつは一一八四年、今年はまさに八百年目にあたります。その翌年、周知の通り、平家は壇の浦に散るのですが、その折も折、平家一門についての連載の機会を得たことに、歴史もの書きとしての幸運を感じています。

ふりかえってみますと、平治の乱から頼朝の挙兵まで二十年、栄華をきわめた彼らの全盛時代は、私たちの戦後体験より短いのです。そして彼らは五年の屈辱と敗惨の日々を重ねて栄光の代償を払い続けたのでした。

今度の連載にあたっては、その栄光と屈辱のすべてを経験した平時子——清盛の妻を中心に書いてゆきたいと思っています。それも『平家物語』以外の史料を中心に彼ら一族の素顔を捉えることによって意外な事実を掘り起したいというのが願いです。御愛読いただければ大変幸いです。

(「婦人公論」一九八四年七月号)

『平家』ふたたび

一一八五年三月、合戦に敗れた平家一門は壇の浦の海底に消えていった。今年はちょうどその八百年にあたるというので、平家ゆかりの京都、神戸、高松、広島（宮島）、下関などで、展覧会やらさまざまの催しが行われるらしい。私の知るかぎりでは、百年前の一八八五（明治一八）年にそのような催しがあった気配はない。あるいはそれぞれの寺社での営みはあったかもしれないが、地域的なひろがりの中で、平家の世界が回想されるのは、今度がはじめてではあるまいか。

それを支えるものは、もちろん『平家物語』である。そのことにかかわらせていうならば——もちろんこうしたキャンペーンにはさまざまな要素がまつわりついているのだろうが、しばらくそのことを措《お》いて、古典『平家』にかぎっていえば——一九八五年というこの年、百年前と違った回想が試みられるのには、それなりの理由があると思う。

その一つは一九四五年の敗戦体験である。海に山に多くの同胞を失った我々は、日本の敗戦文学の白眉である『平家』の語る滅びの悲しみを、どの時代の日本人よりも鮮烈にうけとめることができたのではないだろうか。

敗戦はさらに、『平家』の語る人間像を解放した。とかく不忠の大悪人視されてきた清盛の再評価はその著しい例だが、それ以外の平家の人々の苦悩や諦観にも、新しい光があてられ、いくつかの文学作品が生れた。能や歌舞伎とは違った、これは二十世紀の『平家』の受容と展開であろう。

もう一つ見逃せないのは古典『平家』そのものの受容のひろがりだ。戦前は国文学者の研究の対象だったそれが、いま、多くの市民層に親しまれはじめている。平家琵琶を聴く人こそ少なくなったかもしれないが、『平家』の原文そのものが、研究機関の枠をこえて、さまざまのサークルで読みつづけられているのだ。語るもの、聴くものである以上に、読むものとしての『平家』が、今日ほど広い層に根づいた時期はなく、その意味で『平家』は、まさに現代に生命力を持つ古典の一つといえるだろう。

私にとっても、古典『平家』は身近な存在である。生き生きとした人間造型、たたみこむような合戦場面の情景描写、何度読みかえしても飽きないし、読み返すごとに新しい発見がある。

が、歴史ものの書き手のひとりとして『平家』に対するとき、問題は別になる。そこに謳《うた》われた滅びの美学のリフレインを受けもつ限り、『平家』以外の世界は作れないが、ひとたび視座をずらせて、『平家』に語られている時代そのものを眺めるとき、また別の思いが湧いてくるのだ。

たとえば、史料とつきあわせてゆくと『平家』には、数々の虚構が含まれていることに気づく。もちろん、歴史書ではないのだから史実そのままである必要はないし、虚構だからといって、文学的価値が低下するということではさらにない。それとこれとは別なのだ。ただ、私自身は史実そのものに限りない人間のロマンを感じる方なので、いきおい史実尊重型になってしまうということはつけ加えておいてもいいだろう。また、それだからこそ、『平家』の虚構により興味をそそられるのだということも……。

ちょっとした記憶違いや、事件の前後関係の誤りをあばきたてようとするのではない。もっと徹底した虚構の構築がおもしろいのだ。その一つに、「殿下乗合《てんがののりあい》」事件がある。清盛の孫資盛《すけもり》がときの摂政藤原基房《もとふさ》と路上で出あい、資盛が下乗の礼をとらなかったことから部下たちの間に乱闘事件が起き、資盛も恥ずかしめをうける。これを聞いた清盛が激怒し、他日参内する基房一行に、武士たちを集めてさんざんの暴力行為をしかける。しかし、資盛の実父重盛は、非はわが子の無礼にあるとして、わが子にきびしい叱責を加えた、というのである。

が、当時の公家の日記を読めば、これは全く事実に反している。資盛が基房の家来たちにひどい目にあったのは事実だが、これに対し基房への報復の陣頭に立ったのは、父の重盛なのだ。清盛はすでに出家し、福原にいたから、この事件には関係していない。

しかも、このとき基房は相手が資盛とは気づかずにいたらしく、事件後にそれと知って、慌てて重盛の所に詫びを入れている。なのに重盛は彼を許そうとはせず、以後数か月にわたって基房の行列に暴行を加えたり、無言の威しを与えたり、執拗な嫌がらせを続けるのだ。そして、後白河の申し入れをうけて、重盛を呼びよせ、和解工作を行ったのは、むしろ清盛の方なのである。

誰ひとり知らないものはないくらいの天下の大事件を、それではなぜ『平家』は歪曲して伝えようとしたのか。

それは重盛を一貫して理想的な人格者として描いている『平家』にとって都合が悪かったからだろう。じつはこれを手がかりに『平家』の虚構性の持つ意味を突きつめていってもいいのだが、私の興味は別のところにある。重盛の実像である。このことに気づかせてくれたということについて、私は『平家』に感謝しなければならない。

重盛はなかなか食えない男である。複雑な翳を持ち、ときには資盛事件に見るような暴力沙汰も拒みはしない。それは彼の出自にも関係があるらしいということは歴史学者も指摘している。なぜなら清盛の長男ではあるが、彼は清盛の正室、時子の所生ではない。彼の母は高階《たかしな》氏の出身で、早く世を去り、彼は一門の中では孤立していた、というのである。

が、孤立といっていいかどうか、私には多少疑問がある。彼の妻はそのころの院政の主流派、六条顕季《あきすえ》流の血をひく女性なのだ。顕季は典型的な院の近臣で、その母が白河法皇の乳母《めのと》であったことから、白河に密着し、実質的には摂関を凌ぐ権力者となった。この系譜は、

顕季――家保《いえやす》――家成《いえなり》――成親《なりちか》――成経《なりつね》

と続き、歴代上皇の信頼をうけ、側近第一号として、権力をほしいままにした。

重盛の妻は、この成親の妹であり、息子の維盛《これもり》は成親の娘と結婚している。女系を考えれば、重盛はまさに彼らの一族である。

が、後白河法皇の時代となると、六条流にも翳りが見えてくる。法皇の寵愛をうけた建春門院《けんしゅんもんいん》が産んだ皇子が即位したことによって建春門院の人脈がぐっと政界の中心に進出してくるのだ。この建春門院こそ平滋子《しげこ》、彼女の背後にあって睨みをきかせているのがその異母弟平時忠。そして時忠の姉こそ、清盛の妻、平時子なのである。

この時忠・時子・滋子というグループは平家といっても、清盛とは別の公家平家で、数代前にも参議となって廟議に列した人物がいる家柄である。そして時忠は六条顕季

流と同じく、院の近臣たるべく、政界をたくみに泳いできた、その時代きっての策士だったのだ。

建春門院所生で即位したのは、いうまでもなく高倉天皇、そこに入内《じゅだい》したのが時子が清盛との間にもうけた徳子――。こうした見方に立てば、平家の繁栄の実質部分を握ったのは、清盛であるよりも、むしろ時忠一門、といえなくもない。このことは歴史学者の村井康彦氏も言及しておられるが、

「此一門にあらざらむ人は、皆人非人《にんぴにん》なるべし」

と言いきったのが、時忠そのひとであることを思いあわせると、ここにもう一つの新しい『平家物語』を考えなくてはならないような気がする。

こうした時忠一門の進出を、顕季流の成親が快く思うわけはない。そこに焦点をあわせて当時の史料に当ってみると、かなり激しいつばぜりあいを読みとることができる。そして古典『平家』のいくつかの部分もまた別の読み方ができるのだ。

この場合、重盛の立場は複雑だ。肚の底を見せず、音無しの構えを見せてはいるが、成親と気脈を通じている気配が濃厚である。

さらに微妙なのは清盛の異母弟、頼盛《よりもり》の存在だ。彼の母の池《いけ》の禅尼《ぜんに》も、じつは顕季流に連なる人なのだ。清盛亡き後、時子の産んだ宗盛を総帥に一門が都落ちしたとき、とうとうこれに従わなかったのも、彼の立場を考えれば理解できることである。

清盛はこうした複雑な情勢にもまれ続けている。彼を中心に、一門がスクラムを組んで権力の座に駆けあがったかに見えるが、内部事情は現代の政党そこのけの複雑さなのだ。

清盛とともに、一門のバランスをとっていたのは妻の時子である。公家平家と武門平家との接点に立った彼女のことはもっと見直されていい。古典『平家』で彼女が活躍するのは、壇の浦で安徳天皇を抱いて入水する場面だけといってもいいくらいだが、すでに平家が繁栄しはじめたころ、彼女は二条天皇の乳母として、典侍《てんじ》の地位を帯び、従三位を授けられている。

当時の乳母の強力な影響力を思えば、彼女もまた、政治の圏外にあったとは考えられない。とかく清盛の蔭にかくれた「家庭婦人」のように見なされがちだが、彼女を軸として、多くの女性の動きを捉えなおしてみる必要がありはしないだろうか。いや、これこそ、一八八五年――明治十年代にはできなかったことではないか。

そんな思いもあって、私はいま彼女を中心にあの時代を書いている。古典『平家』の虚構に大いに敬意を表しつつ――後白河法皇の大原御幸にもその思いが強いのだが――滅亡八百年を迎えようとしている平家一門に、私なりのささやかなメッセージを送りたいのである。

（「中央公論」文藝特集　一九八五年三月号）

『平家物語』の虚構と真実

『平家物語』は日本の古典のうち最も多くの人に受けいれられてきた作品ではないだろうか。今こそ広く愛されている『源氏物語』も、明治以前は限られた知識人のみに読みつがれてきたにすぎず、『平家』はこれに比べれば数倍、いや数十倍、数百倍の受け手があったと思われる。それはこの作品が古典として読まれたほかに琵琶法師によって語られ、多くの人々に聴かれたからだ。『平家』には読み手のほかに聴き手という多数の受容者があったのである。

また、それゆえにこそ、『平家』には異本がかなり多い。私の学生時代、テキストは流布本が主流だったが、戦後は覚一本が勢いづいている。ほかに延慶本や長門本などがあり、これらのテキストクリティークをはじめ、語句の解釈や、書き手の問題など、厳密な研究が現在も盛んに行われている。

これらを国語・国文学分野での受容の問題とすれば、戦後、『平家』の読みかたについて新鮮な問題提起をされたのは歴史学者石母田正氏である。氏の所説を詳しく紹介することにスペースを割くわけにはいかないが、そのポイントは、『平家』は諸行無常を説いた仏教的色彩の濃い作品といわれているが、そうではないのではないか、というところにあるように思われる。

「諸行無常どころか、筆者は世の中の移りゆきがおもしろくてたまらないのではないか」

という説には、私も大いに啓発された。氏は、源平の武士たちの生き生きした描写に『平家』の真髄を見出された。そして、いままで見過されがちだった平知盛の人間的な行動、なかでも、壇ノ浦の敗戦のさなか、その後始末をして、

「見るべきほどのことは見つ」

と言って死んでいった姿に注目された。

石母田氏には名著『中世的世界の形成』があり、その視点に立って、中世の文学としての『平家』をどう読むか、と問題提起をされたのであろう。

これに関連して、創作家の立場から、新しい平家の世界を描かれたのが、木下順二氏の『子午線の祀り』である。氏は石母田氏が見直された知盛に新しい視線を向け、歴史とはなにか、人間の運命とはなにか、というスケールの大きい問いかけをされた。しかもその劇中に群読という手法をとりいれて、古典『平家』に新生命を与えられた。石母田氏を歴史学者の『平家』受容とすれば、木下氏のそれは創作者としての受容と展開といえるかもしれない。

私事にわたるが、私自身の平家とのつきあいに触れておきたい。歴史ものを書く立場として『平家』を再評価すると、そこには、むしろ不満が多い。つまり『平家』は史料として読むとあてにはならない部分が多いのだ。たとえば、熊谷直実の出家を『平家』は平敦盛を殺したことによって、世の無常を悟り、それが一つの契機になったように書いているが、『吾妻鏡』によれば、彼の出家は、領地争いの裁判に敗れての自棄的な動機からである。これをはじめとして、『平家』は歴史ものの材料としては使えない、というのが正直な感想だ。

そこで私は『波のかたみ』という自作では『平家』をほとんど使わず、同時代の公家の日記などを材料に平家時代を描いた。平安末における平家時代とは何であったか、中でも清盛に代表される武家平家とは別系の公家の流れを汲む平家一門（清盛の妻の時子、その弟の時忠、異母妹滋子）などの役割をみつめながら描いた。つまり創作の面からは古典『平家』には訣別したともいえる。

しかし、『平家』じたいに即していえば、もっと別の読み方がある、ということも、考えざるを得なかった。結論をいえば、『平家』は単に諸行無常を描いたというより、滅びの中に救いはあるか、という問題提起をしているのではないか、と感じたのである。

これは『平家』の主人公は誰かということにもなるが、私は最初の主人公は平重盛ではないかと思う。彼は平家滅亡を予感し、わざわざ熊野へ詣でて、自分の命を縮めてほしいと祈り、そのために、平家滅亡以前に世を去ることができた人間、として描かれている。彼は中国に金を送り、後世《ごせ》の供養を願ったという。つまり王朝貴族的な、財力に裏づけされた模範生的な仏教信者であり、清盛を対照的な悪人として描くことによって、いよいよ理想化された人間として浮彫りされている。

次は重盛の子、維盛《これもり》である。彼は一族とともに屋島へ脱出したものの、都の妻子が忘れられず、ひそかに屋島を出て、紀州に到着するが、そこで旧家臣で出家した滝口入道に逢い、世俗的な煩悩に捉われていることをさとされ、来世への往生を願って熊野灘から入水する。絶望の自殺ではなく、往生への希求ではあるが、自分の身の痛みを覚悟して救われるのだから、これも滅びの中での救いが問題になっている、といえる。

次は清盛の末子、重衡《しげひら》である。彼は平家の南都攻めの折、東大寺大仏を焼いた責任者である。しかも一の谷の合戦で捕虜になるという屈辱をうけ、改めて自分の犯した罪にさいなまれる。当時仏を焼いたことは、最大の罪で、絶対救われないことになっていたからだ。懊悩の末、彼は法然上人に会い、救いを求めるが、このとき、法然は、その苦悩と悔いによって、あなたは救われるだろうと説いて重衡に悟りをひらかせる。つまり造寺・造仏・写経・出家などせずとも佛は救ってくれる、という「悪人正機」

的な救いが、ここでは主題になっている。

この三人は、それぞれの生き方の中で滅びを予感したり実感したりしながら、なお救いを求める人間として描かれている。『平家』が多くの読者あるいは聴衆に共感されたのはそのためであり、単なる滅びまたは中世の武士像を描いたというより、じつは、ここに『平家』のテーマがあったのではないか。

つけ加えると、これらの主人公たちの姿は必ずしも実像ではない。重盛は模範生どころか、かなり陰湿な悪人であり、維盛も、ほんとうは入水していないらしい。重衡と法然はあの時点で会うことは不可能だった。つまり彼らの物語は、すべて虚構なのである。だからこそ、私はこの三人こそ『平家』の主役だった、と言いたいのだ。虚構をあえてつけ加えてまでも、彼らを描きたかったところに、『平家』の本音があるのではないか。

さらにつけ加えると、『平家』の最後を飾る「大原御幸」の後白河法皇と建礼門院の対面にも、私見では史的裏付けがない。これも重盛以下の物語と並ぶ『平家』の虚構とすれば、ここのテーマは女人成佛、女人往生ということになろう。「大原御幸」を含む「灌頂の巻」じたい、成立はそれ以前の巻より後であることを思えば、虚構の可能性は強い。

してみれば、『平家』のテーマは虚構によって語られているともいえる。逆にいえば、虚構によってでも語りたかった部分にこそ『平家』の真のテーマがあるともいえよう。歴史ものを書く一人として、書き手の立場を考えながら読むと、『平家』の言いたかったことが理解できるのだ。虚構は、事実または史実ではないが、『平家』の文学的真実といえるのではないか。

とはいうものの、虚構のみが文学だ、というのではない。私の立場からすれば、むしろその逆である。『平家』の書かれた時代はそれでもよかったが、現代の歴史ものはそこで足踏みは許されない。史実を追いながら、その背後にある歴史の意味を文学化すること、それは不可能ではないだろうし、力は足りなくともそれをめざしたいと思っている。

（「武蔵野日本文学」一九九二年三月）

解説

永井紗耶子

永井路子作品がなかったら、私は恐らく歴史小説を書こうと思うことはなかっただろう。

物心ついた時には、戦国時代を舞台にした大河ドラマが放映されていた。それを見ながら育った私は、雄々しくも逞しい武勇の人々の物語を読んで、鬼気迫る合戦の場面に心躍らせていた。

しかし十代も半ばになると、ふと気づくのだ。

この物語の中に、私の居場所がない。

無理に入り込もうとした瞬間に、馬上の武士によって斬り殺されて、その辺りで転がっている雑兵の一人として、放り出されてしまうのだ。

そんな時、中学校の図書室で見つけたのが、永井路子の『北条政子』であった。歴史の授業で習っていたその女性を、ドンと主人公に据えた物語である。二十一歳の政子が、頼朝の訪れを待つ場面から始まる。その心情の吐露は、現代の言葉で綴られ、不意に遠い時代の一人の女性が、ずいと私に肉迫してきた瞬間であった。

それからというもの、細川ガラシャを描いた『朱なる十字架』や、お市の方を描いた『流星　お市の方』など、次から次へと読み漁り、人物評伝『歴史をさわがせた女たち』をシリーズで読んでは、あちこちにしおりを挟んだ。

やがて「この人が読んだものを読みたい」と、『平家物語』や『吾妻鏡』などにも関心が向かうようになり、気づけばどっぷりと歴史の世界にはまり込んで、今に至っている。

今回のこの作品、『波のかたみ』は、平清盛の妻、時子を主人公にした物語である。

冒頭、時子が保元の乱に出陣する夫、清盛を見送るところから始まる。この時、清盛三十九歳、時子は三十一歳。戦というものが、洛中で起こることに戸惑う心情が手に取るように伝わってくる。そして、夫を見送ってから、はたと「この合戦に敗れたときのことを、ちっとも相談していなかった」と気づく。

――いつも、こんなふうに、うっかりやなんだから、私は。

冒頭のこの場面から、等身大の一人の女性、時子の姿が描かれる。幼い子らを抱え、巻き起こる戦に不安を覚えつつも、どこかで夫が負けることを考えられない能天気さもある。

平清盛の妻、「時子」と言えば、最も印象的なのは『平家物語』のラスト、安徳天皇を抱えている姿ではないだろうか。三種の神器と共に帝を抱いて入水する。圧倒的な存在感を持つ、平家のゴッドマザーである。しかし、この『波のかたみ』で永井路子が描く時子は、はじめから凜々しく強い女性ではないのだ。

夫が余所につくった子の存在にちりちりとした嫉妬をしてみたり、我が子の出世を気にしてみたり。腹違いの妹、滋子《しげこ》が後白河院の寵愛を受けるとなると、嬉しくもあるけれど、ほんの少し羨ましくもある。

「うん、分かる。あるよね、そういう気持ち」

読んでいる私も共感してしまう。恐らく、同じ時代に生きていたならば、一緒にお茶を飲みながら、愚痴の一つも聞いてあげたくなるような、チャーミングな女性なのである。

ただ彼女は類まれな出世を遂げていく平清盛を夫に持ち、平安時代末期の世の頂点へと上って行く階に足を掛けている。

そして、彼女を引き上げていくのは夫だけではなく、弟の存在も大きい。

平時忠は、『平家物語』の中で、「平家にあらずんば人にあらず」と言う。これは、本当に「人ではない」というのではなく、「出世はできない」といった意味合いであったとも思われるが、少なからず、強気な態度で知られた策士であったのだろう。

時子と時忠の姉弟は、清盛らの武門の平家ではなく、公家の平家である。その時忠が、宮中で上手く立ち回ることによって、次第に清盛も力をつけていくことになる。だが、この強《したた》かな弟は、全面的に清盛の味方であったのか。「平家にあらずんば……」は、本当に清盛の武門の平家を指していたのか。

――時忠、そうすると、そなたの言う「平家」というのは、清盛どの一門じゃなくて、この私たち、というわけ？

――ま、そういうことになりますな。

この「平家」についての解釈の相違は、壇ノ浦に至るまで続く。弟は、最早これまでか、と、嘆く姉に言い放つのだ。

「今日敗れたのは武門の平家です。私たちはいずれも平時信の血を享《う》けた公家平氏じゃありませんか」

太々《ふてぶて》しいほど、泰然とした時忠の存在は、時子にとっては支えでもあった。しかし、時子は、弟とは異なり、公家である平時信の娘としてではなく、武士の平清盛の妻としての最期を選ぶことになる。

この「公家」と「武士」の相違はまさに、この時代ならではの面白さだろう。平安時代末期、急速に台頭してきた武士たちの先駆けであった清盛。しかし権力の中枢では未だ公家たちの力の方が大きいため、武力だけでは政に携わることができない。そこで清盛が画策したのが公家流の戦い方。いわゆる後宮政策である。

時子の妹、滋子を後白河院に。そして、自らの娘である徳子を高倉帝に。后たちと共に時子自身もまた、二条帝の乳母《めのと》として帥三位《そちのさんみ》という位を得る。ここで言う「乳母」とは、ただ乳をあげる存在ではない。世話をし、教育をし、帝の人生を支える役割を果たす女性の高級官僚である。帝となる皇子に仕えた乳母は、后に次ぐほどの高位を与えられ、圧倒的な政治力を手にする。永井路子は『炎環』以来、「乳母」の立場に注目し、物語の中に描きこんできた。その視点がこの作品でも遺憾なく発揮されている。

いわゆる武門の戦である「源平合戦」の前から、宮中では男女共に己の家門を背負い、刃ではなく、地位と権力による静かな諍いが続いていたことがよく分かる。それは、そこにいる后や乳母が、ただ大人しいだけの女ではなく、強固な意志を持って描かれているからこそ面白い。

そして遂に、平家は滅亡への道を突き進んでいくことになる。

――運というものは、いったん悪い方に傾きだすと、止めようがないのだわ。

時子にとっては、いつ、何がどこでどう転んでいったのか分からない。当事者というのは、正にこうして運命に押し流されていくのかもしれない。

西へと逃れる船に揺られながら、時子は清盛のことを想う。

「今まで生きていらっしゃらないでお幸せだった」

自らの運命を翻弄した夫に、恨みつらみを言うのではない。清盛がこの過酷な亡びの途次にいなかったことに救いを見つける。それが時子なのだろう。

情報の少ない戦場にいる時子の目から描かれる壇ノ浦は臨場感に満ちており、結末を知っている読者である私でさえ、勝つ見込みがあるかもしれない……と、思うほど。ドキドキしながらページをめくる。

しかしいよいよ、敗色は濃くなっていく。船の中にいるのは表情のない娘、徳子と頼りない総帥宗盛、死ぬ気など毛頭ない弟。そして今まさに勇猛果敢に戦に繰り出す知盛。そして、囚われて遠くにいる重衡……。それぞれのことを想い、時子は静かに覚悟を決める。

——最後の幕を引くのは自分しかないではないか。

運命を受け入れた時子は、神器の太刀を腰に差し、玉璽を懐に入れ、帝を抱きあげる。

そして、『平家物語』の中の時子は言う。

「浪のしたにも都のさぶらふぞ」

誰もが知る、凛とした最期である。

平時子は小督や静御前、巴御前のような、華やかなヒロインではない。ただ物語の重低音のように、ずっと清盛の傍らで響き続けていた。その音の正体を、永井路子が綿密な史料を発掘して「人」として浮かび上がらせた。

読後、悲劇であるはずのこの入水に、晴れ晴れとした寂しさを感じるのは、この時子が、それだけ生き生きと描かれていたからだ。

改めて、この作家の凄みを堪能できる作品である。

（ながい・さやこ　作家）

初　出　「婦人公論」一九八四年八月号〜一九八五年一二月号
単行本　『波のかたみ――清盛の妻』一九八五年一二月　中央公論社
文庫改版にあたり、『永井路子歴史小説全集　七』（一九九五年四月
中央公論社）を底本としました。

中公文庫

波《なみ》のかたみ
——清盛《きよもり》の妻《つま》

1989年2月10日　初版発行
2024年7月25日　改版発行

著　者　永《なが》井《い》路《みち》子《こ》

発行者　安部順一

発行所　中央公論新社
〒100-8152　東京都千代田区大手町1-7-1
電話　販売 03-5299-1730　編集 03-5299-1890
URL https://www.chuko.co.jp/

DTP　平面惑星
印　刷　三晃印刷
製　本　小泉製本

Published by CHUOKORON-SHINSHA, INC.
Printed in Japan　ISBN978-4-12-207538-2 C1193

各書目の下段の数字はISBNコードです。978-4-12が省略してあります。

中公文庫既刊より

な-12-3　氷輪（上）　永井路子

波濤を越えて渡来した鑑真と権謀術策に生きた藤原仲麻呂、孝謙女帝、道鏡たち——奈良の都の政争渦巻く狂瀾の日々を綴る歴史大作。女流文学賞受賞作。

201159-5

な-12-4　氷輪（下）　永井路子

藤原仲麻呂と孝謙女帝の抗争が続くうち女帝は病に。その平癒に心魂かたむける道鏡の愛に溺れる女帝。奈良の都の狂瀾の日々を綴る。〈解説〉佐伯彰一

201160-1

な-12-15　雲と風と　伝教大師最澄の生涯　永井路子

苦悩する帝王桓武との魂の交わり、唐への求法の旅、空海との疎隔——。最澄の思想と人間像に迫った歴史長篇。吉川英治文学賞受賞作。〈解説〉末木文美士

207114-8

な-12-16　悪霊列伝　永井路子

古来、覇権争いに敗れ無惨に死んでいった者は、死後〝悪霊〟となり祟りを及ぼすと信じられた。心と歴史の闇を描く歴史評伝。〈解説〉宮部みゆき・山田雄司

207233-6

す-3-31　竹ノ御所鞠子　杉本苑子

鎌倉幕府二代将軍源頼家の子であるがために、非情な権力抗争の波に弄ばされた美しい姫鞠子。その数奇な運命を描く歴史長篇。〈解説〉末國善己

207139-1

す-3-32　散華　紫式部の生涯（上）　杉本苑子

藤原氏の一門ながら無欲恬淡な漢学者の娘として生まれた小市。人々の浮き沈みを見つめ、自らの生きる道を模索していく。紫式部の生の軌跡をたどる歴史大作。

207416-3

す-3-33　散華　紫式部の生涯（下）　杉本苑子

三年にも満たぬ結婚生活、華やかな宮仕えでも癒されぬ心の渇き。凄絶な権力抗争を見すえつつ『源氏物語』を完成させた30代から晩年を描く。〈解説〉山本淳子

207417-0